DANS LA TÊTE, LE VENIN

Née en 1957, toxicologue de formation, Andrea H. Japp se lance dans l'écriture de romans policiers en 1990 avec *La Bostonienne*, qui remporte le prix du festival de Cognac en 1991. Aujourd'hui auteur d'une vingtaine de romans, elle est considérée comme l'une des « reines du crime » françaises. Elle est également auteur de nombreux recueils de nouvelles, dont *Un jour, je vous ai croisés*, de scénarios pour la télévision et de bandes dessinées.

Paru dans Le Livre de Poche :

AUTOPSIE D'UN PETIT SINGE

CONTES D'AMOUR ET DE RAGE

LA CROIX DE PERDITION

LA DAME SANS TERRE
1. Les Chemins de la bête
2. Le Souffle de la rose
3. Le Sang de grâce
4. Le Combat des ombres

DANS L'ŒIL DE L'ANGE

DE L'AUTRE, LE CHASSEUR

LA FEMELLE DE L'ESPÈCE

MONESTARIUM

LA RAISON DES FEMMES

LA SACRIFICE DU PAPILLON

SANG PREMIER

LE SILENCE DES SURVIVANTS

UN VIOLENT DÉSIR DE PAIX

ANDREA H. JAPP

Dans la tête, le venin

CALMANN-LÉVY

ISBN : 978-2-253-12883-0 – 1re publication LGF

« Sans forme, il ne peut ni être dominé, ni trompé, ni même deviné. »

Houai-nan-tse,
IIe siècle av. J.-C.

Base militaire de Quantico, États-Unis, avril 2008

— Des cauchemars ? demanda d'un ton doux le Dr William Folston.

Diane Silver le considéra un instant. Il se demanda ce qu'elle voyait derrière son regard d'un bleu si pâle qu'il en devenait intimidant. Quelles images était en train de créer son esprit ? Au fond, il n'était pas certain de souhaiter les découvrir à son tour.

— Des cauchemars ? répéta-t-elle comme si la signification du mot lui échappait.

Folston aimait sa voix, lente, grave, presque essoufflée. Une voix dont rien ne semblait pouvoir précipiter le débit.

— William... mes pires cauchemars surviennent quand je suis éveillée. Et ce ne sont jamais les miens. Ce sont ceux des autres, ceux qui sont morts. Ce ne sont pas non plus de vilains rêves, mais la terrifiante réalité.

— Je sais... je faisais plutôt référence à cet... accident survenu il y a six mois...

— « Accident » ? Un euphémisme charitable, rétorqua-t-elle avec un sourire triste. « Homicide » est le terme consacré.

— Non. C'est « légitime défense ». C'est cela, le terme consacré, et vous êtes priée de vous en convaincre, Diane, parce qu'il s'agit de la vérité.

Elle frôla ses lèvres du bout des doigts. Il remarqua l'ongle jauni de l'index. Elle n'avait toujours pas arrêté de fumer. Sans doute n'en prendrait-elle jamais la décision. Diane s'en foutait, de cela comme de presque tout. Quant à aborder le problème du sevrage avec elle, William y voyait une sorte de grotesque obscénité. Diane avait touché, senti, vécu le pire. Dans son cas, griller trois paquets de clopes quotidiennement relevait de l'anecdote. Étrange. Lorsque son employeur, le FBI, avait souhaité qu'elle soit suivie par un psy à la base militaire, elle l'avait choisi, lui qui ne s'était jamais particulièrement consacré aux patients souffrant de stress posttraumatique. Espérait-elle vraiment qu'il parvienne à la soulager de choses qu'elle refuserait de lui révéler par courtoisie, respect et peut-être un peu par amitié ? D'un autre côté, éprouvait-elle de l'amitié pour lui ou pour quiconque ? Il n'en était pas certain.

— Ce n'était pas de la légitime défense, reprit-elle, mais un épouvantable échec. Je suis assez armée pour ne pas avoir recours à des armes. C'est mon métier.

— Ce type était chargé jusqu'aux yeux d'amphétamines. Imprévisible. Dangereux. Il vous menaçait d'un rasoir et a tenté de vous violer. Peut-être, sans doute, vous aurait-il égorgée ensuite pour vous empêcher de témoigner. Je vous rappelle qu'il avait déjà tué une femme de soixante-cinq ans dans des circonstances similaires.

— Certes. Cependant, je l'ignorais à ce moment-là. William… J'ai eu peur, j'ai tiré. Je lui ai vidé le chargeur dans le ventre parce que j'étais terrorisée, le doigt tétanisé sur la détente. Je ne devais pas avoir peur. Je suis entraînée pour reléguer la peur dans un petit coin de mon esprit, en laisse et muselée.

Elle lui opposait les mêmes arguments depuis trois mois. Un cambriolage qui avait mal tourné, comme il s'en déroulait des centaines chaque année. Un petit voleur dealer multirécidiviste, bourré d'amphét, qui découvrait que la propriétaire se trouvait sur les lieux et qui songeait qu'une partie de jambes en l'air, en plus du reste, ne serait pas une mauvaise idée. Pourtant, William ne parvenait toujours pas à déterminer ce qui rongeait le plus Diane : avoir tué un homme ou réagi comme le commun des mortels, par la trouille et l'agressivité.

— Ce n'est pas parce que l'on est une des profileuses les plus réputées de l'hémisphère nord que l'on est immunisée contre la peur, argumenta-t-il comme chaque fois. La peur est une réaction animale, hormonale, puissante, une manifestation de l'instinct de survie.

Le regard bleu pâle le lâcha, se perdit derrière son épaule. La bouche de Diane se crispa. Il remarqua les belles rides fines qui se formaient sur la peau pâle de ses joues. Si l'on en croyait son dossier, elle avait quarante-sept ans, dont plus de douze passés à patauger dans les pires tréfonds de l'âme criminelle. Une étonnante longévité mentale qu'elle entretenait, selon ses confidences, en nettoyant sa maison de fond en comble dès la fin d'une enquête, avec un soin maniaque. Elle déménageait chaque pièce, les réaménageant ailleurs, de façon différente. Nettoyer l'extérieur pour purifier l'intérieur.

— Justement, William… Je lutte pied à pied pour me débarrasser de mon instinct de survie.

Une peine diffuse envahit le psychanalyste. Leonor. Elle pensait à Leonor.

— Des tendances suicidaires ? s'inquiéta-t-il.

— Aucune, sourit-elle. Dans le cas contraire, ce serait déjà fait et je n'aurais plus le privilège de nos discussions. Il ne s'agit pas d'avoir envie de détruire sa vie, la mienne, en l'occurrence. Il s'agit juste de parvenir à la certitude que la vie revêt une importance minime. De toute évidence, je n'y suis pas encore, sinon ce type vivrait toujours et je serais sans doute morte.

— Ne me dites pas que vous pensez que son existence de crapule était plus précieuse que la vôtre, contra William Folston, une trace d'agacement dans la voix.

— Oh, ça n'a rien à voir avec lui. (Elle hésita et s'enquit :) Vous avez déjà tué quelqu'un, William ?

— Non, fort heureusement, ce type d'épreuve m'a été épargné.

— Heureux homme ! Le plus épouvantable, le plus inacceptable, c'est probablement qu'au moment où vous déchargez votre flingue sur un être humain… durant cette interminable seconde, vous vous en foutez. Le remords ne vient qu'après.

— Vous étiez dans la panique, dans la survie… pas dans l'intellect. (Une idée traversa l'esprit du psychanalyste, qui protesta :) Oh ! là… je vois où vous voulez en venir… Non, Diane, vous n'avez aucune similitude avec les tueurs que vous pourchassez depuis des années. Non, ils n'ont pas déteint sur vous, en vous !

— Je le sais, le rassura-t-elle. Eux prennent leur pied, un mégapied. Ça n'a pas été mon cas.

Elle jeta un regard rapide à la pendule murale et déclara :

— Ah, la fin de notre séance. Vous me faites du bien, William, même si j'ai parfois le sentiment de vous saouler à force de répéter la même chose.

— Vous ne me saoulez jamais. Et même si tel était le cas, il n'existe pas de répétitions. Chaque fois qu'on a le sentiment de ressasser la même chose, on avance en réalité d'un minuscule pas, peut-être imperceptible, mais bien réel.

Elle se leva et se dirigea vers la porte du bureau qui servait de cabinet à Folston lorsqu'il venait à Quantico.

Il n'hésita qu'une seconde.

— Diane… Je peux vous poser une question… un peu déplacée ?

— Faites.

— Pourquoi m'avoir choisi, alors que vous auriez pu sélectionner un psy parmi les meilleurs thérapeutes spécialisés dans la gestion du stress posttraumatique ? Enfin… certains de mes confrères se sont distingués en s'occupant des gars qui rentraient d'Irak, des victimes qui avaient réchappé d'attentats ou de prises d'otages… ou de catastrophes naturelles, que sais-je…

Elle baissa les yeux. Depuis trois mois, William avait appris à décrypter un peu de sa gestuelle. Fixer l'autre traduisait une surveillance de sa part. Elle soupesait chaque attitude de son vis-à-vis. Détourner le regard, le laisser se perdre derrière vous était une politesse. Elle vous évitait ainsi le bleu de ses iris, si pâle qu'il paraissait parfois gelé. Un petit geste nerveux de la main trahissait son incertitude sur un mot, une phrase. Baisser les yeux signifiait qu'elle rentrait en dedans d'elle-même pour réfléchir.

— Plusieurs raisons… Vous avez une sympathique réputation dans Fredericksburg. Davantage celle d'un médecin de famille que d'un psy. Ne le prenez pas mal… c'est un compliment dans ma bouche… Votre… normalité était rassurante. Je gagne ma vie grâce à l'anormalité. (Elle ajouta dans un sourire :) La normalité est très rare, vous savez. Il s'agit d'une valeur moyenne, d'une donnée médiane que fort peu de sujets présentent.

— Merci de me consoler, plaisanta-t-il. Pour vous détendre tout à fait, rassurez-vous : je ne crois pas que « normal » soit synonyme de « banal », surtout pas dans notre monde. Vous aviez mis « raisons » au pluriel, or je n'en vois qu'une.

Le regard l'épingla sans douceur.

— La gestion du stress posttraumatique des victimes… Justement… je ne suis pas une victime. (Elle soupira.) À après-demain, William. Rentrez bien.

Cannes, France, avril 2008

Agacée, Élodie Menez gara sa voiture dans le parking de son immeuble. Elle regarda pour la dixième fois en deux minutes sa montre. Mince, presque dix-neuf heures ! Ras le bol de ces interminables réunions que Bertrand, le chef de leur centre, s'obstinait à programmer le vendredi soir, lorsque tous les techniciens n'avaient plus qu'une idée en tête : leur futur week-end ! Ne lui restait qu'une demi-heure pour prendre une douche, se maquiller un peu, enfiler un jean et foncer rejoindre Magali, Corinne, Stéphanie et Luce pour leur soirée bimensuelle entre filles. Un groupe assez mal assorti d'ex très anciennes copines d'école primaire qui s'étaient perdues de vue, sans le regretter, pour se retrouver des années plus tard. Parce qu'il ne restait qu'elles. Leurs vies étaient devenues, ou avaient toujours été, de petits déserts, à peine perceptibles de l'extérieur, presque acceptables de l'intérieur. Nous sommes une légion de minuscules déserts. Élodie l'avait appris à ses dépens. Ultime cruauté des inexistences : un autre fragment de désert peut se poser à côté du vôtre sans pour autant le peupler. Au bout du compte, restent deux désolations mitoyennes. Sauf une fois. Une fois, son désert avait été envahi, animé d'une folle énergie. Une vie déchaînée y avait déferlé. Éphémère. Le désert était ensuite revenu, d'abord un peu plus désespérant puis, au fur et à mesure qu'elle y reprenait ses habitudes, ni pire ni meilleur qu'avant.

Élodie enfonça la touche d'étage de l'ascenseur et soupira. Au fond, avait-elle vraiment envie du traditionnel pizza-ragots-cinoche suivi d'une petite virée au casino ? Sans démesure, la virée : vingt euros chacune, jamais plus, mais deux coupes de champagne gratuites, offertes sur un sourire par les serveuses du casino qui sillonnaient les travées de machines à sous. Un vendredi soir sur deux.

Mis à part Magali, Élodie se sentait peu d'affinités avec ces filles. Leur amitié, si tant était que l'on pouvait qualifier leur réunion opportuniste de cette façon, ne tenait qu'à un fil : elles étaient devenues la principale distraction, l'unique réconfort les unes des autres. Il ne s'agissait pas d'entraide, ni d'affection. Juste d'une confortable couverture qui masquait leurs manques à toutes, leur déconfiture. Le fil se romprait dès qu'une occasion plus séduisante se présenterait. Les autres se rendaient-elles compte aussi qu'elles se servaient mutuellement d'antalgique, de dérivatif ? Sans doute pas. Corinne et Stéphanie n'étaient pas des exemples d'intelligence et encore moins de lucidité. Quant à Luce, la seule parade qu'elle avait pu trouver à la débâcle générée par son récent divorce était si banale qu'elle n'en était même pas consciente : elle avait raison en tout et les autres avaient tort, notamment et surtout son ex-mari. Elle sombrait peu à peu dans une sorte d'égotisme aveugle et vindicatif, devenant l'unique centre de son univers rétréci. Magali déparait dans ce groupe d'éclopées sentimentales qui rebouchaient leurs fêlures et dissimulaient leurs cicatrices à coups de grands rires, de prétendu cynisme et de fausse camaraderie. Comme Élodie, Magali attendait. Ni l'une ni l'autre ne savaient quoi au juste. Mieux, en tout cas. Mieux que leurs vies du moment, des dernières années. Mieux que la bouée de sauvetage bimensuelle : pizza-ragots-cinoche-casino. Magali, elle aussi, s'était fait plaquer. Deux ans auparavant, sans trop savoir pourquoi. Un jour, il avait évoqué des vacances romantiques en Martinique, un mois plus tard, il lui annonçait qu'il la quittait pour une autre fille, plus dynamique, plus battante, plus jolie. Elle s'était donc retrouvée seule, inefficace, molle et moche en l'espace d'une seule phrase, juste avant qu'il ne claque la porte. Elle avait rejoint le groupe d'anciennes copines d'école, reformé à la hâte. Une sorte d'aveu d'impuissance, maquillé avec maladresse. L'acceptation d'une claque si dévastatrice qu'on se dit que l'on ne s'en remettra jamais. Mais on se remet de tout, n'est-ce pas ? Il n'y a que la mort qui soit définitive.

Ce furent les battements fous de son cœur qui l'arrêtèrent au moment où elle poussait la porte de son appartement. Des battements si désordonnés, si féroces qu'ils cognaient jusque sous la peau de ses tempes, de son crâne. Bien avant qu'elle n'entende, ne voie, ne sache. Une douleur en coup de poing lui coupa le souffle. Les clefs s'échappèrent de sa main et atterrirent en rebondissant sur les dalles gris clair du couloir faiblement éclairé.

Elle entendit. La musique interdite. La musique meurtrière. *Ebben ? ne andrï lontana.* Celle de ce CD qu'elle avait balancé dix fois, cent fois à la poubelle pour l'y repêcher aussitôt. *La Wally* de Catalani. Par Callas. La musique, les voix lui faisaient fermer les yeux de bonheur et rugir que le monde était merveilleux. Lui. Elle hésita. Fuir. Foncer, dévaler l'escalier et rejoindre sa voiture. Démarrer en trombe, conduire droit devant. Ou avancer. Se souvenir, pour la cent millième fois, qu'elle ne vivait pas, que ces deux années et quatre mois sans lui avaient été un cauchemar gelé et blessant. À chaque instant, sauf lorsqu'elle parvenait à le haïr. Rarement. Après tout, qu'avait-il fait de si impardonnable ? Rien. Il l'avait quittée, sans un mot, sans une explication. Disparu. Volatilisé. Toutefois, elle s'était tant demandé ce qu'il pouvait bien lui trouver. Il avait dû finir par s'apercevoir de leur totale inadéquation. Comment lui en vouloir ? Il était brillant, beau, gai, un peu fou, généreux de tout. Un être solaire. Il en existe peu. En dépit d'efforts constants, elle restait un peu terne, un peu moyenne. Pas sotte, pas non plus très intelligente. Pas sinistre, pas non plus drôle. Pas effacée, pas non plus conquérante. Une affligeante médiane qui se déclinait même au physique. Pas petite, mais pas grande. Pas grosse, mais pas élancée. Pas blonde, mais pas brune. Pas moche, pas non plus une beauté. Une femme passe-partout et interchangeable. Le genre que sa bouchère, chez qui elle se sert depuis cinq ans, ne reconnaît pas dans la rue. Mme Tout-le-monde qui aurait tant voulu être Mme Quelqu'un-de-très-particulier, le genre inoubliable, que des regards escortent dans les restaurants, les boutiques, que des sourires appréciateurs ou des éclats de jalousie saluent. Comme lui, en version masculine. Très masculine.

Elle avança, sans même le vouloir, sans même s'en rendre compte.

Lui. Il était installé devant l'ordinateur et lui tournait le dos. Il ne semblait pas avoir entendu son arrivée, absorbé qu'il était dans sa consultation. Depuis le pas de la porte, elle ne distinguait que de vagues formes marron-beige affichées sur l'écran. Soudain, une tension dans son dos. Il se retourna avec lenteur et l'accueillit d'un de ses sourires. Un sourire qui la bouleversait aux larmes. Elle cherchait désespérément quoi lui dire, tout paraissant également inepte : « Bonjour », « Ça va ? », « Tu es revenu ? ».

Il se tourna à nouveau vers l'écran et quitta le site qu'il consultait en déclarant d'une voix tendre et triste :

— Tu ne dois pas voir ça.

— C'est quoi ?

— Une pétition internationale au sujet d'un prétendu artiste costaricain [1]. Il a récupéré un chien des rues et l'a attaché dans une galerie. Il l'a laissé mourir, comme… « œuvre d'art ». Là, sur l'écran… c'étaient les photos du chien à l'agonie. Toute la résignation et l'incompréhension du monde dans son regard. Merde, je suis sûr qu'il a cru jusqu'au bout que quelqu'un allait le sauver. Mais personne. Les visiteurs de la galerie passent devant lui. Étrangement, ni pisse ni excréments autour de lui. On devait nettoyer avec soin,

1. Voir la pétition internationale pour le retrait des œuvres de Guillermo Vargas Habacuc de la Biennale d'art contemporain de 2008 au Honduras.

en le laissant crever. Une merde de chien n'aurait pas été… artistique ! Ça pue.

Les larmes troublèrent le regard bleu marine qui la dévisageait. Les belles mâchoires carrées se crispèrent.

Elle sentit sa rage, son chagrin et s'empêcha de se précipiter vers lui pour le consoler. Elle murmura :

— Quelle horreur ! C'est dégueulasse !

— Tu sais… je ne suis pas certain d'aimer notre espèce, expliqua-t-il en fronçant les sourcils. Nous pourrissons tout. Même l'art et la création.

Étrangement, en dépit de l'imbécile monstruosité de ce qu'il lui racontait, une sorte de soulagement presque insupportable envahissait Élodie. Il reprenait leurs conversations là où il les avait abandonnées deux ans et quatre mois plus tôt, annulant l'absence, annihilant en quelques phrases le mini-désert dans lequel elle se terrait depuis. Elle sut qu'il n'y aurait pas d'explication au sujet de son départ. Il ne se justifierait pas, ne s'excuserait pas. Il n'y pensait déjà plus. Quelle importance maintenant puisqu'il était là ?

— Il va être poursuivi en justice ?

— Je l'espère. Ce n'est pas certain. (Il ferma les yeux et reprit, d'une voix altérée qui la bouleversa :) Nous sommes les prédateurs ultimes. Les autres prédateurs tuent par nécessité, pour manger, se défendre, protéger leurs petits et leur territoire. Ça, c'est normal. C'est brutal, mais c'est ainsi que la vie fonctionne, qu'elle a toujours fonctionné, depuis qu'elle est apparue. Nous sommes la seule espèce qui tue par sadisme, goût du profit, ennui, ou même pour la « beauté » du geste. C'est la raison pour laquelle nous disparaîtrons un jour. Toutes les autres formes de vie souffleront de soulagement lorsque nous ne serons plus là pour les martyriser.

— Tu m'angoisses complètement.

Il se leva et s'avança, bras ouverts, vers elle. Mon Dieu… Comme elle avait attendu ces bras ! Comme elle avait souffert qu'ils ne l'accueillent plus. Un long, affreux cauchemar. Chut, plus de cauchemar. Il était là.

— Quel crétin je fais. Pardon. On arrête de penser à cela… Trop déprimant. Comment vas-tu ? Ta journée a été longue ? (Il plissa les paupières et demanda d'une voix amusée :) Ah… Tu avais quelque chose de prévu ce soir, non ?

— Euh… oui. Enfin, non, pas grand-chose. Je vais appeler pour prévenir. (Soudain paniquée par les détails, plus aisés à évoquer que le reste, elle s'affola :) Je vais sortir… je n'ai rien à manger… tu as envie de quoi ?…

— Oh… Femme de peu de foi ! Mais j'ai tout apporté. Bon, d'accord, je n'ai rien cuisiné… Nous avons du foie gras, qui avait l'air sympa. Une demi-langouste chacun et puis j'ai pris deux salades et… Qu'est-ce que j'ai acheté pour mademoiselle ? Son gros péché mignon…, plaisanta-t-il, ravi.

— Un truc au chocolat ?

Elle fournissait un effort désespéré pour avoir l'air aussi gaie, aussi détendue et légère que lui. Pourtant, tout était en train de se briser en elle. Elle ne parvenait pas à s'expliquer une chose : comment un être extérieur avait-il le pouvoir de tout remettre d'aplomb dans votre vie, de justifier qui vous étiez, de légitimer votre existence ? Était-ce à dire qu'elle n'avait aucune réalité sans lui ? Oui, c'était exactement cela. Et pourtant, il avait à peine traversé ses jours cinq mois durant. Et encore. Allant, venant, partant, réapparaissant. Une sorte de mirage, de fantôme insaisissable. Merde ! Elle dépendait depuis deux ans et quatre mois d'une magnifique chimère en forme d'homme qui n'était demeuré dans sa vie que quelques semaines mises bout à bout. Pire. Si elle voulait être parfaitement objective, et étant entendu qu'elle n'avait jamais vécu avant lui sur ses trente-quatre ans d'existence, elle devait à cet homme les six semaines durant lesquelles elle avait véritablement eu la sensation d'être pleine. Elle. De vivre.

— Un opéra… Plein, plein, mais plein de chocolat… C'est simple, tu vas te trouver mal.

— Et je vais prendre un kilo, rit-elle avec maladresse.

— Mon expérience, c'est que les bonnes choses ne font jamais grossir, déclara-t-il d'un ton sentencieux qui donna envie de sourire à Élodie.

Pourtant, elle avait trop peur pour sourire. Trop peur qu'il ne se volatilise à nouveau.

— Ah, les femmes avec leur ligne ! On ira se faire un petit jogging. Ça vaut un gros opéra, non ?

Lorsqu'elle se réveilla, bercée par son odeur, elle se figea. Ne pas bouger, ne pas ouvrir les yeux, respirer à peine. Profiter de chaque seconde avec lui, de la moiteur de cette peau tant espérée contre sa bouche. Il remua dans son sommeil, se retournant sur le flanc, lui offrant son dos. À contrecœur, Élodie décida de se lever. Elle se laissa glisser hors du lit avec un luxe de précautions. Une impérieuse envie de fixer ce moment l'envahit. Agir comme si tout était normal, habituel, comme si elle se réveillait chaque matin contre lui. Évacuer l'angoisse qui ne la quittait plus depuis qu'il avait reparu hier : et s'il repartait sur un autre coup de tête ? Préparer un somptueux petit déjeuner. Une chose normale, évidente, la manifestation classique d'une vie d'amants. Elle téléphonerait ensuite à la clinique, inventerait n'importe quel bobard pour prévenir de son absence aujourd'hui, puisqu'elle était de garde. Après tout, elle ne manquait jamais le travail. Elle gloussa en passant les écouteurs de son MP3. Une journée parfaite dans la vie d'Élodie Menez. Avec lui. Elle ouvrit la porte du réfrigérateur et passa son contenu en revue, l'œil sévère. Elle mourait de faim. Quelle nuit. Quel éblouissement. Elle avait alterné pendant des heures entre la sensation de n'être qu'un amas de nerfs, de cellules à vif, percevant chaque souffle, chaque frôlement avec une netteté presque douloureuse et un engloutissement bienheureux. À un moment, alors qu'elle le tenait en elle, elle avait eu la conviction d'avoir perdu les limites de son corps. Elle n'était plus qu'une paroi de muscles tièdes enveloppant son sexe, se contractant autour de lui.

Perdue dans ses pensées, environnée par la musique, elle ne l'entendit pas arriver derrière elle. Elle sursauta lorsqu'il déposa un chapelet de petits baisers le long de sa nuque.

— Je mangerais un bœuf entier, murmura-t-il.

— Trop gros pour mon réfrigérateur. Toutefois, on peut commencer par une omelette, du jambon et des toasts. Le fromage est un peu racorni, et je n'ai pas de jus d'orange, constata-t-elle.

— C'est un bon début, commenta-t-il en détaillant le contenu des étagères, un peu déçu. Cela étant, on va manquer de munitions.

— Voilà ce que je propose. On petit-déjeune. J'appelle la clinique et je me fais porter pâle, puis je fonce au supermarché.

— Génial. Pendant ce temps, j'expédie quelques mails et ensuite, je suis libre comme l'air. À votre disposition, madame.

Un frisson de plaisir, de soulagement aussi, parcourut Élodie.

Élodie s'engouffra dans le parking de son immeuble, MP3 aux oreilles, marquant le rythme de petits mouvements de tête. Elle se gara sur son emplacement réservé et sortit de voiture. Elle récupéra les deux gros sacs en plastique recyclable sur la banquette arrière et, chargée comme un baudet, se dirigea vers l'ascenseur dont le voyant d'appel rouge était allumé. Elle n'avait rien oublié. Une énorme côte de bœuf, des pommes de terre sautées congelées, des fraises, de la crème fraîche, du fromage et deux bonnes bouteilles de vin, sans oublier un peu de charcuterie et du pain de campagne. De quoi soutenir un siège amoureux.

Chantonnant, elle patienta, ses deux sacs à ses pieds. Mince, qu'est-ce qu'il foutait cet ascenseur ? Pas encore en panne, quand même ?

Quelque chose de très mince et de très dur s'abattit sur sa gorge. Durant une fraction de seconde, elle ne comprit pas, jusqu'à ce que le lien de métal se resserre inexorablement. Elle tenta de se débattre, de lutter, de hurler. Et puis, elle n'eut plus qu'une idée : arracher le lien, respirer.

Elle s'écroula à genoux sur les sacs, un filet de salive dégoulinant le long de son menton. Un voile noir progressa dans son cerveau. Ses ongles se décrochèrent du lien.

Il la contempla quelques instants et murmura, ennuyé :

— Désolé, je n'avais pas d'autre option. Cependant, je ne t'ai pas fait mal, n'est-ce pas ?

Il souleva le corps sans vie d'Élodie et se dirigea vers une des grosses poubelles, qu'il avait tirée un peu plus tôt derrière un pilier de soutènement. Avec un peu de chance, on la retrouverait d'ici trois ou quatre jours. Peut-être moins, en raison de la chaleur qui risquait d'accélérer la décomposition. C'était plus de temps qu'il n'en avait besoin.

Il récupéra les deux sacs et ouvrit la porte pare-feu qui donnait sur l'escalier de secours. Parvenu sur le palier du quatrième étage, il ôta le journal qui bloquait la porte de l'ascenseur. Une fois dans la cuisine, il inventoria le contenu des cabas. Chouette, une côte de bœuf et des patates sautées ! Il alluma le four et se servit un verre de vin. Un peu tiède. Assez plaisant et fruité, toutefois.

Le grand ménage commençait. Il se souvenait avec précision de chaque endroit où il avait posé les doigts. Une habitude. Une simple question d'entraînement. Quant aux draps, aux serviettes et au clavier de l'ordinateur, il les embarquerait dans un sac-poubelle.

Règle nº 1 : Rien ne remplace l'entraînement.

Règle nº 2 : N'importe quelle proie dotée d'un minimum d'intelligence sait qu'elle doit rester aux aguets. Ne jamais s'assourdir lorsqu'un prédateur est sur vos talons.

Élodie l'ignorait ? Quelle bêtise. D'autant que, lorsqu'on y réfléchissait, la situation des proies humaines était beaucoup plus confortable que celle d'un pauvre petit lapin. Le lapin est contraint de fuir devant tant de mâchoires féroces. En revanche, un seul prédateur menace les créatures humaines qui s'agitent dans leur minuscule vie : l'Homme.

Nathan enfourna la côte de bœuf avec un sourire gourmand puis repêcha dans son sac à dos en cuir une paire de gants en latex et un long étui de cuir noir. Après le déjeuner, il s'offrirait un excellent havane. Une célébration.

Paris, France, mai 2008

Installée en terrasse d'un café, Sara Heurtel chaussa ses lunettes de soleil. Une journée parfaite, douce, presque chaude, lumineuse. Un mercredi comme elle en avait promis cent fois, pour repousser cent fois. Son regard dépassa la foule de promeneurs, de touristes qui slalomait sous les arcades du Louvre, se perdant ensuite en direction du jardin des Tuileries. Elle poussa un soupir de contentement et étendit ses jambes sous la table. Une erreur aussitôt saluée par un grognement de passant qui buta dans l'un de ses pieds et lui jeta un regard courroucé.

— On est bien, hein ?

Sara revint au petit bonhomme installé à côté d'elle. Victor, son fils de douze ans, qui sirotait son soda, une tolérance réservée aux bons moments. Il la fixait de son air grave, posé. Deux yeux étirés en amande, d'un bleu mouvant de mer froide et profonde.

— On est super bien, mon chéri… Je m'en veux… On devrait s'offrir ce genre d'escapade plus souvent.

Le problème, c'est qu'il y a toujours un truc qui survient au dernier moment.

— C'est pas de ta faute. (Il sourit en haussant les épaules.) Tu bosses trop. C'est ton métier qui veut ça… C'est pas le métier de tout le monde, ajouta-t-il d'un ton de fierté.

Victor, raisonnable et subtil. Victor dont l'intelligence précoce la sidérait. À son sujet, elle s'efforçait à la lucidité. Faisait-elle partie de la légion des mères qui sont convaincues que leur rejeton est la chose la plus précieuse de la planète ? Au contraire, était-il aussi exceptionnel qu'elle le pensait ? Victor, la justification d'une vie. Son éblouissant dédommagement. Une vague de culpabilité tempéra sa satisfaction. Louise. Sa fille de seize ans. L'âge ingrat, est-il convenu de l'appeler. Une locution qui aurait pu être inventée pour son aînée. Cette dernière s'ingéniait à gâcher la vie de tout le monde comme si elle avait un record à battre.

Fort peu de choses semblaient lier le frère et la sœur, hormis la couleur des cheveux, châtain moyen avec un reflet auburn qui virait au cuivre en été, les cheveux de leur mère. Victor avait en plus hérité de sa morphologie, un peu trop longue, un peu trop mince, et de son regard bleu sombre, alors que Louise s'enveloppait dans ses rondeurs comme s'il s'agissait d'une carapace ou d'une armure. La mort d'Éric, cinq ans plus tôt, avait terriblement bouleversé Louise, au point que Sara avait fait taire son propre chagrin. Sans doute Victor était-il encore trop jeune pour comprendre à quel point ce stupide accident de moto allait ravager leurs vies. Ne pas penser à cette voiture qui avait percuté la Honda de son mari, l'envoyant s'écraser contre le parapet d'un pont, à pleine vitesse. Sans s'arrêter. Éric était décédé d'un éclatement du foie peu après son admission aux urgences. Si le conducteur de la voiture avait appelé les secours, Éric vivrait peut-être encore. Ne pas penser à cela, pas aujourd'hui. Éviter la rage folle qui la secouait chaque fois qu'elle songeait à cette ordure qui avait abandonné son mari à l'agonie, en pleine nuit, sur un pont.

— Faudrait qu'on trouve un petit truc pour Louise, quand même, répéta son fils pour la cinquième fois depuis le matin en désignant le tee-shirt que Sara venait de lui offrir. Un tigre rugissant entouré de la mention « *Knowledge is Power*[1] *!* ».

— En ce cas, tu choisiras, parce que, dès que ça vient de moi, c'est tarte, argumenta Sara.

— Ouais, elle est un peu lourde en ce moment. Faut dire que tous ses copains genre Nosferatu piercés, tout en cuir noir, ça craint.

— Les extravagances vestimentaires, ça m'est assez indifférent. (Elle ajouta dans un sourire :) Ta maman – qui a l'air d'une femme sérieuse – a aussi eu les siennes, dans le genre gratiné. Non, ce qui m'ennuie, c'est qu'elle a l'air tellement mal dans ses baskets, sinistre… Mais pas moyen de discuter. Elle m'envoie sur les roses.

— Ben, moi aussi… Je m'en fiche, rétorqua Victor.

— Et puis, elle passe un temps sur cet ordinateur…

— Moi pareil, maman.

— Oui… mais je n'ai pas le sentiment qu'elle s'amuse beaucoup.

1. « La connaissance, c'est le pouvoir. »

Sara tourna le regard vers l'homme qui se tenait debout devant leur table. Il souriait, la tête inclinée sur le côté, attendant. Il désigna d'un geste hésitant la chaise située à côté de celle de Sara et sur laquelle elle avait posé le sac d'une librairie voisine qu'elle et Victor avaient dévalisée un peu plus tôt.

— Excusez-moi, lança Sara en récupérant son sac avec précipitation.

L'homme remercia d'un signe de tête et s'installa à côté d'elle, repoussant un peu sa chaise en dépit du manque de place.

Désignant le sac de la même librairie qu'il portait, il plaisanta :

— Évitons de les intervertir. Vous auriez une mauvaise surprise en rentrant chez vous.

Il parlait avec une trace d'accent américain. Sara le détailla. Beau mec, entre trente-trois et trente-six ans, cheveux mi-longs châtain clair, coupés au carré. Il portait ces lunettes de soleil à la mode, aux verres rectangulaires, très sombres et incurvés qui évoquent des yeux d'insecte. Elle fut certaine qu'il avait les yeux bleus.

— Vous aussi, sans doute, répondit-elle par courtoisie.

— Je suis sûr qu'il y a des BD dans le vôtre, ajouta-t-il en détaillant Victor.

— Gagné, admit Sara.

— J'adore ton tee-shirt, dit-il en s'adressant au garçon. Et la connaissance, c'est vraiment le pouvoir.

— Maman vient de me l'offrir.

— Au fait, je m'appelle Nathan, poursuivit l'étranger en tendant la main à Sara.

Elle la serra sans enthousiasme et surtout sans offrir son prénom en retour. Ce type commençait à l'agacer. Certes, elle réagissait en bonne Parisienne fermée et avait assez pratiqué les Américains pour savoir qu'ils sont plus communicatifs, surtout lorsqu'ils se transforment en touristes. Toutefois, elle n'avait aucune envie d'une petite conversation de terrasse.

Le perçut-il ? Peut-être. Il jeta un regard à sa très jolie montre plate et déclara d'un ton désolé en se levant :

— Ah, Paris, Paris, j'adore cette ville… En revanche, il ne faut pas être pressé…

— Dans ce cas, le mieux est encore d'aller commander au zinc, le rembarra-t-elle d'un ton neutre.

Un sourire joyeux lui répondit. Il s'écarta après un :

— Bonne fin de journée.

Elle le suivit quelques instants du regard. Il marqua une pause sans se retourner vers eux, et alluma un long cigare avant de reprendre sa route. Victor remarqua :

— Ben, dis donc, t'étais glaçante.

— Il commençait à me fatiguer, admit-elle. Ce n'est pas parce que les gens ont envie de bavarder qu'ils doivent s'imposer à de parfaits étrangers.

La vivacité de sa réaction l'étonna. Elle n'allait pas en faire un plat parce qu'un touriste avait eu l'outrecuidance de lui adresser la parole. C'était une belle journée de détente, en compagnie de son fils.

Paris, France, mai 2008

Sara s'encadra dans le chambranle de la porte et répéta, excédée :

— Louise, tu viens ? Le dîner est servi, ça fait dix minutes qu'on est installés.

Le visage renfrogné de sa fille se tourna vers elle. Les cheveux raidis et colorés aile-de-corbeau la faisaient paraître blafarde, une lividité entretenue avec soin grâce à un fond de teint presque blanc et un lourd trait d'eye-liner noir. Sara se demanda pour la millième fois quand la crise d'adolescence attardée serait enfin derrière eux.

— Je t'ai dit que j'avais pas faim. Et puis là, je suis au milieu d'une vente sur E-bay.

— Qu'est-ce que tu vends ?

— Des trucs, répondit Louise d'un ton qui indiquait qu'elle n'en lâcherait pas plus.

Son attention se reporta vers l'écran. La conversation était terminée.

Sara referma la porte de la chambre derrière elle. Au moins, sa fille ne risquait pas l'anorexie avec ce qu'elle engloutissait comme sucreries diverses et variées. Sara s'inquiétait même du contraire, tentant d'évaluer la progression de l'adiposité de son aînée en dépit des robes amples, jupons superposés, longs gilets – noirs bien sûr –, derrière lesquels elle dissimulait ses bourrelets.

Elle rejoignit Victor attablé.

— Elle tire encore la tronche ? demanda le garçon.

— Il paraît qu'elle se fait un peu d'argent en vendant des trucs aux enchères.

— Quoi ? s'étonna Victor.

— Je ne sais pas… Tu sais, avec ta sœur…

— C'est un truc de filles, ces humeurs, ces crises ?

— Je ne crois pas. En tout cas, je t'en prie, ne me fais pas le même plan qu'elle dans quelques années.

— Oh ! non… elle est trop gavante, pouffa l'enfant. Et puis bonjour le look ! Je ne te dis pas, j'ose plus sortir avec elle.

Sara s'efforça de changer de sujet afin d'alléger l'atmosphère.

Elle s'échinait à trouver des excuses à son aînée : le décès de son père, les hormones, le métier très prenant de chercheur de sa mère, l'influence de son petit groupe de gothiques qui semblaient par ailleurs bien mignons et inoffensifs, surtout ce « sire Faustus », de son véritable prénom Cyril. Un petit jeune homme charmant et bien élevé. Pas fou, et songeant sans doute à sa future carrière d'avocat ou de haut fonctionnaire, il avait opté pour des piercings aimantés. Le plus savoureux était sans doute la répartition du tutoiement ou du vouvoiement entre les membres du groupe. Sa fille et les trois autres jeunes vouvoyaient le dénommé

Faustus qui les tutoyait en retour. Des rites à la noix qui signalaient une appartenance, sans doute. Toutefois, par instants, la lucidité de Sara reprenait le dessus, hérissant la mère en elle. D'une intelligence moyenne, que n'arrangeaient pas sa paresse et son manque de curiosité intellectuelle, ni sa permanente acrimonie, pour ne pas dire son agressivité larvée, Louise était une déception. Sara se détestait de l'admettre. Elle se morigéna : sa fille était encore jeune. Tant d'adolescentes passent par une phase difficile, mettant leurs parents à rude épreuve. Le mal-être de sa fille se traduisait par un égocentrisme triomphant et une alternance d'épisodes dépressifs ou odieux. Il suffisait d'attendre, la crise passerait. Elles en riraient dans quelques années.

Un lent sourire détendit les lèvres peintes en grenat de Louise. Elle lut et relut avec délectation l'e-mail que venait de lui envoyer sire Faustus. Il racontait avec force détails l'érection qui lui était venue lorsqu'il avait imaginé qu'il égorgeait sa jeune sœur. Un orgasme démentiel, selon ses termes, avait suivi lorsqu'il avait vu son sang gicler sur lui, lui tremper le visage, les mains et le sexe. La main de Louise passa sous sa robe. Son souffle s'accéléra et un gémissement monta de ses lèvres. L'idée que sa mère pourrait la surprendre amplifia son plaisir. Elle attendit que son rythme cardiaque s'apaise avant de répondre :

> Quel beau mail, cher sire. La mort est si vibrante. Quel soulagement, quel ravissement j'éprouverais à les tuer. Tous les deux. Je les hais de toutes mes fibres. Cette conne sentencieuse

et son avorton de fils. Je pense que je commencerais par elle. Que je commencerai, plutôt. Bientôt. Je m'y prépare, grâce à votre précieux enseignement. Belle nuit, mon doux sire.

Elle cliqua sur « Envoi » puis effaça leurs e-mails, ainsi qu'il avait été convenu. Quel dommage : elle aurait adoré les relire. Tant pis. La scène au cours de laquelle sire Faustus égorgeait sa sœur était imprimée dans son esprit, dans chacun de ses détails macabres et sanglants. Elle pourrait se la rejouer à loisir. Quel joli cadeau il venait de lui faire. Afin de le remercier, elle ôta son gilet de dentelle noir et repoussa la manche de son sous-pull au-dessus de son coude. Elle regarda satisfaite les chairs rouges et suintantes qui se reformaient autour de l'épingle à nourrice qu'elle s'y était enfoncée quelques jours auparavant. Crispant les mâchoires, luttant contre des larmes de douleur, elle tira sur l'épingle, la tournant en tous sens, la soulevant jusqu'à ce qu'un mince filet de sang dégouline vers son poignet. Elle inspira ensuite profondément et récupéra dans un tiroir de son bureau un flacon de Bétadine pour désinfecter la plaie avec soin. Sire Faustus avait été formel : on n'est fondé à infliger la souffrance que lorsqu'on la connaît. Toutefois, eux, les outre-humains, devaient vivre. Après tout, n'étaient-ils pas la nouvelle race, l'espèce supérieure destinée à dominer puis à remplacer les ineptes fourmis humaines, la sous-race ?

Base militaire de Quantico, États-Unis, mai 2008

L'énervement gagnait Diane Silver. Pourtant, rien dans son ton posé ou dans son expression n'avait changé. Elle aurait fait une admirable joueuse de poker. Dommage que les jeux de cartes l'ennuient. À la vérité, ce visage impavide qu'elle présentait au monde ne lui coûtait pas et ne lui avait demandé que peu d'efforts. Fort peu de choses l'émouvaient encore. Une arme imparable contre les tueurs multirécidivistes qu'elle interviewait. Bon nombre des tueurs et des violeurs en série sont de remarquables manipulateurs. Ils cherchent la faille en vous et s'y engouffrent dès qu'elle se présente. Ils possèdent, pour certains, un sens inné de la psychologie, ce qui explique qu'ils puissent endormir la méfiance et séduire leurs proies. Toutefois, leurs tactiques sont en nombre limité, et le métier de Diane consistait à les détecter, à les reconnaître. On peut prétendre l'abrutissement ou la folie, être jugé irresponsable de ses actes avec pour conséquence un allégement substantiel de peine. L'hôpital psychiatrique plutôt que la prison, un bénéfice certain.

On s'évade plus facilement d'un hôpital, même carcéral, que d'une prison de haute sécurité, surtout de son couloir de la mort. Plus subtile, l'invention de sévices sexuels ou autres subis durant l'enfance, justifiant en quelque sorte leur monstruosité d'adulte. Outre que, fort heureusement, tous les enfants qui ont été maltraités ne deviennent pas des tueurs, une portion non négligeable de ceux que le FBI avait arrêtés provenait de familles normales et n'avait pas été victime de maltraitance. Enfin, dernier recours après le procès et l'enfermement : une extrême bonne volonté. Une remarquable assiduité aux séances de thérapie, la folle envie d'apprendre un métier utile – de plombier à médecin –, sans oublier une prise enthousiaste des médicaments. Cerise sur le gâteau, la grâce les inondait. Dieu en personne venait leur susurrer à l'oreille à quel point ils avaient été méchants, et leur enjoindre de changer. De quoi négocier une grâce bien de ce monde ou une remise de peine. Pourtant, sur les presque trois cents tueurs en série qui s'étaient retrouvés dans la nature, le plus souvent à cause d'un vice de procédure, tous avaient récidivé, certains se faisant même prescrire des patchs d'hormones mâles pour annihiler les effets des antitestostérones censés calmer leur agressivité et leur libido meurtrière.

Diane se souvint de ce magistrat afro-américain du Massachusetts qu'elle avait terriblement choqué lors d'un dîner très chic organisé au Hyatt. Soufflé par l'une de ses déclarations, il avait lancé :

— Ne me dites pas que vous êtes en faveur de la peine de mort [1], cette barbarie…

— Il serait intolérable qu'une société civilisée punisse de mort un pauvre type qui, sous le coup de la colère, de la jalousie ou de la peur, a descendu quelqu'un et qui le regrettera sans doute toute sa vie. La prison est bien suffisante. Cela étant, nous sommes alors dans des réactions humaines « normales », si je puis dire, même si elles sont condamnables. En d'autres termes, nous avons dévié de notre sujet : les tueurs en série. Là, nous sortons de la psychologie humaine « normale ». Vous connaissez les statistiques aussi bien que moi, monsieur le juge.

Secoué, le gentil juge, qui devait avoir une gentille femme, de gentils enfants et de gentils petits-enfants, avait répondu :

— Vous n'êtes tout de même pas en train de suggérer que nous devrions réserver systématiquement la peine capitale à ces gens, une sorte de peine d'exception, valable pour tous les États de notre pays ?

Après avoir dégusté une longue gorgée de son excellent merlot, elle avait rétorqué :

— Pourquoi pas ? Où est le problème ? À part votre mauvaise conscience d'homme comblé, où est-il ? L'euthanasie ou l'enfermement jusqu'à ce que mort s'ensuive, sans possibilité de remise, au choix. Cependant, la deuxième possibilité coûte cher au contribuable. L'argent serait beaucoup plus utile dans le domaine de l'éducation, ou celui de la santé.

— C'est monstrueux, avait soufflé le gentil juge.

1. Elle n'existe plus dans l'État du Massachusetts.

— Vraiment ? Réfléchissez bien. Imaginez : votre adorable petite-fille tombe entre les pattes d'un de ces sadiques remis en liberté. Qu'est-ce qu'il va faire ? Lui chanter une berceuse et vous la ramener ? Non. Il va la violer, la torturer durant des jours avant de l'achever lorsqu'elle ne l'amusera plus, qu'elle ne sera plus qu'une masse sanguinolente et sans réaction. Et puis il vous enverra la cassette vidéo de ses exploits et il prendra à nouveau son pied en imaginant votre désespoir – et donc sa puissance à lui – lorsque vous la visionnerez.

Le juge avait dégluti avec peine, la fixant d'un regard perdu. Elle avait continué :

— L'idée n'est pas de tuer et encore moins de se venger. Elle est de retirer de façon définitive ces sujets du circuit. Ils ne se « calmeront » jamais, vous le savez aussi bien que moi. L'idée, c'est de protéger leurs victimes potentielles – et elles sont innombrables –, pas de trouver des excuses ou des circonstances atténuantes. La seule chose qui compte, c'est qu'ils tuent. Leur vie se résume à tuer, à violer, à torturer. Ils doivent être éliminés. Rayés de la surface de la terre.

— Mais enfin, avait tenté le juge, votre métier consiste à… comprendre leurs motivations, ce qui les pousse à…

Elle l'avait interrompu, sidérée par sa candeur :

— Pas du tout. Du moins n'est-ce pas ainsi que je définis ma tâche. Mon seul but est de les coincer. Il faut donc que je sache comment ils pensent. (Un besoin d'insolence vis-à-vis de ce mignon juge l'avait saisie et elle avait ajouté en plissant les paupières :)

J'éprouve une vive satisfaction lorsqu'ils sont jugés dans un État qui pratique toujours la peine de mort.

Il ne lui avait plus adressé la parole de tout le dîner, son regard passant sur elle comme s'il ne la voyait plus. Comme si elle avait cessé d'exister.

Diane Silver reprit le fil de sa conversation téléphonique avec Edmond Casney Jr., le directeur de la base militaire de Quantico. Les mauvaises langues prétendaient que la prestigieuse carrière de son beau-père, le sénateur Murray, n'était pas étrangère à son ascension dans la hiérarchie du FBI.

Ce que Diane avait, en grande naïveté, pris pour une requête polie se révélait n'être qu'un ordre à peine déguisé. Au fond, mis à part le fait qu'elle détestait qu'on lui impose des décisions qu'elle n'avait pas prises, elle s'en foutait. Sauf si Bob Pliskin se trouvait derrière ce projet qui s'apparenterait alors à un piège. Pliskin la fouine était le secrétaire dévoué de Casney. Son exécuteur des basses œuvres, plus précisément. Emmerder Bob, lui mettre des bâtons dans les roues dès que l'opportunité s'en présentait était un des rares plaisirs de Diane. Un plaisir confidentiel.

— Je comprends tout à fait, monsieur, répéta-t-elle pour la troisième fois de sa voix policée de bonne élève. Vous connaissez pourtant mes réticences vis-à-vis de ce genre de choses. On n'appréhende pas l'esprit criminel en six mois. D'autant que ce… candidat, Charles Devernois-Klyne, a une formation d'avocat, c'est bien cela ?

— De Harvard, avec les honneurs. Très brillant, répondit Casney. Il a été chaudement recommandé par des gens… plus que respectables. De surcroît, son mémoire et son stage parmi nous ne nous coûteront pas un cent.

— Oh, je n'en doute pas, rétorqua-t-elle en gommant l'ironie de sa repartie. Donc, aucune base en psychiatrie, psychologie, criminologie ou autre qui puisse légitimer cet intérêt pour les tueurs en série ?

— Où voulez-vous en venir, Diane ?

— Je me méfie par profession des gens que les tueurs fascinent.

— Il ne s'agit pas de fascination. Plutôt d'une envie légitime de cerner un domaine qui intéresse au premier chef la pratique pénale à laquelle Devernois-Klyne se destine.

— J'avais cru comprendre qu'il était avocat d'affaires dans un prestigieux cabinet bostonien.

— Tout le monde a le droit d'évoluer.

— Certes. Il a trente-huit ans, m'avez-vous dit ?

— En effet.

— Un peu tardif pour préparer un mémoire, non ? S'il souhaite se documenter sur ses… futurs clients tueurs ou leurs victimes, il existe pléthore de très bons bouquins. De surcroît, rêver de défendre les tueurs en série n'est pas un choix professionnel judicieux. Outre que la haine qu'ils inspirent au public déteint sur leur défenseur, même si celui-ci ne fait que respecter le jeu légal, ils ne sont fort heureusement pas aussi nombreux que les escrocs en col blanc et beaucoup moins rémunérateurs.

L'exaspération gagnait Edmond Casney Jr. Que croyait-elle ? Qu'elle avait le choix ? Lui-même obtempérait à un ordre de son très autoritaire et très sénatorial beau-père. Le vieil abruti pédant souhaitait rendre un petit service à l'avocat d'un de ses bons amis. La politique, celle-là même qui définissait nos vies, se résumait de plus en plus à cela : des renvois de luxueux ascenseurs entre puissants. Ainsi allait le monde, et si cette emmerdeuse de Silver ne l'avait pas compris, tant pis pour elle ! Il se trompait : Diane l'avait compris, mais elle se foutait de cela aussi. Casney entendit le claquement caractéristique du capuchon d'un Zippo.

— Vous fumez ! accusa-t-il.

— Jolie perspicacité.

— C'est interdit.

— Je suis dans mon bureau, porte fermée et seule.

— C'est prohibé, dans tous les bâtiments.

— Difficile de l'ignorer, étant donné le nombre de panonceaux qui l'indiquent. Il vaut maintenant mieux porter un flingue à sa ceinture, un droit constitutionnel, que sortir un paquet de cigarettes de sa poche. Selon vous, le tabagisme passif est-il plus dangereux qu'une balle en pleine poitrine ?

Au fond soulagé par ce pathétique prétexte qui lui permettait de lui foncer dans les plumes, il persista :

— C'est contraire à la loi et au règlement interne, Silver !

La même voix paisible et grave lui répondit :

— Qu'envisagez-vous ? Descendre pour me donner une fessée, me priver de dessert ou me foutre à la porte du Bureau avec un blâme administratif épinglé à ma chemise ?

Il la détestait, de cela il était certain. Toutefois, sa réputation d'excellence et ses résultats la protégeaient. Son passé également. Pire, son sénateur de beau-père, à qui il devait en effet sa nomination, avait insisté : Charles Devernois-Klyne voulait impérativement réaliser son mémoire sous la direction du Dr Diane Sterling. Au fond, Edmond Casney Jr. était assez fin et honnête pour admettre que l'animosité qu'il se sentait pour elle naissait du gentil mépris qu'il éprouvait pour lui-même. De plus en plus. De moins en moins gentil. Il en voulait à Diane de ne pas céder, de ne pas composer, de se foutre de tout, ou presque. Il lui en voulait d'être restée ce qu'il n'était plus. Edmond Casney Jr. avait appris la peur sociale, cette peur insidieuse et lamentable. Il redoutait en permanence de perdre son boulot, de perdre la protection de son beau-père, donc de perdre sa femme, ses enfants, sa belle maison, son portefeuille d'actions, son adhésion à un club sélect de gentlemen golfeurs. Il ne lui restait même plus de place pour redouter la mort. La sienne ou celle des êtres chers. D'ailleurs, il ne pensait plus jamais à la mort, sauf, justement, lorsqu'il discutait avec Silver. Dès qu'elle répondait à l'un de ses rares appels par un « Bonjour, monsieur » essoufflé, la mort sautait au visage de Casney. Il reprenait brutalement la mesure de la vulnérabilité humaine alors qu'il n'en voulait plus. Alors qu'il n'espérait qu'une chose : l'oublier. Diane portait dans chacune de ses cellules le souvenir de tant de victimes dont Casney voulait ignorer le calvaire. Fallait-il avoir perdu un enfant pour résister à tout, parce que plus rien n'avait ensuite véritablement d'importance ? D'accord ! Il n'avait pas vécu le désespoir de la mort d'un enfant. Sa chance se transformait-elle en culpabilité ? Est-on coupable de ne pas avoir souffert au-delà du supportable, du compréhensible ? Non. Un de ses gosses ne s'était pas fait violer, torturer, découper. Contrairement à la fille de Diane. Onze ans. Leonor. L'enfoiré de tordu lui avait fait sa toilette intime, avec soin. Elle avait ses règles. Pas propre. Avant de passer au reste. Au sang qui dégoulinait de partout. Diane avait plongé. Durant presque un an. Elle avait évacué les morceaux qu'on avait retrouvés de sa fille comme elle le pouvait. Entre neuroleptiques, alcool et stupéfiants. L'admirable psychiatre-psychanalyste new-yorkaise, qui accueillait sur son divan toutes les célébrités de la finance, de la mode, de l'art, du sport, avait disparu de la circulation, se terrant dans des hôtels minables, échangeant des coups contre des doses ou un plateau télé.

— Enfin… c'est mauvais pour votre santé et celle des autres !

— C'est sympa de vous préoccuper de ma santé. Et qui met en garde les non-fumeurs sur la pollution générale, le délabrement de notre environnement ?

Banlieue de Fredericksburg,
États-Unis, mai 2008

Diane Silver tourna la molette du lourd cadenas à combinaison qui barricadait la porte de son bureau, relégué au premier étage de la maison, en bout de couloir.

Elle pénétra dans la pièce qui semblait de taille modeste tant l'amoncellement d'ouvrages, les murs tapissés de bibliothèques et de casiers en réduisaient l'espace. Elle contourna la planche montée sur tréteaux qui lui servait de table de travail, se laissa choir dans le fauteuil et inspira lentement avant d'oser lever les yeux. Comme chaque fois.

Sur le mur situé en face d'elle, le seul libre de meubles, s'étalait un poster. Une photo de Leonor que Diane avait fait agrandir. Elle devait avoir sept ou huit ans et tenait à la main une énorme marguerite orange. Elle souriait, la tête coquettement inclinée sur le côté. Le même remords envahit Diane : elle ne se souvenait plus au juste quand avait été pris ce cliché. Leonor devait être assise sur son lit puisque des coussins roses et violines apparaissaient derrière elle.

Diane alluma son ordinateur. Elle fixa l'écran sans le voir. Son esprit s'évada pour rejoindre à nouveau ce passé parfait, celui dans lequel Leonor riait et s'émerveillait d'un rien. La phrase qu'elle avait tapée sinua sur l'écran lorsque l'appareil passa en mode veille, la tirant de son coma éveillé. « L'enfer est ici et maintenant. »

Après la morgue, ou plutôt, juste après le procès qui avait permis à Richard Ford, dit le beau Rick, le massacreur de Leonor, de ressortir libre et vainqueur, Diane avait entamé une longue et volontaire descente en enfer. Mais l'enfer ne voulait pas d'elle. Il en avait peur. L'enfer l'avait dégueulée. Diane faisait partie de la race des survivants, des résilients qui continuent coûte que coûte, même amochés, même infirmes.

Diane s'était réveillée un matin, son crâne explosant de la cuite de la veille, un godemiché abandonné dans son vagin. Elle l'avait balancé en bas du lit et avait suivi, les yeux mi-clos, les évolutions de la grosse larve blanche de sexe masculin, si on en jugeait par la petite chose qui pendait de sous son abdomen obèse. Sans doute le client qu'elle avait ramassé la veille. Elle n'en gardait aucun souvenir.

Un regard en gouttes de lac. Un nuage de cheveux blond-roux frisés, comme les siens. « Maman, maman, mais alors, les ours polaires vont mourir ? – On les sauvera, ma chérie. Peut-être pas tous, mais la plupart. On les transportera au pôle Sud. » Un mensonge. Un autre. Ils allaient tous crever. Les ours, les phoques et les autres. Ils n'emmerderaient plus personne. Du moins pas ceux dont les bateaux emprunteraient la voie polaire enfin dégagée de sa calotte, une substantielle économie de temps et de carburant. Encore moins les compagnies ou gouvernements qui allaient forer sous la mer pour récupérer le gaz et le pétrole.

« Maman, tu es belle-belle-belle ! – Non, c'est toi qui es belle-belle-belle. Un ange. »

L'ange. Un ange qui s'émerveillait, riait de tout. Un ange qui transformait la vie en miracle. Un moineau qui se posait sur un appui de fenêtre. Un pétale de fleur qui atterrissait à ses pieds. Une mouche qui envahissait leur cuisine et ses hurlements pour la faire ressortir avant que sa mère ne l'écrase. Un ange qui ne voyait que la vie, que la vie rendait folle de joie. Un ange dont Diane avait dû identifier les morceaux, à la morgue. Les marques de brûlures qui zébraient ses flancs, ses fesses, son ventre. Diane n'avait pas pleuré, pas vomi, pas hurlé. Elle ne s'était pas trouvée mal. Elle était déjà au-delà. Elle avait regardé. Tout. Et l'enfer lui avait semblé une bonne alternative. Mais l'enfer n'avait pas voulu d'elle. Elle n'était pas assez docile. Et dans cette chambre minable, qui puait les pieds, en regardant la nouille qui pendouillait de sous l'abdomen gras et livide de son client de la nuit, celui qui venait d'allonger trente dollars – le prix d'une pute très bas de gamme –, Diane avait compris. Elle devait protéger les anges de leurs prédateurs. Ce matin-là, en un instant, Diane était redevenue le Dr Silver. En beaucoup mieux, en beaucoup plus implacable. Le client réclamait, assez gentiment d'ailleurs, une autre fellation. Elle l'avait envoyé paître, avait empoché les trente dollars et était sortie de l'hôtel minable.

Diane introduisit sa clef dans le port USB et transféra toutes les données de la journée sur son ordinateur. Quelques clics lui permirent d'afficher en mosaïque les quatre photos de scène de crime. On aurait presque pu croire qu'il s'agissait du même cadavre pris sous des angles différents, tant la mise en scène était identique. Quatre femmes, de race blanche, âgées de vingt-deux à trente-huit ans, retrouvées dans des motels assez pouilleux des environs de Quincy, Braintree et Lynn, périphérie de Boston. Donc, a priori, un Blanc, âgé de vingt-cinq à trente-cinq ans. Toutes des prostituées, avec un passé de toxicomane. Une proie idéale pour plusieurs raisons. En dépit de la méfiance de ces filles, de leur habitude de la jungle urbaine, il suffit d'allonger le prix de la passe assorti de la promesse d'une bonne dose pour qu'elles suivent leur client, surtout s'il a l'air plutôt inoffensif. S'ajoutait à cela que, aux yeux de pas mal de tueurs, les putes sont viles, sales. Elles couchent avec n'importe qui, monnaient le sexe, transmettent des maladies. Par un tour tordu de logique, les hommes en général, le tueur en particulier, deviennent leurs victimes. En d'autres termes, leur ôter la vie n'est pas aussi grave que de tuer une « vraie » femme, une non-pute. Une confortable déculpabilisation. Diane avait entendu et lu cet argument cent fois, lors d'interviews, de procès ou dans des rapports d'experts. Le tueur n'est pas coupable. Au fond, c'est lui la vraie victime. C'est l'autre, les autres qui l'ont contraint à faire le mal. Un retournement de situation aidé par la psychologie de bazar qui s'étale un peu partout et une défense qui se raccroche à ce qu'elle peut.

Les filles étaient inconnues dans les différents motels. Les prostituées préfèrent pourtant des lieux qu'elles connaissent, qui les rassurent. Le tueur était donc convaincant en plus d'avoir l'air inoffensif et sympa.

Aucune description physique du meurtrier. Ce sont les filles qui vont chercher les clefs de la chambre à l'accueil. Une pratique classique qui évite au client de se faire remarquer. Des témoignages recueillis par le Boston PD, il ressortait que le type frappait à n'importe quelle heure de la journée ou en soirée. Un solitaire. Pas de travail, ou alors un emploi qui lui permettait une grande liberté d'horaires.

Les flics et les labos du médecin légiste du Massachusetts avaient bien bossé, et Diane se souvenait du moindre détail des rapports qu'elle avait reçus. Elle détailla les photos par ordre chronologique, cherchant une différence, une modification, même minime, du *modus operandi*, des « perfectionnements ». En vain. Une mise en scène efficace, qui comblait toujours autant le tueur. Toutes les victimes avaient été retrouvées sur la moquette, non loin du lit, couchées sur le ventre. Elles avaient été ligotées à mi-cuisses, à la pliure des genoux et aux chevilles par une corde bleue en Nylon, le genre que l'on trouve dans n'importe quel magasin de bricolage. En revanche, leurs poignets avaient été liés dans le dos à l'aide d'un collant, neuf, que le tueur avait vraisemblablement apporté si on en jugeait par l'absence de squames dans la matière synthétique. Toutes, sauf une, la deuxième, avaient été étranglées à l'aide d'un bout de cordage bleu, abandonné ensuite à côté d'elles. Des fibres de coton blanc avaient été retrouvées dans la cavité buccale des quatre victimes. Une boule de tissu qu'il leur enfonçait au fond de la gorge. Étrangement, alors que le tueur semait volontiers ses traces, il avait chaque fois récupéré ce bâillon pour l'emporter avec lui. Un trophée ? Aucune marque de prise n'avait été relevée sur les victimes, pour une excellente raison : il n'y avait pas eu lutte. Il les assommait avant. Probablement dans la salle d'eau, lorsqu'il leur ordonnait d'aller se laver. On avait retrouvé un poil pubien, appartenant à la troisième femme, coincé dans l'anneau de la bonde. Il les surprenait et frappait par-derrière, ce que confirmait l'autopsie. Avec assez de violence – « … l'hématome résultant évoque l'usage d'une matraque de défense… », avait précisé le médecin légiste – pour leur faire perdre conscience. De petite taille ? D'une force physique médiocre, ce qui renforçait son air d'innocence ? C'était, du reste, ce traumatisme crânien qui expliquait le décès de la deuxième femme. La seule sur laquelle les labos n'avaient pas retrouvé de sperme. Pas pu ? Pas eu envie ? Diane optait pour la première hypothèse.

Son regard se riva à celui, jumeau du sien, de Leonor qui souriait, étalée sur le mur, sa grosse marguerite à la main. Diane oublia le reste. Un processus étrange s'opérait, qu'elle n'avait aucune envie d'analyser. On aurait dit que le grand regard clair de la petite fille ouvrait les portes secrètes et verrouillées de l'esprit de sa mère. Il ne s'agissait en rien d'une vision, d'un don surnaturel. Son intelligence venait de classer, rejeter, conserver, ordonner, comparer toutes les données sans même qu'elle s'en rende compte. Le bureau sembla s'obscurcir. Diane descendit avec lenteur elle ne savait trop où, quelque part, très loin dans son cerveau, dans un recoin où s'agençaient, sans qu'elle en soit consciente, toutes les pièces du puzzle.

Elle le voyait, de dos, comme toujours. Il était châtain foncé, cheveux mi-longs ondulés. Les labos du médecin légiste de Boston avaient retrouvé « un cheveu qui n'appartient pas à la victime, châtain foncé, mi-long, ondulé, coincé sous la ligature des bras… ».

Dans le film que venaient de créer ses neurones, il s'agissait de la deuxième victime, une brune de vingt-huit ans, une certaine Cindy Rand. Visage très maquillé, moue fatiguée, énervée. L'esprit de Diane décelait le reflet de la fille dans le miroir rectangulaire scellé au-dessus du lavabo. La salle d'eau : une des photos de scène de crime. Soudain, Cindy écarquillait les yeux. Trop tard. La courte matraque en plastique noir et dur venait de s'abattre sur son crâne. Elle s'effondrait, son front heurtant le rebord du lavabo. Le légiste avait signalé un hématome en formation, situé deux centimètres au-dessus du sourcil gauche. L'homme la traînait par les chevilles, dans la chambre, à côté du lit, et la ligotait, lui fourrait une boule de tissu blanc dans la bouche. Il prenait son temps, son excitation montait au fur et à mesure de son rituel. Bientôt, il banderait. Bientôt, il pourrait baisser sa braguette et éjaculer entre les cuisses serrées de la fille [1]. « Pas de

---

1. Certains éléments de la description sont empruntés au tueur dit « des cannes à sucre ». Voir à ce sujet Stéphane Bourgoin, *Une femme sur la trace des serial killers, Micki Pistorius*, Paris, Éditions n° 1, 2000.

sperme dans la cavité buccale, vaginale ou anale, énumérait le rapport du légiste. En revanche, des écouvillons positifs ont été collectés à l'intérieur des cuisses et sur leur face interne-postérieure. » Il entourait lentement le cou de Cindy avec un bout de corde bleu, patientant encore un peu. Il n'y était pas tout à fait. Soudain, au moment où sa main s'approchait du bouton de sa ceinture de pantalon, un soubresaut. Sa victime venait de mourir. Il la secouait, d'abord. Puis lui assénait de grandes claques de fureur dans le dos. De frustration. L'orgasme ne venait que lorsqu'il les étranglait. Elle l'imagina éructant, insultant la femme morte qui venait de lui voler son plaisir.

Le regard intérieur de Diane balaya la chambre de motel. La télévision était allumée, le volume monté assez fort. Le rapport du Boston PD mentionnait : « … un des corps a été découvert par le gérant du motel à la suite de la plainte des occupants d'une chambre voisine. » Il se redressait, toujours de dos, poings crispés. Tremblant de colère, il récupérait le bâillon et défaisait les agrafes du soutien-gorge de Cindy : « … Chaque fois, une pièce de vêtement manque, en plus du bâillon : slip, soutien-gorge, voire, dans un cas, une botte à talon haut. » Un trophée qui lui permettait de se rejouer la scène, de parvenir à l'érection. L'odeur de ses victimes, de leur salive sur le bâillon. Jusqu'à ce que le souvenir s'émousse et qu'une nouvelle répétition lui devienne nécessaire. Bientôt. Bientôt, une autre femme allait mourir, une boule de coton blanc au fond de la gorge.

Diane avait exigé d'être appelée sur la prochaine scène de crime, avant l'enlèvement du cadavre. Les photos, les relevés, aussi précis soient-ils, étaient insuffisants. Elle voulait la flairer sur place. Sa nouvelle proie.

Sa proie avait abandonné ses empreintes digitales, son sperme, et un cheveu, donc son ADN, un peu partout. En d'autres termes, le tueur savait que les flics ne pourraient pas remonter jusqu'à lui. Jamais arrêté, jamais condamné, donc. Un petit gars gentil, effacé et propre sur lui qui ne dépasse jamais les limitations de vitesse ? Ou alors très intelligent, très secondarisé ? Non, pas la seconde hypothèse. Un type qui n'était jamais parvenu à la lever dans des circonstances autres que criminelles. Donc, un sujet qui se sentait inférieur au reste des hommes. Certainement pas un mâle alpha.

Il sembla à Diane que la lumière revenait dans le bureau. La marguerite orange s'imprima sur ses rétines. Les portes se refermèrent. Un sourire désespéré lui vint et ses yeux se remplirent de larmes. Elle murmura au poster, en lui envoyant un baiser soufflé, du bout des doigts :

— Tu laisses maman, chérie ? Repose-toi, mon ange. Je t'aime tant… tant… plus gros qu'un énorme éléphant.

Son bébé. Son bébé l'accompagnait durant chaque seconde de sa vie. C'était bien. Très douloureux, horriblement douloureux, mais au fond réconfortant. Diane l'imaginait, perchée sur son épaule en toutes circonstances, comme un de ces charmants daemons d'*À la croisée des mondes* [1].

1. De Philip Pullman, traduit de l'anglais par Jean Esch, Paris, Gallimard Jeunesse, « Folio Junior », 1998.

Diane alluma une cigarette, se leva et s'approcha d'un casier fermé. Elle en tira une bouteille.

— Maman mérite un bon whisky, mon ange.

Elle avala une longue rasade à même le goulot. Certes, elle buvait et fumait trop, ne dormait presque plus malgré les somnifères et s'alimentait en dépit du bon sens. Rien à foutre !

Elle était morte un jour. Des années auparavant. À New York. En visionnant la bande du martyre, de l'agonie de sa fille. Rien ne peut tuer un fantôme : pas même le cholestérol ou le goudron des cigarettes !

Elle exhala une longue bouffée de fumée bleutée et avala une autre généreuse rasade d'alcool avant de se réinstaller devant son ordinateur pour consulter sa messagerie, son adresse e-mail confidentielle que dix personnes à peine dans le monde possédaient. Un message d'Yves l'attendait, dans un anglais parfait, bien que truffé de fautes d'orthographe. De son aveu, il en faisait autant dans sa langue maternelle : le français.

Comment vas-tu, ma chérie ? Ça ronronne gentiment de ce côté de l'Atlantique. J'ai le sentiment que, depuis mon retour il y a deux ans, je suis en vacances. Je ne m'en plains pas, même si je m'ennuie. Tu sais comme je hais la violence gratuite. Je hais ce monde qui la sécrète. Non, ne t'inquiète pas, nous n'allons pas encore nous engueuler sur notre opposition fondamentale : le monde est-il devenu plus implacable, plus cruel ou pas ? Je dis oui, tu affirmes le contraire. Nous campons chacun sur nos positions, c'est cool. Raconte-moi ce que tu fais, ta vie. La mienne est vide. Je ne peux même pas accuser quelqu'un d'autre. Ah si… un truc la meuble un peu. Silver. Pardon de lui avoir donné ton nom avant de faire plus ample connaissance avec elle. Silver est donc un petit bouledogue français bringé, une femelle, très drôle et tendre... quoique idiote. Elle a cinq neurones qui ne s'allument jamais ensemble. Tant pis : je suis fou amoureux d'elle. Tu te rends compte qu'elle dort le museau enfoui dans une de mes pantoufles ? Je craque ! Ben oui, chérie, j'en suis là. Blague à part, tu me manques, notre travail me manque, ma vie de là-bas me manque. Je te l'avoue : je m'emmerde ferme sans toi. Bon, d'accord, je brosse Silver tous les jours et je la promène. On fait de grandes parties de carotte couinante en plastique. Un peu léger pour remplir la vie d'un homme ? Quand auras-tu un besoin crucial de moi ?

Je t'embrasse goulûment.

Yves.

Il n'avait pas mentionné une seule fois Leonor, mais Diane la sentait partout dans son message. Au fond, Yves était un des rares qui aient perçu le gouffre sans fond dans lequel avait sombré Diane. Pour cette raison, il n'avait jamais demandé d'explications. Il n'avait jamais eu l'indécence de parler de deuil, de fin de deuil. Il y avait une plaie béante. Elle resterait béante, affreusement douloureuse. Ainsi le voulait Diane. Yves l'avait senti.

Un sourire. Le premier vrai sourire depuis des semaines. Yves Guéguen, colonel. Un flic français qu'elle avait formé trois ans plus tôt au profilage. Un homme selon son cœur en dépit d'une insolence décapante et d'une aversion pour l'autorité, assez incongrues étant donné son grade militaire. Chaque fois qu'elle lui en faisait la remarque, il répondait :

— Normal. Je suis breton. Ça vient avec les crêpes !

Diane avait fini par comprendre que la Bretagne était une partie de la France, dotée d'une forte identité régionale, et dont une des grandes spécialités était la crêpe ou plutôt la galette. Elle était même maintenant capable de placer cette région sur un planisphère.

À part cela, cette grande baraque de mec, Yves, avait l'étoffe du chasseur. Étrangement, sa « mission » se mâtinait de religiosité, une donnée assez incompréhensible aux yeux de Diane. Yves était un catholique non pratiquant mais convaincu. À l'instar de pas mal de protestants, Diane était fascinée par le catholicisme. Une religion de la culpabilité mais du mouvement, de l'amélioration personnelle. « Je suis coupable, de toute façon, mais je vais me démener pour rectifier le tir. Je vais convaincre Dieu que je vaux quelque chose, qu'Il a raison de m'accorder Sa confiance ! » Un truc de ce genre. Diane ne croyait plus à rien. Si, à une seule chose : la chasse. Ici et maintenant. Toutefois, Yves était le seul être humain qui soit parvenu à se frayer un chemin jusqu'à elle depuis. Depuis la mort de Leonor. Sa folie généreuse, sans doute. Car il était fou, lui aussi. Seuls les fous font avancer le monde dans le bon sens. Du moins était-ce la conviction de Diane. Qu'est-ce qu'un fou ? Quelqu'un qui s'oublie au profit des autres.

Elle eut envie de lui répondre sur-le-champ :

Cher Yves,

Je suis sur une enquête à Boston. Rien d'international. Un tueur minable mais qui a déjà étranglé quatre femmes. Des prostituées, bien sûr. Il ne s'arrêtera pas en si bon chemin, tant que je ne lui aurai pas mis la main dessus. Une aiguille dans une meule de foin. À moins qu'il commette une grosse connerie, son profil est si banal qu'il risque de s'écouler pas mal de temps, pas mal de vies, avant qu'on ne l'arrête. À part cela, je pense souvent à toi. Tu me manques aussi. Je n'arrive plus à me prendre le bec avec personne depuis que tu es parti. Ils ont tous peur de moi, parce qu'ils me jugent incontrôlable. Certes, ils ont raison. Un avocat d'affaires, associé dans un très joli cabinet bostonien, m'est tombé dessus avec la bénédiction du directeur de Quantico. Il veut faire un stage sur les tueurs en série. Ça sent le coup foireux à cinq kilomètres. J'ignore encore de quoi il retourne au juste. Toutefois, je vais trouver. Ravie qu'un bouledogue portant mon nom renifle avec délectation tes pantoufles. Ça me fait chaud au cœur !

Je t'embrasse en dame bien élevée : d'un frottement de joue contre joue accompagné d'un petit bruit de bouche mimant le son d'un baiser, afin d'épargner notre rouge à lèvres à tous les deux !

Elle cliqua en pouffant sur « Envoi ».

Le claquement du Zippo, une autre rasade de whisky. Elle éteignit l'ordinateur et se leva. Elle se rapprocha du poster, de la grosse marguerite, et passa ses doigts sur le sourire de Leonor.

Elle suffoqua, se cramponnant à sa volonté pour ne pas s'effondrer. Un voile glacé qui s'abattait sur son cerveau, le givrant. Un froid mortifère dans sa tête, dans tout son corps. Le rire de Leonor. Elle courait, se retournant pour faire un signe, celui de la suivre. Un jardin public avec en arrière-plan de hauts buildings. New York. Une main de femme se tendait vers la petite fille. Une jolie main gauche, fine, longue et pâle. Ornée d'une bague de fiançailles et d'une alliance. La petite menotte de Leonor qui rejoignait celle de la femme. Pas la main de Diane. Le rire ravi de Leonor. Plus rien. Le noir, le vertige. Diane se sentit partir. La pièce tourna, le sol se déroba. Elle se retint des deux mains sur le poster de sa fille souriante.

Une femme. Bien sûr. Quelle insondable gourde. Diane n'avait jamais compris comment sa fille avait pu suivre, en plein jour, un homme, même déguisé en clown ou en nounours. Leonor était terriblement méfiante, Diane y avait veillé. Ce flash épouvantable venait de la renseigner. Une femme. Une femme avait rabattu les gamines pour le tueur, le beau Rick. Une haine viscérale la secoua. Pas une femme. Une femme ne peut pas faire de telles choses, pas avec des enfants. Ce sont des trucs de tordus. Erreur, chérie, erreur. Certaines femmes sont aussi malfaisantes que certains hommes, notamment celles qui prostituent leurs bébés. Tu te souviens de cette fille de l'Arkansas que tu as fait arrêter, qui vendait sur Internet les vidéos de ses bébés qu'elle faisait violer par certains de ses mecs [1] ?

Elle allait la descendre, même si elle devait finir ses jours en taule ! Ça valait le coup. Les fantômes se foutent de la prison.

L'enfer. Faust avait raison. L'enfer, c'est ici et maintenant. Le pire n'existe qu'en nous. Et pourtant… la terre est un paradis. Nous n'en avons pas voulu. Nous avons détruit, avili tout ce que nous pouvions. L'*Homo sapiens* va disparaître. Bon débarras ! Non, non… ce ne sont pas les meilleurs qui survivront. Les gentils, les civilisés, les disciplinés crèveront. Ce sont

---

1. En fait, il s'agissait d'une Anglaise. Elle a été arrêtée.

les tueurs qui s'en sortiront, les plus féroces, les plus armés, comme toujours. Les fauves. Comme elle.

Diane allait descendre cette femme et s'en sortir avec les honneurs. Elle y veillerait. On ne doit payer que pour le meurtre d'un être humain. Cette femme n'en était plus un, du moins pas selon la définition de Diane.

Certes, c'était une définition très floue. En effet, quelle espèce animale prostituerait ses enfants pour de l'argent ? Quelle espèce animale rabattrait des proies pour qu'un membre de sa race torture, viole ? Aucune, à part l'Homme. Quelle sidérante espèce que l'Homme. Capable de merveilles défiant l'imagination, et puis de prendre son pied dans les hurlements et la souffrance.

Elle allait tuer cette femme. Celle dont la main enserrait les doigts de Leonor. Sans aucune hésitation.

Base militaire de Quantico, États-Unis, mai 2008

Diane leva les yeux de sa soupe de pétoncles et détailla maître Charles Devernois-Klyne. Un pur produit de sa classe et de sa fonction. Assez grand, d'une minceur musclée qui sentait la salle de gym, brun, les mains manucurées, la chemise bleu pâle sur mesure. La jolie montre plate dont Diane songea qu'elle devait coûter au moins trois ans de son salaire de profileuse, le sourire à la fois enjôleur et conquérant, tout respirait en lui l'avocat qui a réussi. La même question tournait dans son esprit : pourquoi ce type s'intéressait-il tant aux tueurs en série ? Pas du tout le profil d'un avocat de pénal. On gagne tellement plus d'argent avec le droit des affaires, ou même – très à la mode – les actions de masse contre les entreprises. Ce type était très intelligent – les questions qu'il lui avait posées en témoignaient. Il était satisfait de lui-même, l'aisance de ses gestes et de ses paroles l'attestait. A priori, pas le genre de candidat qui a décidé de changer de vie. Au demeurant, il était resté évasif, faisant dévier la conversation avec habileté chaque fois qu'elle avait abordé sa future reconversion. Qui avait menti : lui ou Edmond Casney Jr. ? Non que la réponse revête une quelconque importance : elle était contrainte de le recevoir en stage, qu'on lui ait ou non raconté des bobards.

— Écoutez, je pense avoir lu et vu pas mal de choses, docteur Silver, reprit-il. Des ouvrages de Robert Ressler à ceux de John Douglas ou de Colin Wilson, en passant par celui de Candice DeLong. J'ai même visionné les conférences de Micki Pistorius. Époustouflant, terrorisant. Et je ne sais toujours pas pourquoi.

Elle le fixa. Pensant qu'elle n'avait pas compris, Charles répéta :

— Je veux dire pourquoi font-ils ça, ces monstruosités.

— Pour le pouvoir. Quoi d'autre ? Même le sexe n'est qu'un attribut du pouvoir pour eux. On dit bien qu'un homme est « impuissant » lorsqu'il ne bande pas, non ? Eux retrouvent leur puissance, leur érection physique ou psychologique, en tuant et en torturant leur victime. L'ennui, c'est que cette… érection ne dure pas. Elle s'étiole, elle déçoit. Il faut recommencer, parfois dans la surenchère. Alors, bien sûr, ensuite viennent les explications annexes, presque exogènes, qui permettent de comprendre l'origine de l'impuissance qu'ils ressentent. Une mère dominatrice ou volage, un père castrateur ou absent, un abandon ou des sévices sexuels durant l'enfance, tout ce que vous voulez. Parfois, on ne trouve rien. L'enfance du *serial killer* était normale, du moins d'un point de vue extérieur…

Elle attaqua sa mousse de framboises avec une évidente satisfaction, dégustant sa bouchée en plissant les lèvres et en creusant les joues de gourmandise. Elle tira lentement la cuiller de sa bouche et poursuivit :

— Et de toute façon, selon moi, cette recherche d'origine n'a d'autre intérêt que de permettre d'établir un profil déviant. Elle ne répond en rien à la question fondamentale qui est : pourquoi des enfants maltraités, abandonnés, battus, violés deviendront-ils un jour de bons citoyens, de bons parents alors que d'autres vont verser dans le crime monstrueux ?

— Vous pensez à une explication génétique ?

Elle sourit.

— Si je réponds par l'affirmative, vous allez penser que je suis une sale réac…

Il n'était, effectivement, pas loin de le croire.

— Est-ce qu'il existe un gène du tueur ou même un chromosome ? J'en doute. D'ailleurs toutes les investigations sur la présence d'un double chromosome sexuel Y chez des criminels très violents n'ont pas été concluantes. Est-ce qu'il existe une… disons *base* génétique ? Pourquoi pas ? Nous ignorons encore tant de choses sur la génétique humaine, sur ses manifestations. Prenons la sensation de grand bien-être, par exemple. Elle est liée à la sécrétion et à la persistance de sérotonine, un médiateur chimique du cerveau. Ce sont des enzymes qui produisent la sérotonine. Or les enzymes sont codées par nos gènes. Bien sûr, il y a un grand fossé entre cette connaissance et le fait d'affirmer que le bien-être est génétique. En effet, les enzymes et les gènes n'expliquent pas pourquoi la vue de la personne aimée, de son enfant, une belle musique, des sensations donc, provoquent la libération de sérotonine. Il n'est pas exclu que la surviolence de certains sujets ait une base génétique au sens large, activée en quelque sorte par des circonstances exogènes, mauvais traitements ou manque d'éducation morale et d'exemples positifs à la période critique, entre six et douze ans, etc.

Elle plongea sa cuiller dans sa coupelle de mousse et acheva :

— L'inverse est également possible. En d'autres termes, ce débat entre l'inné et l'acquis est dépassé. Vous savez pourquoi ?

Il hocha la tête en signe de dénégation.

— Parce que l'inné influence l'acquis et vice versa. Un vrai sac de nœuds !

— Vous ne leur trouvez aucune excuse, n'est-ce pas ? Aucune circonstance atténuante ?

Le regard de glace l'épingla. Elle rétorqua de sa voix très calme :

— Je n'ai pas de temps à perdre. Tout le temps et l'énergie que je leur consacre ne sont destinés qu'à une chose : les retirer du système avant qu'ils ne nuisent à nouveau.

Elle reposa sa cuiller sur le rebord de la soucoupe et contempla, un peu déçue, la coupelle vide.

— Je peux vous poser une question personnelle ?

— Faites. Au pire, je vous remets à votre place.

Elle ne plaisantait pas.

— Qu'est-ce qui vous a attirée vers le métier de profileur ?

Le regard de Diane Silver se perdit vers la grande baie vitrée de la salle en rotonde. Elle hésita, certaine qu'il connaissait l'histoire de Leonor et tout de sa vie à elle, ou presque. Un « Allez vous faire foutre » lui aurait bien plu. Toutefois, il s'agissait d'une de ces insolences, une coquetterie presque, qu'elle se permettait parfois et qui ne l'amusaient pas longtemps. Suave, elle préféra :

— Un fâcheux hasard.

Elle se leva et alla déposer son plateau sur le chariot, sans l'attendre.

Paris, France, mai 2008

Le regard de Louise balaya la rue lorsqu'elle sortit du lycée à seize heures dix. La déception le disputa à l'appréhension en elle. Sire Faustus ne l'avait pas attendue. Le voir sur le trottoir d'en face, le visage sévère, les bras croisés sur son gilet de cuir noir la soulevait d'allégresse. Du coup, la morne et pourtant irritante journée qu'elle venait de subir s'envolait.

Elle les détestait, tous ces abrutis besogneux qui l'environnaient, des heures durant. Ils s'activaient, apprenaient, ressassaient des programmes ineptes censés leur ouvrir l'esprit et surtout les portes du monde du travail où ils continueraient d'être esclaves. Parfois, la haine qu'elle éprouvait à leur égard se mâtinait d'une sorte de pitié. Si elle n'avait pas eu l'ineffable chance de rencontrer sire Faustus deux ans plus tôt, elle serait toujours des leurs. Une future esclave. Aujourd'hui, les invisibles chaînes qui la contenaient, la contraignant à ramper à l'instar des autres sans même s'en rendre compte, avaient cédé. Elle était devenue une maîtresse, presque, et avait choisi de devenir la plus fidèle, la plus docile adepte de sire Faustus. Un choix, en effet, en toute connaissance de cause. Sire Faustus le répétait : ils étaient devenus des outre-humains, dépassant, transcendant les limites de cette médiocre espèce dans laquelle ils étaient nés. Ils étaient les aristocrates. Les piètres humains devenaient donc leurs serfs. Il en existait d'autres, comme eux, de par le monde. Peu. Sire Faustus communiquait avec eux, par e-mails. Il avait eu du mal à les trouver. Il avait visité des centaines de sites consacrés aux vampires, à la sorcellerie ou créés par des satanistes, allant de déception en déception. Selon lui, tout cela n'était qu'un ramassis de superstitions, d'infantilisme, et traduisait surtout l'envie désespérée de pauvres petits humains de se bercer de l'illusion qu'ils étaient différents. Enfin, après d'interminables nuits blanches passées devant l'ordinateur, il avait découvert ce qu'il cherchait. Deux liens, habilement maquillés d'innocence, qui menaient vers des êtres de leur sorte : supérieurs. C'était ainsi qu'il avait trouvé son mentor. Un Canadien. L'initiation avait commencé, d'abord celle de sire Faustus, puis celle de Louise. Une longue initiation, semée de douleurs, d'humiliations, d'obéissance. Enfin, la dernière épreuve avait été imposée à sire Faustus par son mentor, dont il avait toujours refusé de discuter avec Louise, tant que celle-ci ne serait pas totalement initiée. Tuer. Ôter la vie d'un humain.

Louise se souvint de la scène et un sourire flotta sur ses lèvres presque noires. Sire Faustus pouffait en évoquant pour elle les alternatives auxquelles il avait réfléchi. Son père ou sa mère semblait le choix le plus évident. Toutefois, ces deux sous-races gagnaient beaucoup d'argent, permettant à sire Faustus de vivre dans le luxe et de faire ce que bon lui plaisait, quand bon lui plaisait. Bien sûr, il en hériterait mais à seize ans, il allait se retrouver avec une tutelle sur le dos. En revanche, ses parents lui foutaient une paix royale, ne s'intéressant qu'épisodiquement à ses résultats scolaires, lesquels étaient excellents, contrairement à ceux de Louise. Encore trop tôt pour les tuer. Sa sœur, de cinq ans sa cadette ? Quelle idée réjouissante. Cette gourde l'exaspérait avec ses petites mines et ses caprices, sans oublier les musiques débiles qu'elle lui infligeait parce que cette idiote craignait de devenir sourde et qu'elle refusait de porter les écouteurs de son MP3 une fois rentrée de l'école. D'un autre côté, il s'agissait de son premier meurtre. Un coup d'essai qu'il souhaitait transformer en coup de maître. Or, nul n'est à l'abri d'une erreur. La police soupçonne toujours les proches. Il était hors de question de se faire arrêter. Un étranger, plutôt. La meilleure option. Louise avait suggéré un clochard, sous-race parmi la sous-race. Sire Faustus hésitait. Au fond, elle le comprenait. L'attente, la préparation étaient jouissives. Elle s'était aussi prise au jeu, en dépit du fait qu'elle n'était encore qu'une apprentie et que son dernier passage initiatique n'aurait lieu que l'année suivante. Un délice presque insupportable : poser les yeux sur un passant, un élève de sa classe, ou la jeune caissière du supermarché et songer qu'ils vont mourir, parce qu'on va les tuer. Imaginer chaque détail de l'agonie, la panique dans leurs yeux, que la lumière abandonne peu à peu. L'attente avait duré deux semaines, jusqu'à ce que le mentor canadien s'inquiète. Sire Faustus était-il à la hauteur de ses exigences ? Avait-il peur ? S'était-il agi d'un jeu adolescent dans son esprit ? Piqué au vif, sire Faustus avait franchi le dernier pas vers l'essence d'outre-humain. Un pas irrémédiable. Il avait pénétré dans un grand magasin de vêtements, sans idée définie sur sa proie. Il s'était promené avec nonchalance entre les rayons et, soudain, il l'avait vue. Un bébé endormi dans une poussette. Sa mère gesticulait dans une cabine d'essayage. Sire Faustus s'était penché et, rassuré par les soubresauts des jambes du jean que la femme tentait d'enfiler, il avait souri au bébé, avant d'attraper son lapin en peluche et de l'appliquer fermement sur le petit nez et la mignonne bouche. En ressortant du magasin, il hésitait entre le fou rire en imaginant la mère poussant son bébé mort parce qu'elle le croyait toujours endormi et un certain mécontentement. Envers lui-même. Trop facile. Il n'en retirait pas grande satisfaction et s'inquiétait de la réponse, peut-être méprisante, que lui ferait son mentor. De fait, celui-ci avait semblé déçu par cette piètre performance. Il avait tout de même tenu à rassurer son adepte : on n'excelle pas dès le premier coup. Lorsque sire Faustus avait relaté son exploit à Louise, celle-ci s'était extasiée tout en songeant qu'elle tenterait de faire mieux, plus difficile.

— Bouge ton gros cul, Louise !

Elle sursauta. Alexandre venait de faire démarrer son scooter et elle barrait le passage. La coqueluche blondasse de ces demoiselles jeta un regard écœuré à Louise qui recula contre le mur du lycée.

— Quelle tache ! T'es aussi lourde au propre qu'au figuré, ma pauvre fille. En plus, tu pues ! cracha Alexandre avant de s'éloigner.

Elle le détestait. Elle les exécrait tous. Pauvres crétins inconscients de leur infériorité. Évidemment, ils se moquaient d'elle, de ses extravagances vestimentaires, alors que ces abrutis ne rêvaient que de Converse, de Prada et de Ralph Lauren. Le look dominant de ce quartier huppé. Cependant, elle n'en avait plus rien à faire. Elle ne les voyait plus, ne les entendait plus. Elle leur était devenue tellement supérieure. Ils étaient les larves grouillantes qu'elle écrasait sous ses pas.

Alexandre ferait une magnifique cible pour la dernière étape de son initiation. Un soupir de réconfort lui vint lorsqu'elle s'imagina en train de l'énucléer, de balafrer sa jolie petite gueule à coups de cutter. Elle soupira. Non, elle le garderait pour plus tard. D'abord sa mère. Sa mère serait sa première proie. Elle rêvait de la tuer depuis si longtemps. Bien avant d'avoir rencontré sire Faustus. Louise avait eu le temps de préparer son plan. Personne ne la soupçonnerait jamais. Pas même cet avorton de Victor à sa maman. Louise ne manquerait pas de le mettre dans la confidence. Le jour où elle le tuerait à son tour.

Elle ne se rendit compte de sa présence qu'à cet instant. Celle de l'homme. Arrêté sur l'autre trottoir, il la dévisageait, un sourire charmeur aux lèvres. D'accord, il était un peu vieux, plus de trente ans, sans doute, mais vachement beau mec. Grand, les épaules carrées, dont la ligne virile était soulignée par le cuir noir de sa longue redingote. Elle remarqua le pantalon, de cuir noir également, passé dans des bottes. Il portait ses cheveux châtain clair mi-longs en carré lisse et ses yeux étaient dissimulés derrière des lunettes rectangulaires aux verres incurvés. Louise se demanda s'il s'agissait d'un simple accoutrement dandy-gothique ou si cet homme faisait partie de leur espèce, des outre-humains. Elle était très tentée de croire à la deuxième hypothèse. La solitude des êtres supérieurs, dont sire Faustus répétait qu'elle était leur apanage, pesait parfois à Louise. Ils n'étaient toujours que deux puisque sire Faustus n'avait jamais voulu l'introduire auprès de ses correspondants Internet et qu'il avait, à juste titre, jugé les trois autres membres de leur petit groupe initial indignes d'une initiation. Des sous-races, eux aussi, qui devaient rester dans la plus stricte ignorance de leur progression à tous deux. Et puis les épisodes masturbatoires recommandés par sire Faustus commerçaient à ennuyer Louise. Certes, c'était plutôt agréable, mais le sexe à deux devait être meilleur. Elle avait offert sa virginité à sire Faustus dans le cadre de sa libération des contraintes et des convenances imposées par les inférieurs. Toutefois, en dépit de quelques répétitions, force avait été de reconnaître qu'il était meilleur maître qu'amant. Ce type là-bas, qui la dévisageait toujours, bras croisés sur son torse, était beau. Très beau. Elle lui sourit en retour et il la rejoignit en quelques longues foulées.

Le portail électrique s'ouvrit pour livrer passage à la Porsche noire qui s'arrêta devant le perron d'un hôtel particulier de Neuilly, blotti au creux d'une petite rue calme et fleurie. Louise réprima un sourire. Merde, en plus il était plein aux as, l'Américain. Nathan. Il s'appelait Nathan. Louise sentait l'excitation la gagner. Elle y était, enfin. Dans la vraie vie des êtres supérieurs. Sire Faustus la lui avait maintes fois décrite. Pourtant, un doute assaillait parfois la jeune fille. Plus maintenant. Dans cette vie-là, ils étaient riches, beaux, puissants. Débarrassés des craintes idiotes qui empêchaient la masse des larves de transgresser les règles. Eux étaient au-dessus des lois, des ordres, de la peur. Ils avaient les moyens, tous les moyens, de faire exactement ce qui leur plaisait. Ils étaient les seigneurs.

Il la poussa vers le haut des marches et elle se demanda s'il avait hâte de la sauter. Elle n'avait plus qu'une envie : qu'il la prenne dès que la porte serait refermée. Au lieu de cela, il lui indiqua le chemin du salon et lui emboîta le pas, la pilotant de ses deux mains posées au creux de ses reins. La vaste pièce était meublée avec goût, quoique un peu bourge aux yeux de Louise. Une grande baie vitrée donnait sur un jardin anglais, admirablement entretenu. Il se débarrassa de son long pardessus. Le pull de fin cachemire noir moulait les muscles de son torse. Il l'invita à s'asseoir sur l'un des canapés de cuir beige et proposa :

— Une coupe de champagne, un whisky ?

Moins assurée qu'elle ne tentait de le faire croire, elle demanda d'une voix autoritaire :

— Quand est-ce qu'on baise ?

Il plissa les paupières et murmura :

— Oh ! Je sens que tout cela va me plaire…

Louise en tira une certaine satisfaction. Connard d'Alexandre. Si le blondinet la voyait en ce moment, dans cet hôtel de rupin en compagnie de ce mec quinze fois plus excitant que lui, il en crèverait de rage.

— Je vote en faveur d'une coupe de champagne, insista Nathan.

— Moi, une vodka, condescendit à répondre Louise.

— Va pour la vodka.

Pendant qu'il s'approchait du bar pour remplir son verre, puis disparaissait, sans doute pour récupérer une bouteille de champagne au réfrigérateur, elle se demanda si elle raconterait cette aventure à sire Faustus. Peut-être pas. Il commençait un peu à lui casser les pieds, Cyril. Elle finissait par croire qu'il se sentait supérieur à elle. Et s'il voulait la jouer suzerain envers sa vassale, elle n'était plus partante. Mais elle devait patienter. Elle avait encore besoin de lui pour parfaire son enseignement, parvenir à l'étape ultime de l'initiation. D'ailleurs, sans doute était-ce pour cette raison qu'il n'avait jamais voulu lui confier les adresses e-mails de ses contacts et encore moins de son mentor canadien. Pour la garder en son pouvoir. La bonne nouvelle était que, une fois initiée, elle n'aurait plus besoin de lui. Et puis il l'avait vachement déçue avec le meurtre de ce gosse. Un bébé. Trop facile. Tu parles d'un exploit ! Pourtant, il en semblait super fier. Au point de lui avoir raconté la scène une bonne dizaine de fois.

Nathan lui tendit un généreux verre de vodka, interrompant ses pensées.

— On trinque ? suggéra-t-il.

Elle hocha la tête et se leva du canapé. Les verres tintèrent. Il reposa sa coupe sur le plateau en épais verre fumé de la table basse. Il s'approcha d'elle à la frôler et inclina la tête vers ses lèvres. Louise songea qu'il aurait quand même pu enlever ses lunettes de soleil.

Au fond, elle s'en foutait. Elle avait juste envie qu'il la saute. Avec un peu plus d'imagination que Cyril. Elle releva le menton pour parvenir à sa hauteur. Il passa sa main avec douceur sur sa nuque. Devait-elle fermer les yeux ? Non, c'était l'attitude typique d'une femelle de la sous-race, pas celle d'une future maîtresse. La main qui retenait sa nuque se fit plus ferme. Le geste fut si rapide qu'elle ne le vit pas. Un truc horriblement tranchant et douloureux s'enfonça dans son cou, sur le côté. Une puissante gerbe de sang gicla sur le cuir du canapé. Une autre. Louise hurla, tenta de se libérer, une prise la fit tomber sur le tapis. Elle voulut le saisir aux chevilles, mais il se dégagea d'un bond léger. Elle rampa vers le couloir. Et le sang, tout ce sang qui jaillissait au rythme des battements affolés de son cœur.

— Plus qu'une minute, l'entendit-elle murmurer.

La terreur la fit sangloter :

— Aidez-moi… je ne veux pas mourir, je vous en supplie.

— C'est vilain de vouloir tuer sa maman. Très vilain.

Enfin, elle parvint à se traîner jusqu'à la porte du salon.

Une lourde botte de cuir noir lui écrasa le dos. Elle se sentit ensuite tirer vers l'arrière. Il l'avait attrapée aux jambes.

— Non, on ne sort pas. C'est bientôt fini.

Elle essaya de hurler à nouveau. Un voile noir commençait à obscurcir son esprit. Louise bascula dans l'inconscience. Son cœur s'arrêta quelques instants plus tard, après une dernière et violente détente de ses jambes. Nathan tira la lame triangulaire de la plaie, une arme de commando, sans pitié ni hésitation. En plein dans la carotide. Bien joué. Il hésita et l'essuya sur la robe de Louise. Inutile de faire d'autres dégâts. Il détestait abîmer les jolies choses. C'était beau, ici. Certes, très convenu, mais agréable. Assez chaleureux. Personnellement, il se serait débarrassé de ces deux lampadaires dont les pieds représentaient de vieux Chinois à barbichette et chapeau pointu. Trop ! Cela étant, il n'était pas chez lui.

Nathan songea, un peu amusé, à la tête qu'allaient faire les locataires du somptueux hôtel, un diplomate kenyan et son épouse, charmante s'il en jugeait par les photos disposées sur un guéridon en bois de rose. Leur avion en provenance de Los Angeles atterrissait le lendemain matin à Roissy. Il leur ménageait un bon alibi. La mort aurait déjà commencé son travail de dissolution, attestant que Louise avait été tuée bien avant leur retour.

Son regard frôla la large tache de sang qui enlaidissait le tapis de haute laine dans les tons sable et beige et les éclaboussures qui tranchaient sur le cuir clair du canapé. Mince, à tous les coups, le tapis était foutu. Le cuir, ça se nettoie assez bien. Surtout s'il est traité antitaches. Quant à la peinture du bas du mur, une petite couche et on n'en parlerait plus ! Il aurait dû la tuer dans la baignoire, moins de cochonneries. Un bon rinçage et tout partait dans le siphon. Il aurait pu prétexter un jeu érotique sous la douche. Il y avait pensé. Cependant, la simple idée de frôler la chair grasse et nue de cette fille le révulsait. Il n'avait eu aucune envie de coucher avec elle. Un tas blafard, répugnant. En revanche… En revanche, la mère lui plaisait… Peut-être. Plus tard.

Il détailla l'épingle à nourrice plantée dans la chair flasque de l'avant-bras de Louise, la trace jaune orangé abandonnée par la Bétadine et hocha la tête en souriant :

— Sossotte, va ! Ça veut jouer au grand méchant loup mais ça a peur d'une piqûre.

Le grand ménage commençait. Il se souvenait du moindre endroit où il avait posé les doigts. Question d'entraînement. Avant de quitter l'hôtel particulier, il se délecta d'un long cigare mérité et débarrassa Louise de tout ce qui pouvait permettre de l'identifier. Entre le moment où Sara Heurtel signalerait la disparition de sa fille et celui où on mettrait en concordance le cadavre adipeux qui gisait sur le tapis, yeux grands ouverts, il s'écoulerait un à deux jours.

Règle nº 3 : Toujours gagner du temps, même si on ignore pourquoi. Cela peut toujours servir.

Plein de temps pour s'occuper de Cyril… pardon, de sire Faustus. Initiation ratée. Étouffer un bébé humain. Quelle détestable idée. La minable invention d'un petit cerveau. Grotesque. Il devrait également récupérer le disque dur de l'ordinateur du jeune homme. Facile : on ne refuse rien à son mentor canadien, ou prétendu tel.

Nathan verrouilla la porte derrière lui et fit jouer le trousseau de clefs au creux de sa paume gantée. Bien sûr, la police française remonterait jusqu'à l'actuelle propriétaire de l'hôtel particulier puisqu'il n'y avait pas eu effraction. La nièce d'un New-Yorkais. Elle ne pourrait pas leur apprendre grand-chose. Lui encore moins. Nathan avait eu une idée de génie ce jour-là.

Règle n° 4 : Ne jamais bouder son instinct. Au demeurant, il ne s'agit pas d'instinct, plutôt d'une prescience qui s'impose à un cerveau discipliné, à un être dont les sens ont été aiguisés.

Il démarra pour s'arrêter cinq cents mètres plus loin. Il composa un texto à l'aide du téléphone portable de Louise et l'envoya au numéro de sa mère : « Rentrerai très tard. M'attendez pas. » Ensuite, il balança l'appareil en direction d'une bouche d'égout par la fenêtre entrouverte de la Porsche. Il le regarda disparaître dans un sourire.

Encore un peu de temps de gagné !

Oui, elle lui plaisait vraiment. Un bon choix. Plus tard.

Paris, France, mai 2008

La colère et l'exaspération avaient alterné en Sara. Puis étaient venues l'angoisse et la peur. Si Louise avait fait une fugue, ainsi que l'avait suggéré la flic du commissariat, elle aurait au moins pu envoyer un message. Quant à Sara, elle avait tenté cent fois de joindre le portable de sa fille. Exigeant, puis suppliant qu'elle rappelle. Deux nuits et presque deux jours.

À la lecture du texto de sa fille, la rage l'avait jetée sur le téléphone. Louise n'avait pas le droit de découcher, elle le savait. Une nouvelle rébellion, et Sara en avait soupé. Elle avait laissé trois messages comminatoires, exigeant le retour de son aînée avant les fatidiques minuit. Aucune réponse. Sara avait fini par avaler un somnifère. Elle n'allait pas en plus donner à Louise la satisfaction de constater à quel point elle s'était fait du souci. Entre sommeil et semi-conscience, elle avait guetté l'ouverture de la porte palière.

Le petit déjeuner avait été tendu. Victor s'était enquis :

— Qu'est-ce qu'elle fout encore ? Elle a trouvé un nouveau truc pour nous pourrir la vie ?

— Écoute, elle passe par une phase difficile et…

— Une phase ? l'avait interrompue son fils. Ça fait bientôt trois ans qu'elle nous gonfle grave. Depuis qu'elle a rencontré Mister Nosferatu, j'ai nommé Faustus. J'suis même pas sûr qu'il sache qui était Faust. Sans ça, il aurait choisi Belzébuth ou un truc dans ce genre.

La remarque était parvenue à tirer un pauvre sourire à Sara. Sentant l'inquiétude de sa mère, il avait demandé en posant sa main sur la sienne :

— Qu'est-ce qu'on fait, maman ?

— J'attends huit heures et j'appelle les parents de Cyril. Elle est peut-être chez lui et alors là, je ne te dis pas le savon.

Mme Janet-Thévenin, pharmacienne de son état et propriétaire de quatre officines à Paris, l'avait reçue fraîchement. Elle avait tenu à préciser :

— Nous étions en train de petit-déjeuner, madame Heurtel.

— Je suis confuse de vous déranger, mais je me demandais si ma fille avait passé la nuit chez vous.

— Certainement pas, s'était offusquée l'autre.

— Pourriez-vous me passer Cyril, je vous prie ?

— Il est en train de réviser. (Le ton était devenu sec et péremptoire. Après un soupir agacé, elle avait lancé :) Cyril ? Tu sais où se trouve Louise ?

Sara avait entendu la réponse indifférente du jeune homme :

— Pas la moindre idée.

— Il l'ignore, avait traduit Mme Janet-Thévenin au profit de son interlocutrice. Écoutez, je…

Sara avait perçu son impatience. Gagnée par l'affolement, elle avait bafouillé :

— C'est que… j'espérais tant que… je ne sais plus trop quoi faire…

— La police me semble tout indiquée dans ce genre de circonstances, avait rétorqué l'autre, condescendante.

La jeune inspectrice, une Nadège Rollin, qui avait pris la déposition de Sara et les photos de Louise qu'elle avait apportées, lui avait posé cent questions. Oui, Louise était difficile. Oui, elle en voulait à la terre entière et notamment à sa mère. Non, elle n'avait que peu d'amis à part Cyril Janet. Non, elle ne pratiquait aucune activité de groupe. Non, à la connaissance de Sara, elle ne se droguait pas. Pas même un joint. Elle ne buvait pas non plus. Non, elle ne semblait ni harcelée, ni menacée au lycée. Sans doute se moquaient-ils de son look gothique. Toutefois, l'établissement était calme, dirigé par la main de fer dans un gant de velours de sa directrice. Oui, Louise passait le plus clair de son temps libre sur Internet. Sur des sites de ventes aux enchères.

Sara avait ensuite téléphoné au directeur de son département de recherches, inventant une bibliographie urgente à terminer. Elle travaillerait beaucoup plus vite et efficacement chez elle. Elle refusait d'évoquer l'absence de Louise devant des étrangers, comme si le simple fait de la mentionner entérinait sa disparition. Louise allait bientôt passer le pas de la porte. C'était certain. Plutôt que de s'excuser, elle se montrerait agressive et insolente, à son habitude. Sara protesterait pour la forme, tellement soulagée qu'elle aurait envie de serrer sa fille contre elle à l'étouffer. Elle s'en garderait bien. Louise ne supportait plus aucune marque de tendresse de sa mère. Ni de son frère, d'ailleurs.

L'attente avait commencé. Interminable. Blessante. Terrorisante. Sara guettait les moindres soubresauts de la cabine d'ascenseur, surveillait son téléphone comme si la sonnerie allait se déclencher par la simple force de sa volonté. D'épouvantables images tentaient de s'immiscer dans son esprit. Elle les chassait. Luttant pied à pied contre elles. Non. Il n'était rien arrivé à Louise. Elle avait à nouveau puni sa mère, comme avec ses mauvais résultats scolaires, ses dérèglements alimentaires, sa permanente acrimonie. Rien de plus.

Sara était parvenue à maintenir une façade à peu près normale pour rassurer Victor. L'angoisse montait également en lui, elle le sentait à sa faconde, à ce besoin de ne laisser aucun silence s'installer. Il parlait, racontait, inventait de menues anecdotes pour les distraire tous les deux de leur vide et de leur peur.

Vingt et une heures trente. Une voix hésitante et pourtant sèche. Sara reconnut aussitôt celle de l'inspectrice qui avait pris sa déposition.

— Madame Heurtel ?

— Oui, oui. Vous avez des nouvelles ?

Un silence, un soupir, puis :

— Euh… Oui. Elles… ne sont pas bonnes.

Une foule d'hypothèses traversa l'esprit de Sara, sauf une. Elle débita à toute vitesse :

— La drogue ? Elle a été violée, tabassée… Où est-elle ? Je dois y aller. Être près d'elle, l'aider…

— Elle est… morte, Sara. Assassinée. Il faut que…

— Quoi ? hurla la mère. Qu'est-ce que vous dites ? Mais… c'est n'importe quoi !

La voix défaite mais professionnelle reprit :

— Je viens vous chercher. Il faut que vous identifiiez le cad… le corps à l'institut médico-légal.

— Non, non, attendez… oui, venez, mais ce n'est pas Louise… Il s'agit d'une erreur…

Au moment même où Sara prononçait cette phrase, elle sut qu'elle rejoignait tous les parents dans le déni de la mort de l'enfant. Louise était morte. C'était si invraisemblable, si au-delà de l'imagination. Impossible. Trop monstrueux. « Assassinée », avait dit cette flic ? Qu'est-ce que ça voulait dire ? Bordel, comment une gamine de seize ans pouvait-elle être assassinée ? On assassine des malfrats, des parrains de la mafia, des hommes politiques qui gênent, des terroristes, plein de gens, mais pas une jeune fille de seize ans. Ça n'avait aucun sens.

Aucun sens dans le masque figé et cireux de cette adolescente que l'on tirait d'un caisson réfrigéré.

— Euh… elle a l'air paisible, nota l'inspectrice qui se tenait un peu en retrait.

Sara lâcha d'une voix atone :

— Les morts n'ont aucune expression. L'influx nerveux s'éteint dans la mort. Les muscles se relâchent. Tous les morts ont l'air en paix, même ceux qui ont souffert au-delà de l'imaginable. Gardez les bobards consolateurs pour les autres. Je vous rappelle que je suis une scientifique.

— Je voulais juste…

— Je sais. Merci… C'est inutile.

Aucun sens dans cette plaie béante au cou, juste au niveau de la carotide, nettoyée du sang qui avait dû couler à profusion.

— Elle… est morte par exsanguination, n'est-ce pas ? demanda Sara d'un même ton plat.

— Oui. On l'a retrouvée dans un hôtel particulier de Neuilly, après l'appel des locataires qui rentraient d'un voyage professionnel. Aucune empreinte, aucune trace, hormis les siennes… je veux dire celles de votre fille, et puis celles des locataires en question, et de leur femme de ménage.

— Et eux ? Les locataires ?

— Des diplomates. Hors de cause. Louise est morte au moins six heures avant leur retour en France. C'est vérifié.

— Un… détraqué sexuel…

— Possible, mais elle n'a pas été violée. En fait, elle n'avait pas eu de rapport sexuel depuis au moins six jours. Ou alors protégés. Et sans violence.

Une sonnerie guillerette, incongrue dans cette morgue glaciale, carrelée de blanc du sol au plafond, envahie par l'odeur piquante de formaldéhyde qui irritait le palais et les yeux. L'inspectrice, dont Sara ne parvenait toujours pas à se souvenir du nom et encore moins du prénom, repêcha son portable dans la poche de son pantalon avec un petit geste d'excuse.

— Oui… merde… Je vois… Euh… je suis avec elle… non… à l'institut… Euh… oui…

Nadège Rollin éteignit son portable, le détaillant comme si elle le découvrait. Elle l'essuya avec soin du plat de la main. Les yeux rivés sur le clavier, elle demanda :

— Cyril Janet… C'était le meilleur ami de votre fille, non ?

— Euh… oui, hésita Sara.

— Sa mère l'a retrouvé dans sa chambre… Mort. Dépecé, a priori *ante mortem*, jusqu'à confirmation par le légiste. La peau du visage et des cuisses… arrachée… pendante… (Sara lut la panique dans les jolis yeux noisette.) Bordel… Qu'est-ce que c'est que ce truc ? Enfin, je veux dire… on n'a jamais ça… Des gens qui se tirent dessus ou qui se poignardent dans un moment de rage… et qui restent comme des cons ensuite… classique… mais ça… La Crim prend la relève… je ne peux pas vous dire à quel point ça… enfin, ça me soulage… Je veux dire… ils sont meilleurs pour ce genre de…

— Je suis bien contente pour vous, siffla Sara, mauvaise, se cramponnant pour ne pas gifler la flic. Inspectrice… ma fille est morte… assassinée… !

Elle vit les larmes monter dans les grands yeux noisette.

— Je… Je suis désolée… Je ne suis pas formée pour ça… Le gamin… Cyril, était bâillonné par du gros Scotch… pour l'empêcher de hurler… (Sèche pour ne pas craquer tout à fait, elle s'enquit :) C'est bien elle ? Votre fille, Louise ?

— C'est elle.

— D'accord. Je vous raccompagne.

Lorsque Nadège Rollin déposa Sara dix minutes plus tard en bas de son immeuble, elle n'espérait qu'une chose, que celle-ci la ferme, qu'elle ne dise rien. Raté.

— Vous êtes devenue flic pourquoi ? Une maîtrise en quelque chose, pas de boulot ?

— C'est un peu ça, avoua à contrecœur l'inspectrice. Ce n'est pas une honte.

Glaciale, Sara admit :

— Non. Vous avez passé le concours, vous l'avez eu. Vous auriez aussi bien pu intégrer la poste ou les impôts. Vous auriez dû. Vous n'avez rien d'un flic. Bonsoir.

La portière claqua. Nadège regarda s'éloigner la femme qui se tenait droite tel un rempart. Elle retourna une grande gifle à son volant. Elle s'était conduite comme une nulle.

Nadège redémarra. Elle allait rentrer chez elle, prendre une longue douche très chaude, faire des mamours à son vieux chat Mousse, regarder une connerie divertissante en DVD avec un plateau télé bourré de sucres rapides et de cholestérol, sans oublier un bon verre de pinard. La vraie vie. Pour le reste, elle aviserait demain.

Base militaire de Quantico, États-Unis, mai 2008

« La guerre a le mensonge pour fondement et le profit pour ressort [1]. » La phrase était soulignée d'un trait ferme.

Charles Devernois-Klyne reposa le volume sur le bureau de Diane Silver. L'usure de sa couverture et l'espacement des feuillets trahissaient qu'il avait été lu et relu. L'avocat réfléchit, passant en revue toutes les guerres dont il avait effleuré l'histoire à l'école, à l'université ou même plus tard. Juste, très juste.

Il attendait le Dr Silver sans impatience. Devernois-Klyne était certain qu'elle mettait un point d'honneur à arriver en retard à chacun de leurs rendez-vous. Une sorte de petit bras d'honneur qui finissait par l'amuser. De toute façon, elle était piégée. De toute façon, elle ne pouvait pas l'écarter. De toute façon, durant son stage, le pouvoir était de son côté à lui. Elle le savait et cette

---

1. Sun Tzu, *L'Art de la guerre*, traduit du chinois par Jean Lévi, IVe siècle avant J.-C., Paris, Hachette littératures, « Pluriel-inédit », 2000.

certitude devait la hérisser. Elle se rebellait comme elle le pouvait. Pathétique. Il soupira de contentement.

Il détailla pour la dixième fois l'ameublement du petit bureau qu'elle occupait dans les boyaux aveugles et souterrains du Jefferson Building. Ou plus exactement sa nudité. Rien. Un rien organisé avec soin. Pas une photo, pas un seul diplôme encadré, pas même une plante verte rachitique finissant de s'étioler sous les tubes des néons. Un bureau, un fauteuil – le sien –, deux chaises, un ordinateur, quelques crayons et deux feutres, un portemanteau auquel était suspendu son imperméable. Le carnet sur lequel elle notait ses impressions et ses questions devait être bouclé dans le caisson poussé sous le bureau, tout comme son sac à main. Aucune bibliothèque lourde d'ouvrages de criminologie ou de psychiatrie, nulle armoire à archives dans laquelle seraient entassés des dossiers hurlants et sanglants. Rien. Seul objet personnel, ce volume de *L'Art de la guerre*, de Sun Tzu.

Enfin, Diane parut. Elle lui jeta un regard interrogateur, consulta sa montre pour souligner qu'elle était, en effet, en retard de neuf minutes, puis s'installa derrière son bureau sans un mot d'excuse.

— Je progresse, commença-t-il. J'aimerais en venir à la façon dont vous procédez, dont vous pensez lorsque vous investiguez sur des meurtres en série.

Elle le fixa. Devernois-Klyne s'était appliqué à ne plus être dérangé par son regard blanc-bleu, certain qu'elle l'avait travaillé pour en faire une arme d'intimidation, de dissuasion. L'idée s'était imposée à lui la veille. À vrai dire, il ne l'avait jamais vraiment détaillée avant. Il existait trois types de femmes aux yeux de Devernois-Klyne : les jolies nanas baisables, les moches et les femmes avec lesquelles il travaillait. Seules les caractéristiques physiques de la première catégorie éveillaient son attention, que son but soit de consommer ou pas. Toutefois, un détail l'avait intrigué dans le cas de Diane Silver. Elle était ce qu'il est convenu d'appeler charitablement une femme peu coquette. Ses cheveux blond-roux frisés, dégagés du front bombé par deux gros peignes, étaient progressivement colonisés par des mèches grises. Elle traînait en jean fatigué, en chemise masculine plus ou moins repassée, dont il manquait parfois un bouton, et en mocassins. Elle ne portait aucun parfum, aucun maquillage à l'exclusion d'une couche de mascara très noir et d'un trait de khôl sur la paupière inférieure. L'idéal pour faire paraître son regard encore plus immense, plus pâle, plus glacé.

— Comment je pense ? Je ne sais pas. Les choses s'imposent, s'organisent, se révèlent. C'est pour cette raison que je me rends sur les scènes de crime. J'ai le sentiment d'un processus presque involontaire.

— Un genre de… processus médiumnique ?

— Je suis une scientifique, le rembarra-t-elle. Les médiums utilisés par le Bureau ont été, dans l'ensemble, très décevants. Sauf deux.

— Donc vous croyez aux médiums ?

— Je ne crois pas, monsieur Devernois-Klyne. Au pire, je constate ou je ne constate pas. Au mieux, je sais ou je ne sais pas. Je peux également supposer, mais j'ai alors la décence de ne jamais oublier qu'il ne s'agit que d'hypothèses.

— Décence ? pouffa-t-il. Quel grand mot !

— Non. Faire croire ce que l'on sait être un mensonge, ou ce dont on doute, est une indécente malhonnêteté. J'exclus les médiums et autres cartomanciens de mon propos. Même si leur rôle n'était que d'apaiser, cela vaudrait l'argent qu'on leur donne.

— De qui parlez-vous, en ce cas ? demanda-t-il, peut-être parce qu'il connaissait sa réponse et que le besoin d'affrontement avec cette femme l'avait gagné.

Elle lui tapait sur les nerfs. De surcroît, il voulait savoir lequel d'entre eux serait le plus fort. Il s'était colleté avec tant de pointures de la magistrature ou du monde des affaires qu'il ne redoutait pas grand-chose.

— De vous. Qui d'autre ?

— Je suis un malhonnête indécent ? demanda-t-il d'une voix qu'il s'efforçait de maintenir posée et affable.

Elle avança le torse vers lui, posant les mains à plat sur son bureau, et lui jeta un regard désolé et incrédule.

— Vous en doutiez ?

La joute commençait. Devernois-Klyne sentit l'adrénaline affluer. Il adorait ces moments. Un mégashoot parfaitement légal et bien plus jouissif que n'importe quelle partie de jambes en l'air.

— Puis-je vous demander ce qui vous fait croire cela ?

— Pardon de me répéter. Pas « croire », « savoir ».

Coudes alignés sur son bureau, elle joignit les mains en prière et posa le menton sur le bout de ses doigts.

— Savoir, obtempéra-t-il. Je vous écoute.

— Alors allons-y ! Vous n'avez aucun projet de réorientation vers le pénal, un domaine certes médiatique. En revanche, sauf à devenir l'avocat marron d'un grand mafieux, il n'y a pas de couilles en or à se faire ! Or, les vôtres sont sculptées dans le platine, n'est-ce pas ? Un pied-à-terre new-yorkais sur la 5e Avenue, un splendide duplex dans Beacon Hill, à Boston. Une ferme dans le Maine et un appartement en Floride. Ne me dites pas que vous voulez abandonner tout cela pour le bien de l'humanité ou la grandeur du droit. Vous me feriez pleurer et j'en ai perdu l'habitude.

— Et, selon vous, quel est mon mobile ? demanda-t-il, suave en dépit du fait que la colère le gagnait.

— Souvenez-vous toujours d'une phrase... maxime... je ne sais pas... de l'empereur Marc Aurèle, dans ses *Pensées pour moi-même.* « Lorsque quelqu'un te dit quelque chose, pose-toi aussitôt la question : que veut-il au juste, quelle est sa nature ? »

— Ah ! Et ma nature serait ?

— L'argent, bien sûr.

Devernois-Klyne sentait que son assurance de façade se fissurait. Il luttait contre l'envie de l'insulter, de lui demander si vraiment elle se pensait supérieure à tous, dont lui.

— Et la vôtre ?

— La chasse. Une révélation sur le tard. Ma nature, c'est la chasse. Des proies très dangereuses. En fait, des prédateurs. Je suis une prédatrice de prédateurs.

Il n'hésita qu'une fraction de seconde. L'ultime défense, qu'il avait parfois expérimentée lorsqu'il sentait qu'il était en train de perdre la partie. Le coup bas, sanglant.

— Leonor ?

Le regard se givra. Deux grands éclats de glace le fixèrent et il songea que cette femme pouvait tuer. Au lieu de cela, elle expira profondément, bouche fermée.

— C'est cela.

Sa voix était identique : calme, lente, grave.

— Il a été abattu, non ? Son tueur.

— Richard Ford. Le beau Rick ! En effet. Elle aussi. Comme quinze autres petites filles. Sans compter toutes celles que l'on ignore. Je sens que vous mourez d'envie de savoir ce qui s'est vraiment passé, ajouta-t-elle sans qu'il parvienne à déceler de changement dans son ton.

Devenait-elle meurtrière ? Le chagrin la minait-elle au point de lui retirer toute sensation ? Elle poursuivit :

— Il a été arrêté par les flics de New York. Conduite en état d'ivresse supposée. Il buvait au goulot d'une bouteille enveloppée d'un sac en papier. Les deux officiers ont trouvé des vidéos dans la boîte à gants. Il filmait ses viols, ses tortures. J'ai exigé de visionner celle où il « s'occupait » de ma fille. Des détails ? La vidéo durait quatre heures, lâcha-t-elle d'un ton détaché. Trois heures cinquante-six exactement. Leonor a tenu tout ce temps-là. Malheureusement. Je vous raconte ? Chaque image est gravée dans mon esprit. Jusqu'au moindre détail. La lumière d'un halogène jouant sur la lame de son scalpel. La flamme bleutée, puissante, d'un petit chalumeau. La musique métal en fond sonore. Très fort. Mais ça ne couvrait pas les hurlements. Je vous déballe tout ?

— Non.

Il frotta ses paumes l'une contre l'autre et regretta ce geste dans lequel elle verrait, à n'en point douter, sa nervosité.

— Si vous vous dirigez vers le pénal et les tueurs en série, il va falloir vous endurcir, mon garçon, ironisa-t-elle. Vous n'avez aucune idée de ce que ces types peuvent faire dans la réalité. Vous vous en êtes approché grâce à des ouvrages, pour certains d'excellente qualité. Tous édulcorés, cependant. Par respect. Venez donc examiner une de leurs scènes de crime, une de leurs victimes. Terminées les gentilles nuits. Terminés tous les jolis moments. La vie meurt devant eux. Ne restent que le sang, les hurlements, la souffrance… Pour en revenir au tueur de Leonor, il a été libéré. Vice de procédure. Les flics n'avaient pas à fouiller sa voiture puisque la bouteille de whisky était cachée dans un sac en papier et qu'ils ne pouvaient donc pas certifier, avant vérification, qu'il s'agissait d'alcool. Il aurait pu déguster un nectar mangue-fruit de la passion, ce qui ne justifiait pas une interpellation. C'était la ligne de défense de son avocat. Un ténor. Richard Ford a été relâché. Il a violé, tué, dépecé trois autres petites filles ensuite.

— Jusqu'à se faire descendre dans un règlement de comptes entre dealers.

— Vous avez bien révisé. Ce petit vendeur de came d'origine chinoise a pris sept ans pour avoir dégommé un violeur tueur en série. Ce type ignore sans doute l'immense service qu'il a rendu à l'humanité. J'espère qu'il obtiendra une remise de peine. En réalité, il mériterait une médaille !

Elle repêcha un cendrier débordant de mégots dans le tiroir de son caisson et alluma une cigarette sans même lui demander si la fumée le gênait. Il était certain que, s'il protestait, elle lui balancerait :

— Sans blague ? Eh bien, sortez de mon bureau.

Elle reprit :

— Bon, après toutes ces confidences, nous voilà presque amis, maintenant, cher monsieur Devernois-Klyne… Et si vous me disiez la vérité ? (Elle désigna du doigt *L'Art de la guerre* posé sur son bureau et poursuivit :) « La guerre a le mensonge pour fondement. » La manipulation est la forme la plus sophistiquée du mensonge. Gros problème : pour qu'un manipulateur exerce ses talents, il faut qu'il ait en face de lui un manipulé. Or je ne suis pas, je ne suis plus, manipulable. Ce genre de jeu débile se joue à deux… Plus rien n'a d'importance à mes yeux, du moins sur le plan personnel. Je suis libre, incontrôlable, ingérable. Comment allez-vous procéder pour me convaincre de cesser de vous mener en bateau et de vous fourguer des informations de troisième main ? Jusque-là, tout ce que je vous ai raconté est du niveau d'une bonne fiction télé. Bref, ça n'a rien à voir avec la réalité parce que la réalité est d'une insoutenable platitude.

Devernois-Klyne demeura muet, cherchant une parade qui ne vint pas. Impassible, elle considéra son embarras et poursuivit :

— Vous me mentez depuis que vous êtes arrivé. Du coup, je vous promène. Échange de bons procédés. Votre mémoire ne contiendra qu'une série de banalités si vous vous fiez à ce que je vous ai confié. (Elle marqua une pause, alignant le dos et la tranche de *L'Art de la guerre* sur le coin de son bureau et demanda :) C'est qui ? Votre… comment dire… client, commanditaire ? Qui veut se renseigner avec tant de soin et de précautions au sujet des tueurs en série ?

Inutile de continuer à noyer le poisson, elle savait. Devernois-Klyne concéda :

— Secret professionnel.

— Génial. Voilà, du moins, une admission. Moi aussi : secret professionnel. (Un sourire mauvais étira ses lèvres. Pourtant rien dans son débit ne changea.) Mes méthodes, je veux dire. Je vais vous balader durant les six mois de votre stage, Devernois-Klyne. Vous ne saurez rien en sortant d'ici, sauf ce que vous aurez lu dans des bouquins qui sont accessibles au grand public. Allez pleurer dans le giron de Casney Jr. ! Dites-lui à quel point la fille – moi – n'est pas gentille. Vous savez quoi ? C'est vrai. La fille n'est pas gentille. Elle est même assez méchante.

Son riche, très riche client avait prévu cette réaction. Devernois-Klyne savait que rien ne ferait plier Diane Silver. Son client l'avait autorisé, en cas d'obligation, à révéler une partie de la vérité, en taisant son nom.

— D'accord, docteur Silver… En effet, je n'ai nulle intention de me diriger vers le pénal. Un client très fortuné paie pour ce mémoire de stage, dirigé par vous, et nul autre. Inutile de préciser que si j'avais pu m'épargner notre difficile promiscuité, j'aurais sauté sur l'occasion…

Il espérait la vexer. Pourtant, un hochement de tête appréciateur salua cette vacherie. Elle ironisa :

— On s'aime, n'est-ce pas ? C'est si précieux ! La suite !

— Or, ce client dont je ne peux pas vous révéler le nom est… comment dire, interpellé par les tueurs en série.

— Interpellé ? C'est un gag ?

— Le terme est idiot, je vous l'accorde. Toutefois, dans ce contexte, « fasciné » serait encore plus maladroit, presque malsain. Quoi qu'il en soit, il veut savoir qui ils sont au juste, comment on les arrête, donc, et, surtout, comment on pénètre dans leur tête.

Elle plissa les paupières et il la revit dégustant sa mousse de framboises. L'idée incongrue mais très convaincante qu'elle était folle, qu'elle avait basculé de l'autre côté, s'imposa à Charles Devernois-Klyne.

— Pourquoi ? Il s'ennuie au milieu de tout son argent ? Plutôt que de financer une fondation d'art conceptuel, une association en faveur des enfants handicapés, ou de descendre un lion abruti par la captivité, un vieil ours de zoo à la sortie de sa cage, il est pris de l'envie de patauger dans la noirceur humaine ? C'est un tordu ou un curieux ?

Devernois-Klyne hésita. En effet, la manipulation ne servirait à rien contre cette femme. Elle était, en revanche, suffisamment folle, selon sa définition d'avocat, pour comprendre le délire d'un autre.

— L'idée a germé dans l'esprit de mon client au cours d'une conversation. De fait, je pense qu'il s'agit pour lui d'une sorte d'acte citoyen…

— J'adore ce genre d'expressions… « Acte citoyen », ironisa-t-elle. On n'agit plus de façon correcte, juste, honorable. On « accomplit un acte citoyen ». Et quand on fait quelque chose de nul, de répréhensible, c'est quoi ? Un acte anticitoyen ? Ou un anti-acte citoyen ? Pardon de vous avoir interrompu. Poursuivez, je vous prie.

Charles Devernois-Klyne retint le soupir d'exaspération qui lui venait et admit :

— Vous avez raison, il aurait tout aussi bien pu créer une fondation pour les enfants autistes ou que sais-je. J'ai eu le sentiment qu'il s'était persuadé de pouvoir aider à combattre ces psychopathes. Il en a les moyens financiers, docteur Silver. Des moyens dont vous n'avez aucune idée. Je ne nierai pas que le côté un peu… différent de ce… projet a dû contribuer à son intérêt pour cet… engagement. Ça collerait assez avec ce que j'ai perçu de sa personnalité. Ça change des habituelles bourses d'études pour les artistes.

— Chouette, un original, en plus. Quelle chance ! railla-t-elle. Les combattre ? De quelle façon ? Faire justice soi-même ? Remettre un peu d'ordre, un peu de bon sens, un peu de morale… Des tas de gens ont déjà formé des milices, un peu partout. Bon nombre ont dérapé vers le fascisme. Très peu pour moi. J'obéis à la loi.

Il grinça :

— La même loi qui a remis le tueur, que dis-je, le massacreur de votre fille en liberté ? Vous n'êtes pas rancunière. La même loi qui lui a permis de poursuivre ses « amusements » jusqu'à ce qu'un dealer le descende parce qu'il ne voulait pas payer sa dose de crack ?

Elle n'hésita qu'une seconde :

— Et vous me trouvez réactionnaire ? Je vous pensais opposé à la peine de mort.

— En effet. C'est une barbarie. La prison à vie…

Elle éclata de rire :

— Quelle magnifique hypocrisie. Pas de peine de mort pour les tueurs en série. Toutefois, s'ils peuvent se faire descendre dans le feu de l'action, ou en taule, tout le monde s'en réjouit. Rien à décider. Les choses sont… accidentelles. C'est quoi la différence ? La tranquillité de votre âme ?

— Inutile de poursuivre ce débat philosophique. Il ne s'agit pas de cela. Le but ultime de mon client est d'utiliser son argent pour… contenir ce fléau moderne. Par une dotation des forces de l'ordre. De meilleurs logiciels, des formations adaptées… tout cela…

— « Fléau moderne » ? Vous plaisantez ? Les tueurs en série ont toujours existé. L'*Homo sapiens* les a inventés. Vous savez pourquoi ?

Il hocha la tête en signe de dénégation.

— Notez, Devernois-Klyne, c'est la première information valable que je vous donne. Parce que c'est aussi nous.

— C'est une figure de style ?

— Non… l'expression assez abrupte de la réalité. Nous sommes une espèce féroce. La plus féroce d'entre toutes. Comment croyez-vous que nous ayons survécu ? Nous sommes lamentables d'un point de vue physique, comparés aux autres espèces de prédateurs. Notre flair, notre ouïe sont plus que médiocres. Nous ne sommes pas très forts, quant à la course… Savez-vous qu'un sanglier charge à plus de quarante-cinq kilomètres à l'heure ? Soit presque deux fois plus vite qu'un homme en pointe de vitesse. En d'autres termes, nous n'avions aucune chance.

— C'est sans compter notre intelligence qui a compensé, contra l'avocat d'un petit ton supérieur.

— Erreur ! Neandertal était aussi intelligent, voire plus, que nous. Beaucoup plus fort également. Or nous l'avons exterminé. Vous savez pourquoi ? Parce qu'il était placide et que nous étions hyperviolents, cruels.

— À vous entendre, nous sommes une effroyable espèce.

Elle le considéra, interloquée, et un malaise gagna l'avocat tant sa réaction semblait sincère.

— Ça vous surprend ? Vous ne lisez jamais les journaux, vous n'écoutez jamais les informations ? Quelle autre espèce est capable des mêmes monstruosités que nous ?

— Car nous n'avons jamais rien fait de beau ?

— Si, bien sûr, lorsque cela nous intéressait. En revanche, nous avons détruit le reste et nous continuons. Le plus savoureux est que, en dépit de notre intelligence, nous ne voulons pas admettre une chose très simple : nous allons y passer avec ! Nous allons nous autodétruire. C'est un phénomène classique, bien connu des paléontologues et des anthropologues : l'hypertélie. Le surdéveloppement d'un organe qui mène tout droit à la disparition d'une espèce. Le cas le plus souvent cité est celui des tigres à dents de sabre. Au début, l'hyperdéveloppement de leurs crocs les a aidés à chasser, à se nourrir. Ensuite, ils n'ont plus pu ouvrir suffisamment la gueule pour attraper de petites proies. Ils ont disparu. Rayés de la surface de la terre. C'est ce qui est en train d'arriver à l'Homme, à cause du développement de son cerveau.

— Et donc, selon vous, les tueurs en série sont un… incontournable produit de notre espèce ?

— En effet. Nous avions mis en place des… comment dire, des remèdes, des solutions pour contenir l'hyperviolence qui est en nous. L'exemple éducatif, l'idée de l'importance du groupe, le gommage du plaisir immédiat de l'individu, la morale, la religion, la punition. Toutes ces digues ont volé en éclats. Sauf peut-être la punition, mais elle est si lointaine, si molle. Et c'est une réactionnaire convaincue qui vous le dit ! ajouta-t-elle dans un gloussement en consultant sa montre. Excusez-moi, j'ai un autre rendez-vous.

Elle se dirigea vers la porte, hésita et se retourna. D'un ton paisible, elle lança :

— Devernois-Klyne, quel dommage qu'on ne se soit pas rencontrés… avant. Nous étions pareils. Je détestais la violence. Je la détestais parce que j'en avais peur, pour ma fille, pour moi. Mais voilà : ma fille a été martyrisée au-delà de l'imaginable. De mon imagination, en tout cas. Du moins à cette époque. Avoir peur de la violence, de la férocité, de la cruauté, les éviter à tout prix ne les a pas empêchées de déferler sur nous. Au fond, ma vie se résume à deux périodes : avant Leonor et après Leonor. Depuis, je les traque. Je veux qu'ils crèvent. Tous.

La porte claqua.

Il eut soudain une folle envie de quitter cet endroit, de fuir cette base militaire, ses complexes hérissés d'antennes, ses laboratoires dans lesquels se préparait une guerre implacable, ses badges, ses gardes en mitraillettes, si courtois, bien nourris, sentant bon le gel douche mais capables de vous descendre en cas de menace. Il eut soudain une envie folle de rejoindre son magnifique bureau, de retrouver ce monde du grand argent où la pire charogne est si bien enveloppée qu'elle ne pue plus et que l'on peut dîner en sa compagnie dans un excellent restaurant en discutant d'art, de voyages ou de mode.

Paris, France, juin 2008

Yves Guéguen connaissait assez l'âme humaine, jusque dans ses pires tréfonds, pour ne plus guère s'en étonner. Pourtant, il s'était attendu à tout autre chose lorsque Sara Heurtel le fit pénétrer dans le salon de son appartement. Elle était grande, mince et se tenait très droite, défiant l'adversité de chacun de ses centimètres. Certes, les paupières étaient rougies, le fin visage blême, toutefois, le pli des lèvres, le regard bleu trahissaient une farouche détermination.

— Madame Heurtel… les mots sont vains… Cela étant, croyez que je comprends votre peine immense. Perdre un enfant… surtout de cette façon…

— Merci, l'interrompit-elle d'une voix presque sèche. Asseyez-vous, je vous en prie. Vous voulez un café ? J'allais m'en servir un.

— Volontiers.

Il profita de son absence pour détailler le salon, meublé avec goût, sans gros moyens, ceux d'une chercheuse élevant seule deux enfants. Tout portait les marques d'une amicale usure : le joli canapé de buffle, la table basse faite d'un épais plateau de chêne patiné sur lequel reposait une pile de magazines, dont le dernier numéro de *La Recherche*, ainsi qu'un gros cendrier en pâte de verre, rempli de mégots, un élégant tapis persan dont on apercevait par endroits la trame grisâtre. Sur le mur qui lui faisait face étaient accrochées quelques attendrissantes sanguines, probablement de la fin du XIXe siècle, représentant des visages d'enfants joufflus. Une bibliothèque couvrait un autre mur du sol au plafond. Des étagères de livres lus, la plupart en édition de poche. Les ouvrages consultés attirent l'œil bien davantage que ceux qui ne sont là que pour décorer, comme si leurs lecteurs avaient abandonné un peu d'eux-mêmes sur leurs couvertures en les feuilletant, ou en les dévorant.

Sara Heurtel revint de la cuisine chargée d'un plateau et déposa une tasse fumante devant lui :

— Du lait ? Du sucre ?

— Un sucre, s'il vous plaît.

Elle lui tendit un petit sucrier en porcelaine bleutée et demanda :

— Ça vous gêne si je fume ?

— Pas du tout.

— J'avais arrêté, peu après le décès de mon mari, en me disant que, au point où j'en étais, les choses pouvaient difficilement être pires. J'avais tort. Il y a toujours pire.

— C'est assez vrai, admit-il.

Elle exhala une longue bouffée en tournant la tête afin de ne pas lui envoyer sa fumée au visage.

— Vous faites donc partie de la Criminelle ? Vos collègues sont passés deux fois. Ils ont embarqué le disque dur de l'ordinateur de Louise. Ils m'ont posé des tas de questions… les mêmes que celles de cette sombre nulle du commissariat… une Nadège quelque chose. Depuis, pas de nouvelles. J'ai laissé des messages… je suppose que vous n'avez rien de nouveau. Enfin… au sujet de l'enquête.

— En effet. En réalité, je ne suis pas flic au sens strict du terme. (Il allait dire « Je suis un chasseur », mais se ravisa.) Je suis un… déterreur de pistes. Celles des criminels.

— Un profileur ?

— En quelque sorte.

Elle hésita et demanda :

— Je suis peut-être victime de l'influence des films, mais… en général, les profileurs s'intéressent aux tueurs en série, non ?

Il opta pour une réponse vague :

— Pas toujours.

Yves luttait contre le malaise qui s'insinuait à nouveau en lui. Depuis son appel de la veille à Sara Heurtel, pour lui annoncer sa visite, il avait passé en revue toutes les stratégies. Il avait décidé qu'il tairait certains aspects. Il est des douleurs qu'il faut s'interdire d'infliger à ceux qui souffrent déjà au-delà du tolérable. Toutefois, il fallait que Sara Heurtel les découvre, les déduise. D'elle-même. Il devait l'y mener et se détestait de lui indiquer la porte à pousser. Sara pensait sans doute que la mort de Louise l'avait démolie au-delà du remédiable. Elle se trompait. Le véritable saccage, celui dont elle ne se remettrait jamais, était encore à venir. Si Guéguen l'avait pu, Sara Heurtel serait restée dans l'ignorance.

Le colonel Guéguen était certain que Louise et Cyril avaient été abattus par la même personne, en dépit de *modus operandi* dissemblables. Les liens prétendument amicaux qui liaient les deux jeunes l'attestaient. La fouille méthodique des fichiers effacés avec maladresse du disque dur de Louise également. Le tueur était parvenu à se faire inviter par Cyril, chez lui, sans doute pour récupérer le disque dur du garçon. En d'autres termes, il connaissait le jeune homme ou alors il était terriblement persuasif. En revanche, il avait abattu Louise dans un hôtel particulier dont il possédait les clefs puisque aucune trace d'effraction n'avait été découverte. Se fichait-il que son disque dur à elle tombe entre les mains de la police ? Au contraire, avait-il envie que les flics découvrent ce que tramaient Louise et Cyril ? Pourquoi ? Guéguen se méfiait des extrapolations. Il se demandait s'il ne prêtait pas beaucoup trop d'intelligence au meurtrier. Pourtant, une ahurissante théorie avait germé dans son esprit. Une théorie que seule Sara était à même de confirmer ou d'infirmer.

— Êtes-vous en train de biaiser ?

L'éternel et difficile arbitrage, celui d'un médecin qui s'interroge sur la capacité de son patient à tolérer l'annonce de sa mort proche. Les inextricables entrelacs de l'esprit humain : entre intelligence, lucidité et sentiments viscéraux, cécité volontaire.

Yves se lança :

— Oui.

Elle soupira, écrasa sa cigarette et en alluma une autre.

— À moins que vous ne m'annonciez la mort de mon fils en plus du reste, je ne vois vraiment pas ce qui pourrait me laminer davantage.

Elle l'avait dit : il y a toujours pire. Toutefois, il n'avait pas le courage de le lui rappeler.

— On y va, alors ?

— On y va, l'encouragea Sara.

— L'analyse du disque dur de Louise montre qu'elle passait un temps fou sur Internet.

— Je sais. Elle vendait, achetait des trucs sur des sites du genre d'E-bay. Pour se faire un peu d'argent.

— Nous n'avons découvert que peu, très peu, de connexions à des sites d'enchères sur le journal interne du disque.

— Et ?

— Et… Louise communiquait durant des heures avec Cyril Janet. Nous avons retrouvé des fantômes de messages écrasés. Rien ne se perd sur un ordinateur, à moins de bien connaître l'informatique, ou de disposer d'un logiciel spécial de suppression définitive de données, ce qui n'était pas le cas de votre fille. Elle consultait aussi, très longuement, des sites d'un genre particulier.

— Porno ?

— Non. Ceux-là sont en général assez bénins, même si certains feraient rougir un corps de garde. On est le plus souvent dans le fantasme, assez bien maîtrisé.

— Quel genre, en ce cas ?

— Sataniques, des sites de vampires, de sorcellerie…

— Ah oui… le look gothique… les vapeurs adolescentes ! Nous avons tous eu les nôtres. Toutefois, je vous concède que celles de Louise étaient du genre tenace.

— Madame Heurtel… C'est un peu comme avec le porno. Il y a site et site. Il y a des vidéos de cul que l'on peut trouver chez n'importe quel loueur, des jouets sexuels qui se vendent sur magazine, et puis il y a le reste. Toute… passion humaine peut être séparée en deux univers très différents : l'excès tolérable et la surenchère inacceptable, illicite, perverse.

Sara écrasa sa cigarette sans le lâcher des yeux. D'une voix maintenant tranchante, elle exigea :

— Si vous me disiez où vous voulez en venir plutôt que de noyer le poisson ? Rassurez-vous : ma… candeur a des limites. Je sais que nous sommes la seule espèce qui prenne son pied grâce à la perversité, comme vous dites.

Il baissa les yeux en esquissant un sourire :

— Vous me rappelez une très bonne amie américaine. Une psychiatre.

— Ce qui prouve que certains peuvent dire des choses sensées, balança Sara.

— Touché !

— Où voulez-vous en venir ? Au sujet de Louise, insista-t-elle.

— Votre fille visitait avec assiduité des sites démoniaques… sérieux… dans la mouvance… dure, dont certains sont surveillés de loin par les anciens RG… à l'instar des sectes inquiétantes.

— La « mouvance dure » ?

Yves termina sa tasse de café avant de répondre.

— Évoquant… nous dirons, sans complexe, la mort d'êtres humains.

— Je… ne vous suis pas… On meurt tous, non ?

— Le meurtre d'êtres humains. Comme étape initiatique. Nous parlons de véritables incitations aux sacrifices humains.

— Ce sont des conneries ! Pas Louise ! s'emporta Sara en se levant d'un bond du canapé.

— Madame Heurtel… Je cherche juste à vous faire comprendre que les… fantaisies adolescentes de Louise étaient sans doute plus sérieuses que vous ne le pensiez. Les parents sont toujours les derniers au courant. C'est normal. L'amour aveugle. Toujours.

Sara jugula la rage qu'elle sentait monter en elle, l'envie de foutre ce type à la porte. Une réaction épidermique, stupide. Ce n'était pas ainsi qu'elle pourrait aider Louise. Certes, Louise était morte, mais sa mère pouvait encore l'aider.

— C'est l'influence de Cyril, non ? Je le prenais pour un gentil fils de bourgeois qui s'encanaillait avec prudence grâce à ses faux piercings et à ses bracelets de cuir noir. Quoi ? Il a fait plonger ma fille dans des histoires de meurtres fantasmés ?

Il aimait bien cette femme. Elle ne méritait pas qu'on lui assène la teneur des messages très explicites de sa fille. Une assassine vérité. Il fallait qu'elle y vienne d'elle-même. Comme elle le pourrait.

— Nous l'ignorons. Le disque dur de son ordinateur a été embarqué par le meurtrier. Quoi qu'il en soit, vous venez de répondre à une des questions qui m'amenaient ici : vous ne savez rien d'autre, n'est-ce pas ?

— Enfin, ce n'est pas parce que Louise consultait par hasard ces sites que ça signifie… je veux dire, il m'est moi-même arrivé de tomber sur des sites porno, par mégarde… Il a d'ailleurs fallu que j'éteigne l'ordinateur pour parvenir à en sortir…

— Vous préférez quoi ? Un mensonge confortable ou la réalité ?

— À votre avis ?

— D'accord. Louise avait des contacts suivis sur plusieurs de ces sites qui prônent la théorie de la race supérieure, autoproclamée, bien sûr. Ils sont très futés. Ils se méfient des visites… policières. Ils ont recours à un charabia dont le résultat est que l'on ne peut que rarement les coincer. Cela étant, si vous lisez entre les lignes, le message est clair et pour le moins inquiétant. La race supérieure domine et jouit du droit de vie ou de mort sur la race inférieure.

Brusquement, l'univers de Sara s'écroulait en ruines à ses pieds. Ce type ne mentait pas. Elle était passée à côté du dérapage de Louise. Elle ne l'avait même pas soupçonné.

Ses mains tremblaient au point qu'elle dut s'y reprendre à deux fois avant de parvenir à allumer une nouvelle cigarette.

Il baissa les yeux, redoutant qu'elle fonde en larmes. Un pesant silence s'ensuivit. Dans quel recoin douloureux de ses pensées errait-elle ? Il patienta encore quelques instants, attendant qu'elle admette enfin l'inadmissible. Il eut la certitude qu'elle pressentait la vérité, tout en refusant de franchir le dernier pas. Il osa :

— Comment s'entendait-elle avec son frère ?

Le visage livide, marqué par les nuits d'insomnie et les larmes, se figea. Elle venait d'avancer du pas fatidique.

Elle ouvrit la bouche sans prononcer un mot, comme si tous la fuyaient, et crispa les sourcils. Elle inspira avec peine.

— Mal. C'est classique. D'autant que Louise ne supportait personne… sauf Cyril.

Un autre silence. Le regard de Sara le fuyait depuis un instant. Redoutait-elle de lire dans ses yeux la confirmation de ce qu'elle commençait tout juste à entrevoir, du *vrai* pire ? Il attendit.

Un murmure dont Guéguen n'était pas certain qu'il lui soit destiné.

— Vous savez… une des grandes qualités d'un chercheur est la lucidité. Admettre que ce que l'on n'a pas envie d'admettre est bien réel. Mon ancien patron répétait : « Il faut laisser ses désirs au portemanteau lorsqu'on enfile sa blouse. » La lucidité, quelle plaie ! L'ignorance et l'aveuglement sont de précieux privilèges.

— C'est exact. Du moins lorsqu'ils persistent toujours, lorsque rien ne les fait voler en éclats. Et c'est trop tard, non ?

Enfin, elle le fixa. Son regard avait changé, s'était gelé.

— Votre question… Il ne s'agissait pas de faire la causette, n'est-ce pas ? Elle avait un… véritable sens ?

— Oui.

— Victor exaspérait Louise. Moi aussi, d'ailleurs. J'ai mis cela sur le compte d'une adolescence très difficile, de leur différence d'âge, du fait que… Victor est sans doute plus proche de moi… Était-ce… plus sérieux, plus profond que cela ?

— Oui, c'est du moins ce que nous pensons.

— Allez-y, murmura-t-elle.

Ce fut au tour d'Yves de se taire, d'éviter son regard. Sara Heurtel était enfin arrivée où il souhaitait la mener et il avait peur de la suite.

L'ordre claqua, péremptoire :

— Allez-y, j'ai dit !

— D'après les messages électroniques que nous avons récupérés, tous adressés à Cyril ou reçus de lui, Louise avait… l'intention de tuer son frère… après vous.

Elle le dévisageait, immobile, et il sembla à Yves qu'elle avait cessé de respirer.

— Entendons-nous, madame Heurtel… il ne s'agissait pas de ces exagérations adolescentes du genre « Ma mère m'emmerde, je voudrais qu'elle meure ». Sans cela, je ne les aurais pas évoquées. Le projet, car c'en était un, de Louise était mûrement réfléchi, posé bien qu'haineux.

Il la vit fermer les paupières et se demanda si elle n'allait pas basculer dans l'inconscience. Elle aurait dû.

— Et Cyril ?

— Se proposait, avec autant de… sérénité, si je puis me permettre, d'assassiner ses parents et sa petite sœur dès qu'il serait majeur, et de récupérer ainsi l'héritage.

— Des malades mentaux ?

Il sentit la supplique dans sa voix. Une maladie mentale pour atténuer l'insupportable.

— Des sociopathes dangereux, sans aucun doute.

— Les parents de Cyril…

— Ne sont pas au courant, termina-t-il. Je ne suis pas certain de souhaiter qu'il en soit autrement.

Soudain agressive, elle lâcha :

— Pourquoi ? J'étais la seule à mériter de me faire démolir encore un peu plus ?

Il hocha la tête en signe de dénégation. Une tendresse inattendue l'envahit. S'il n'avait pas été flic, il aurait aimé la serrer contre lui, tenter de l'apaiser un peu. Comme Diane, un soir où elle avait tant bu que les portes de son intenable mémoire s'étaient entrouvertes.

Luttant contre la crise de sanglots, Sara bafouilla :

— Merde, que se passe-t-il ? Mon mari est laissé à l'agonie par le chauffard qui a percuté sa moto, ma fille se fait égorger et j'apprends qu'elle avait décidé de nous tuer, son frère et moi…

— C'est ce lien qui justifie ma visite, madame Heurtel, admit-il.

— Quoi ? Mon mari, Louise, Victor, moi…

— Non. Le… projet de Louise et votre survie à vous et à votre fils.

Elle le regarda sans comprendre. Il précisa :

— Écoutez… Ma théorie est sans doute erronée, d'autant qu'elle ne repose sur rien, si ce n'est, sans doute, des coïncidences. Et si le tueur avait souhaité vous protéger, vous et Victor ?

Elle secoua la tête avec véhémence :

— Vous délirez… Il aurait aussi voulu protéger les Janet, en ce cas, puisque Cyril était décidé à les tuer ? Ce qui signifie que les Janet et moi-même connaissons ce type. Il nous aime au point de massacrer nos futurs bourreaux ? C'est de la science-fiction ! (Haussant le ton, elle énonça d'une voix mauvaise :) De la folie furieuse ! Vous n'avez rien de plus urgent à faire que de balancer des élucubrations de psy à la gomme ? Si vous conduisez l'enquête avec autant de sérieux et de perspicacité, vous n'êtes pas prêt d'arrêter le meurtrier de ma fille. De surcroît, je veux voir les fameux messages de Louise parce que je ne vous crois plus, vous racontez n'importe quelle imbécillité qui vous passe par la tête !

— Vous êtes dans le déni, c'est normal.

Elle se leva d'un bond et rugit :

— Je vous emmerde ! Sortez de chez moi !

Il sentit qu'elle était prête à le frapper. Pourtant, il avait encore un élément à lui livrer.

— Lorsqu'on « aime », ainsi que vous le formulez, les gens au point de tuer pour les protéger, on n'abandonne pas chez eux le cadavre de leur fils écorché vif. Je ne crois donc pas que les Janet soient concernés par cette « protection », si du moins je ne me plante pas du tout au tout. Il avait une autre raison de tuer Cyril. En revanche, Louise a été emmenée ailleurs. Elle a été – et vous allez me détester encore davantage – exécutée de façon… rapide et propre.

Sara hurla, s'avançant vers lui la main levée, hors d'elle :

— Barrez-vous, ordure ! Maintenant ! Cassez-vous !

Yves Guéguen était défait. Il jeta sa carte sur la table basse et sortit.

Lorsque la fureur serait tombée, elle allait réfléchir, additionner, comparer, rejeter, associer toutes les informations. Elle avait l'intelligence et l'entraînement nécessaires. Et, en effet, la lucidité viendrait. Implacable mais inévitable.

S'il avait raison, Sara Heurtel était leur unique lien vers le tueur.

Massachusetts, États-Unis, juin 2008

Nu, à l'exception du bandana noir qui retenait ses cheveux, Nathan s'avança vers l'arène de trois mètres de diamètre. Il la contourna, glissant un pied devant l'autre avec précaution.

Il s'immobilisa, un sourire flottant sur ses lèvres. L'autre ne bougeait pas, tassé au centre de ce petit cirque au sol sableux qui l'avantageait. Une concession de Nathan. Elle faisait partie de leur jeu, tout comme la longueur de la machette qu'il tenait. Quarante centimètres à peine, dont dix de manche. Trente petits centimètres d'acier aiguisé. Rien d'autre. La différence entre la vie et la mort. Une mort lente, douloureuse.

Un bruissement soyeux. L'autre venait de se déplacer, presque imperceptiblement. Une vague hésitation retenait encore Nathan. Avait-il choisi le bon partenaire de jeu ? Il était encore temps d'en changer. Une moue d'agacement lui fit crisper les lèvres. Il se rapprocha sans bruit du mur tapissé de grands vivariums. Son regard effleura un *Crotalus durissus terrificus*, un magnifique spécimen de serpent à sonnette de près d'un mètre quatre-vingts dont l'habitat naturel est l'Amérique du Sud. Un venin redoutable, des neurotoxines qui provoquent une cécité, puis une suffocation par paralysie respiratoire progressive. Comme chez la plupart des crotales, une autre toxine, hémolytique celle-là, fait exploser les globules rouges de la proie, occasionnant d'importantes hémorragies. On dégueule son sang. On le pleure.

Nathan tapa ensuite de l'index sur la vitre du vivarium situé à droite, se moquant de son geste. Tous les serpents sont sourds. De fait, le *Crotalus adamanteus*, ou crotale diamantin, ne bougea pas. Ces hôtes classiques des États-Unis, notamment de la Floride, peuvent atteindre plus de deux mètres et vivre vingt ans. Quant à leurs crochets, ceux des plus grands dépassent deux centimètres de longueur et injectent près d'un gramme de venin dans leur proie. Il suffit d'une dose six fois inférieure pour tuer un homme adulte. Étrangement, et alors que l'on suppose les serpents d'une intelligence résiduelle, sans doute parce qu'ils sont une des premières étapes de l'Évolution, de nombreux témoignages de chasseurs de serpents se recoupent : les crotales diamantins vivant à proximité de l'Homme apprennent vite à figer leur cascabelle, ce bruiteur qui termine leur queue, assemblage de grandes écailles destiné à effrayer. Ils comprennent que ce signal les fait repérer.

Un sourire de délice étira les lèvres de Nathan lorsqu'il appuya son front sur le vivarium qui contenait sa dernière acquisition, un magnifique cobra égyptien de quatre mètres de long. Nathan aimait ouvrir la trappe située sur la vitre pour le pousser du bout de la longue pince qui lui permettait d'extraire les animaux de leur repaire. Le cobra se dressait alors, fou de rage, gonflant le cou de colère jusqu'à ressembler à la parfaite statue d'un dieu étrange et féroce. Nathan l'admettait, il adorait regarder les cobras, une merveille de la nature. En revanche, se battre contre eux était moins réjouissant qu'avec un crotale, un des genres de serpents les plus dangereux. L'autre tueur parfait était la vipère de Russel, que l'on trouve surtout en Inde, en Chine et en Birmanie. Une agressivité exemplaire. Toutefois, le vivarium de la vipère de Russel était vide d'occupant, depuis le mois dernier. Nathan attendait la remplaçante commandée. Elle tardait à arriver : les chasseurs, même expérimentés, ne l'abordent qu'avec d'extrêmes précautions.

Non. Il avait fait le bon choix. Il tourna la tête vers l'arène. Le *Crotalus atrox* était immobile en son centre. Un spécimen de deux mètres de long, rapporté en contrebande du Mexique. Le venin de l'*atrox* est un peu moins dangereux que celui de l'*adamanteus*. En revanche, l'animal est beaucoup plus agressif. L'*atrox* ne fuit pas s'il en a la possibilité. Il attaque. Point commun entre tous ces animaux : ils sont parmi les plus rapides. Des réflexes de l'ordre du centième de seconde. Les hommes sont infiniment plus lents. En moyenne dix fois plus. Cependant, les hommes savent anticiper, pas les serpents.

Les crotales, comme tous les serpents, se redressent avant de frapper. Leur fulgurante détente leur permet de se projeter d'un tiers de leur longueur. Deux mètres de long, une portée de soixante-sept centimètres, beaucoup plus que la longueur de la lame de la machette.

C'était toute l'élégance du jeu. L'intelligence de Nathan, sa capacité d'anticipation, contre la rapidité du crotale, son absence totale de sentiment, de peur, sa combativité.

Nathan se rapprocha du bord de l'arène, faisant glisser ses pieds. Les serpents détectent le moindre changement de pression autour d'eux grâce à leur langue bifide. Un mouvement d'air, un choc sur le sol. Bon nombre possèdent des capteurs infrarouges qui leur indiquent avec précision où se situe l'agresseur ou la proie et ce qu'elle fait.

Nathan tapa du pied pour signaler sa présence. Le crotale tourna la tête dans sa direction. Le parfait enroulement de son corps marron, avec des pointes de rouge brique et des incrustations blanches et noires, glissa sur lui-même. La langue sortit, vibrant afin d'analyser les perturbations de l'air environnant. Il n'était pas encore inquiet. Il avait ouvert la gueule, menacé un peu plus tôt lorsque Nathan lui avait saisi la tête entre ses longues pinces pour le tirer de son vivarium. Il s'était calmé depuis. Le sable, l'immobilité ambiante le rassuraient. Il avait été nourri trois jours plus tôt d'un rat. Nathan enjamba le contour surélevé de l'arène et frappa à trois reprises dans ses mains. Fort. La rapidité de la réaction de son adversaire le bouleversa. Sans même que sa rétine humaine n'ait perçu le mouvement trop rapide, le serpent s'était redressé. Sa langue testait l'air dans sa direction. Nathan se demanda s'il allait avancer vers lui. L'*atrox* est un des reptiles les plus teigneux qui soient. Le serpent ne bougea pas.

— Que tu es beau, hurla presque Nathan.

Il ne l'entendait pas. En revanche, les perturbations de pression dues à sa voix lui seraient perceptibles.

— Tu sais qu'il s'agit d'un combat à mort, n'est-ce pas ? C'est toi ou c'est moi. Je n'ai pas de sérum antivenin. Ce ne serait pas drôle. Si tu parviens à me mordre, je meurs.

Deux yeux d'un noir presque bleuté le fixaient. Le serpent se tenait immobile, un bon quart de son corps dressé, attendant. Seule sa langue semblait en vie, sortant et rentrant dans sa gueule, recueillant à l'extérieur les informations nécessaires à sa survie. Nathan se rapprocha, ne quittant pas des yeux la tête d'un gris de fumée. La valeureuse bête ne savait pas encore, n'avait pas compris qu'elle luttait pour sa vie. Or il s'agissait, comme toujours, d'un combat loyal, et Nathan mit un point d'honneur à lui faire savoir qu'elle venait de rencontrer un adversaire très dangereux. La machette fendit l'air à une dizaine de centimètres du nez du reptile qui cracha en dévoilant ses crochets et en se tassant sur lui-même. Bien, il avait compris. Nathan tourna avec lenteur, accompagné par les mouvements du corps couvert d'écailles. Gueule ouverte, en position d'attaque, le serpent le suivait. Nathan se fendit. La machette s'abattit. Le serpent recula puis se détendit à la vitesse de l'éclair, crocs menaçants. L'homme esquiva de justesse, d'un bond vers l'arrière. La sueur lui dévalait du front, en dépit du bandana. Bien sûr qu'il avait peur. C'était le but du jeu. Lutter contre la peur. Avancer en dépit d'elle. La tenir en laisse, l'empêcher de le transformer en couard sanglotant. Les serpents terrorisent, d'où leur supériorité aux yeux de Nathan. Ils sont d'implacables mécaniques à tuer. Sans haine, sans inutile effusion ou démonstration. Des seigneurs.

L'*atrox* ne quittait plus des yeux la main droite de son agresseur, celle qui tenait cette étrange chose brillante et fine qui produisait une telle dépression en s'abattant. Nathan sourit de bonheur. Le serpent avait compris que la machette était son véritable ennemi. Il recula. Le crotale s'avança lentement vers lui, dressé. L'*atrox* se déploya de toute sa force, de toute sa vitesse pour atteindre la main de l'homme. Nathan se jeta sur le côté. Le sable le gêna et il s'affala. Le serpent fonça vers lui, vers ce corps enfin à sa merci. La machette changea de main. Au moment où la tête vipérine se redressait gueule ouverte pour frapper, la lame s'abattit sur son cou. Le magnifique museau triangulaire vola. Le corps sinueux s'effondra, lâchant un beau sang rouge, aussitôt bu par le sable de l'arène. Un tremblement incontrôlable secoua le corps nu de l'homme, toujours sur le flanc. Les battements anarchiques de son cœur s'apaisèrent peu à peu. Il se redressa avec peine, toujours assis. Il contempla le parfait tuyau de chair que des spasmes musculaires agitaient encore et murmura :

— Beau combat, l'ami. Tu n'as pas démérité. Tu t'es battu avec vaillance. Tu seras incinéré comme les autres. En guerrier.

Règle n° 5 : Traiter avec le plus grand respect les ennemis valeureux, même lorsqu'on vient de les tuer.

Nathan se releva, épuisé. De minuscules tétanies agitaient toujours l'intérieur de ses cuisses. Il avait vaincu à nouveau. Il caressa d'un geste machinal le tatouage discret qui couvrait l'arrondi de son épaule droite : un cobra, cou gonflé de colère, crocs dénudés, prêt à fondre sur sa proie.

Paris, France, juin 2008

Avachi dans l'un des canapés du vaste salon lumineux, Frédéric Janet n'avait pas prononcé un seul mot depuis l'arrivée d'Yves Guéguen. Le profileur ignorait s'il s'agissait d'un mutisme habituel ou imposé par le chagrin. Virginie Janet-Thévenin se tenait raide en bout d'un autre canapé, lèvres serrées. Elle avait abusé du fond de teint, du blush et de l'anticernes afin de dissimuler les ravages du deuil, et évoquait une pathétique poupée ancienne, trop maquillée. Elle répéta, détachant chaque syllabe d'un ton autoritaire :

— C'est hors de question ! Nous avons relaté à la police, puis à vous, tout ce que nous savions, c'est-à-dire peu de chose. Rien n'explique… Enfin, ça… cette monstruosité. (Sa voix mourut. Elle se ressaisit et asséna :) Le… déguisement gothique de Cyril n'était qu'une manifestation, somme toute bénigne, du désir de se singulariser, d'être différent…

Manifestation bénigne, en effet, songea Yves. Comme de planifier, avec délectation, le meurtre de ses parents et l'égorgement de sa petite sœur. Eux ne devaient pas savoir, contrairement à Sara. Eux devaient conserver leur terrible mais beau chagrin, la perte d'un fils parfait. Eux ne pouvaient pas l'aider, il en était certain. Leur inutilité dans l'enquête les protégeait de la vérité.

Virginie Janet-Thévenin avait déplu à Yves dès qu'elle avait ouvert la porte du luxueux appartement, meublé comme pour une photo de magazine de décoration des maisons bourgeoises. Toutefois, il admettait que son jugement vis-à-vis d'elle avait été hâtif. Elle était péremptoire, désagréable, une façon comme une autre de lutter contre l'effondrement. Il le voyait aux tremblements qui agitaient parfois son menton et ses joues.

— Quoi qu'il en soit, poursuivit la pharmacienne, vous n'interrogerez pas ma fille ! Elle est bouleversée… en pleine crise de nerfs depuis que nous lui avons expliqué que son grand frère était décédé…

La petite Jeanne était « sa » fille. Cyril avait dû être « son » fils. Guéguen jeta un regard furtif en direction du père, amorphe, ailleurs. Une autre façon de souffrir. Nous en possédons tant que l'on pourrait croire que nous sommes programmés de toute éternité pour la douleur.

— Ah, mon Dieu… (Virginie ferma les paupières et Yves songea que cette femme luttait contre le chagrin comme sur un champ de bataille.) Heureusement qu'elle avait son cours de danse ce soir-là… Heureusement qu'elle n'est pas rentrée avant moi…

Elle appliqua la main sur ses yeux avec fermeté, et sa voix s'enraya lorsqu'elle tempêta :

— Je ne veux plus voir cela ! Je ne veux plus revoir cette horreur. J'ai poussé la porte de sa chambre, et… Mais je ne vois que cela, jour et nuit… Mon fils…

Oui, il l'avait mal jugée, sur les apparences, tout en sachant à quel point elles peuvent être trompeuses. Mme Janet-Thévenin était le pur produit de son milieu. Un milieu bien élevé, sensible aux conventions et aux convenances, parce que au fond elles permettent de discipliner un peu la vie, même si elles lui enlèvent de l'imagination. D'un autre côté, si l'imagination consiste à retrouver son fils ligoté sur une chaise, écorché vif, il est légitime de la détester. Dans le milieu de Virginie Janet-Thévenin, on mourait de vieillesse, de maladie ou d'accident. L'effarante réalité de l'extérieur venait de faire exploser le rodage des générations passées.

Elle poursuivit, venimeuse :

— C'est sa faute… À cette… pouffiasse… moche, idiote, vulgaire… C'est elle qui a influencé Cyril… j'en suis certaine… Mon fils est… était… un jeune homme charmant, brillant, drôle… et puis, il l'a rencontrée… Ils recrutent vraiment n'importe quel déchet dans ces lycées pourtant réputés…

— Louise Heurtel ?

— Qui d'autre ? Elle s'est accrochée à Cyril, telle une sangsue. Une excellente affaire pour ce tas ! Ahurissant, alors que Cyril pouvait prétendre au meilleur, professionnellement et sentimentalement.

Tout à sa rage qui l'aidait à oublier durant quelques secondes la mort épouvantable de son fils, elle se leva, arpenta à pas nerveux l'espace situé entre le canapé et la table basse en marbre et persista, pointant un index accusateur vers lui :

— Un gros tas moche ! Nulle au lycée, en plus ! Pensez… Elle avait redoublé alors que Cyril était passé premier dans la classe supérieure ! C'est sa vie à elle qu'il faut fouiller, monsieur ! C'est à cause d'elle que cette monstruosité est arrivée ! C'est sa faute ! Le seul tort de mon fils, c'est de l'avoir rencontrée, de l'avoir… prise en pitié… je ne sais pas… Il est clair que Cyril ne pouvait rien lui trouver d'intéressant… cela étant, c'était un garçon gentil, sensible, très fin…

La faute de l'autre. Un recours classique. Trouver un coupable. Yves ne la détrompa pas. Elle méritait cette infime consolation. Quant à lui apprendre que son mignon petit garçon avait projeté de la buter, en plus de son mari et de sa fille, pour s'amuser et récupérer leur fric, le tout en bon psychopathe débutant, il aurait vraiment fallu l'exécrer pour lui balancer ce genre de vérité au visage.

— Pour en revenir à Jeanne…

— C'est non ! le coupa-t-elle.

— Je comprends votre réticence. Cela étant, madame, à n'en point douter, votre vœu le plus cher est que nous arrêtions ce… tordu. Or nous ne possédons que fort peu d'éléments.

— Je ne vois pas en quoi Jeanne pourrait vous aider !

— Frère et sœur partagent souvent de petits secrets dont ils tiennent leurs parents éloignés. C'est la loi de la fratrie. Cyril peut avoir mentionné à sa sœur un homme suspect, un type qui le suivait, n'importe quoi… Il ne vous aura rien dit parce qu'il jugeait la chose sans intérêt, ou parce qu'il ne voulait pas vous inquiéter… C'est une hypothèse parmi cent autres…

— Jeanne et Cyril ne s'entendaient pas si bien que cela. Elle est encore petite. Elle l'agaçait. Rien de plus classique…

Sara Heurtel avait usé du même adjectif. « Classique », un qualificatif rassurant, indolore.

— Je ne veux pas que ma fille se doute de…

— Il est hors de question de lui révéler quoi que ce soit au sujet du décès de son frère.

— Je ne veux pas que vous lui parliez. Ma fille est mineure, elle a onze ans, vous n'avez aucun droit !

Une voix grave, lointaine :

— La ferme, Virginie !

Les premiers mots de Frédéric Janet.

— Enfin, Frédéric…

— La ferme, j'ai dit ! Nous n'avons aucune idée de l'identité du dingue qui a fait subir cela à Cyril. Or je veux sa peau, même si je dois aller en taule pour le restant de mes jours. Il a massacré mon fils ! Vous pouvez discuter avec Jeanne, monsieur. Elle est dans sa chambre.

— Je veux être présente ! cria Mme Janet-Thévenin.

Yves Guéguen sentit que la panique la gagnait. Pourquoi ? Tentait-elle de protéger sa fille ou redoutait-elle inconsciemment une révélation ?

— Non, madame. Elle ne me confiera rien si vous êtes à ses côtés. Si tant est qu'il y ait quelque chose à confier, la rassura-t-il. Je suis psychologue et j'ai une longue habitude des jeunes témoins.

Yves Guéguen attendit que Virginie Janet-Thévenin ait refermé la porte derrière elle. Il guetta l'éloignement de ses pas dans le couloir.

Jeanne le considérait, un sourire aux lèvres. Derrière elle, sur l'écran de son ordinateur, s'étalaient des photos gris pâle.

— Qu'est-ce que tu regardais ? demanda-t-il.

— La naissance de fauconneaux. On en a dans notre maison de campagne. Des crécerelles. Qu'est-ce que c'est beau ! Ça chasse en criant « pi-pi-pi ». Ils restent dans l'air sans presque bouger.

— Ça s'appelle le vol saint-esprit.

— Ah bon ? Géant ! Là, c'est un internaute qui a posé une webcam dans leur nid. On voit tout : la fauconne qui couve, son mâle qui la nourrit, l'éclosion, les premiers mouvements des petits. On dirait de gros pompons gris, avec juste le bec qui sort. Ils ont des ailes minuscules. C'est trop adorable. Et ça piaille, ça piaille !

— Jeanne… Euh… ce n'est pas simple…

— Pour Cyril ? C'est dur, admit-elle sans émotion apparente.

L'expérience avait prouvé à Yves que les gens réagissent de façon très différente au choc, à la peine. Les manifestations alternent d'une sorte d'apathie, en surface indifférente, à un déferlement émotionnel violent. Pourtant, quelque chose dans l'attitude de la fillette, que sa mère avait mis au compte d'une « crise de nerfs », alerta le profileur.

— Ça a dû être affreux pour toi, non ?

— Oui…

Le manque de conviction de sa voix renforça son soupçon. Ou bien Jeanne se trouvait au centre d'une tempête émotive à laquelle elle résistait comme elle le pouvait, ou alors elle n'en avait pas grand-chose à faire. Mentir pour faire surgir la vérité.

— Remarque, d'après ce que j'en sais, il n'était pas très cool avec toi, ton frère.

Elle lui jeta un regard méfiant.

— Écoute, je suis policier et tu es mon témoin. Donc, je ne raconterai rien de ce que tu me diras à tes parents.

— Craché-juré ?

— Craché-juré et parole d'honneur.

L'incertitude dans le grand regard noisette. Puis, un aveu murmuré, mais sans appel :

— Gros con ! C'était un gros con. Méchant, en plus !

— Qu'est-ce qui te faire dire ça ?

— Il faisait des trucs pas clairs. En plus, il me détestait. Vraiment, je veux dire. Évidemment, mes parents ne voyaient rien parce qu'ils ne sont jamais là. La seule chose qui les préoccupe, c'est les notes !

— Quelles choses pas claires ?

— Je ne sais pas au juste. Mais il avait l'air super content de lui, surtout depuis un moment… content, dans le genre malade… En plus, l'autre grosse vache de Louise était aussi timbrée que lui…

— Tu pourrais être plus précise ? demanda Yves avec douceur.

Elle n'hésita qu'une seconde et se pencha vers lui, baissant la voix en confidence :

— Vous savez, Caramel… C'était un petit chat adorable. Mes parents avaient fini par céder et par m'autoriser à le prendre. C'était un des bébés de la chatte de ma copine Charlotte… C'est lui qui l'a tué. J'en suis sûre. Pour me faire de la peine. J'ai retrouvé le chaton mort sur mon lit. La langue pendante. Il l'a étranglé. J'ai foncé dans sa chambre. Je l'ai accusé. Il a éclaté de rire. C'est lui qui l'a étranglé ! J'ai plus jamais demandé de chaton. Je savais qu'il leur ferait du mal. (Elle ajouta, satisfaite :) Mais maintenant, je vais en avoir un ! Et il ne risquera plus rien.

Yves hésita.

— Tu n'aimais pas beaucoup ton frère, n'est-ce pas ?

— Vous avez juré, hein ?

— Je ne dirai rien. Parole.

— J'ai des fous rires depuis qu'il est mort. Ma mère croit que c'est les nerfs. Il était dingue, mauvais. Évidemment, c'était le petit génie de mes parents. La huitième merveille du monde. Vous savez, monsieur… vous allez croire que je mens, mais je vous assure que non… il me faisait peur. Il était capable de nous faire du mal. Et il a tué Caramel !

Bien sûr qu'elle avait raison. La plupart des psychopathes commencent par se faire la main sur des animaux. Il se contenta de hocher la tête en signe d'acquiescement.

Rassérénée par cette approbation silencieuse, Jeanne se leva, lui tendit la main et murmura d'un ton de conspiratrice :

— Venez. Dans sa chambre. Je vais vous donner un truc. Vous, vous comprenez. Les autres policiers qui sont venus avant vous, ils étaient bouchés. Je n'ai pas voulu regarder ce qu'il y avait dessus. J'avais la trouille. Et s'il avait filmé avec sa webcam le moment où il a étranglé Caramel ? Il en était capable. Je n'aurais pas pu. Je suis sûre qu'il y a plein de choses dessus.

Elle le devança, entrouvrit la porte de sa chambre, inspecta le couloir avant de l'encourager d'un signe de tête à la suivre.

Ils se glissèrent jusqu'à la chambre de Cyril. La moquette imbibée de sang avait été arrachée, abandonnant de larges cicatrices noirâtres de colle. Une chambre de gentil jeune homme, avec des meubles d'inspiration coloniale. Deux raquettes de tennis protégées de leur housse étaient appuyées contre la porte d'une penderie. Yves se fit la réflexion que les murs gris pâle étaient dépourvus de l'inévitable collection de photos et de posters que l'on trouve d'habitude dans les chambres d'adolescents. Seule l'affiche du film *Matrix*, sous verre, décorait la nudité du plâtre peint. Un ordinateur sans aucun doute hors de prix trônait sur un bureau. Dans la bibliothèque, quelques livres, surtout scolaires, et une impressionnante collection de CD et de DVD. Sur une étagère, une chaîne hi-fi Bang et Olufsen. Une porte entrouverte était située en face. Yves fut certain qu'elle donnait sur une salle d'eau particulière. Il se souvint avec tendresse des lavages et brossages collectifs, dispensés par sa mère et sa tante dans la cuisine de la vaste maison familiale de Bretagne que les deux couples partageaient. Les cinq gosses passaient à tour de rôle dans une gigantesque lessiveuse de zinc, dans la même eau, par mesure d'économie. Tout le monde braillait, riait. Les paires de claques dévalaient lorsque ces dames en avaient assez de lutter contre la résistance de ceux qu'elles nommaient « les vermisseaux crasseux ». On en ressortait, rougi et ébouriffé, parfois en larmes, pour être essuyé devant la grande cuisinière Godin. Et puis, on était reniflé, embrassé sur un « Humm, ça sent l'enfant propre » satisfait, cajolé, récompensé d'un bol de chocolat et d'une tartine ou d'une crêpe.

Jeanne avait dit : « Évidemment, mes parents ne voyaient rien parce qu'ils ne sont jamais là. » La mère d'Yves, sa tante, son père, son oncle, tout le monde était là. Veillait, surveillait, aimait. Sa mère pouvait avoir la main leste mais elle débordait d'amour, sans se laisser « rouler dans la farine », ainsi qu'elle disait. Son père ne laissait rien passer. Tout ce qui n'était « pas bien », prononcé sur un ton calme quoique sans appel, était expliqué, puis, en cas de récidive, sanctionné de vertes remontrances, parfois d'une éclatante punition, telle une interdiction de vélo durant trois jours ou de glace le jour du marché. Faire des enfants, répétait sa tante, la sœur de sa mère, était à la portée de n'importe quelle « génisse coiffée », bien que le petit Yves n'ait jamais aperçu de génisse en coiffe. Les élever pour en faire des adultes corrects était une autre paire de manches. Yves gardait un souvenir ému, presque amoureux de la menace, le plus souvent inefficace, de sa mère et de sa tante lorsqu'elles parvenaient au bord de l'exaspération : « Tu vas finir par en prendre une ! » Les enfants filaient à toute vitesse et les deux femmes parvenaient rarement à les rattraper. Le manque chronique d'argent aidant, et bien que les enfants n'aient jamais manqué de rien grâce aux trésors d'inventivité déployés par les deux sœurs pour les nourrir et les vêtir, les cadeaux des fêtes n'avaient rien de luxueux. Toutefois, les quatre parents s'échinaient à faire, à confectionner, à imaginer des surprises qui respiraient l'amour et l'attention dans chacun de leurs angles et de leurs courbes.

Une magnifique enfance. Sa force, sa résistance, son sens moral lui venaient de ces gens, un peu lourds, un peu trop pétris de religiosité mais qui savaient donner un sens à la vie, à l'amour, aux efforts, au respect de soi et des autres.

Après un dernier regard pour la chaîne laser de luxe, Yves se tourna vers Jeanne dont le regard pétillait, il ne savait trop de quoi. De conspiration ? De vengeance rétrospective ? D'amusement déplacé ?

— Tu voulais me confier quelque chose ?

Elle crispa les lèvres et hocha la tête en signe d'acquiescement avant de tendre l'index vers un livre. Yves s'en approcha et détailla, interdit, le dos d'un missel.

— C'est un texte ?

— Ouvrez, conseilla-t-elle d'une voix douce. J'ai surpris mon frère. Heureusement, il ne m'a pas vue. Vous savez… il aurait bien aimé que je meure… et je ne suis pas folle.

— Je te crois.

Yves entrouvrit le missel. Les pages avaient été collées et l'intérieur du bloc découpé au cutter comme en témoignaient les irrégularités des bords intérieurs. Une clef USB était dissimulée dans ce minuscule coffre secret.

— Je peux l'emmener ?

— Oui. Mais ne dites rien à mes parents. Ils voudraient protéger à toute force leur petit chéri. Ma mère, surtout.

— Tu le détestais ?

Quelque chose de farouche passa dans le regard de la fillette de onze ans. Elle siffla, mauvaise :

— Oui. Oh oui ! Et même que je suis très soulagée qu'il soit mort.

Entre jalousie et peur. Peur justifiée, Jeanne ne saurait jamais à quel point.

Yves se baissa pour parvenir à sa hauteur. Il lui enserra avec douceur les poignets et déclara d'une voix lente, amicale :

— Jeanne… je te remercie. Tu m'es d'une grande aide. Énorme. Jeanne… tu n'es pas comme ton frère. Tu ne dois jamais lui ressembler. Car tu as raison. Ce n'était pas quelqu'un de bien. Jeanne, la véritable supériorité, c'est de ne jamais faire de mal gratuitement. Je parle de cette… je ne sais pas quoi exactement… morale, conscience, ce que tu veux, qui te dit qu'une chose est bien et qu'une autre est mal. Et tu vois, c'est le truc le plus important dans une vie, bien avant l'argent, le confort, les trucs marrants.

Le joli visage enfantin se fit grave. Jeanne répondit d'un petit ton très adulte :

— Je sais, monsieur. Olivia, c'est notre fille au pair, une Anglaise géniale, avec des mèches orange, me le répète tous les jours. C'est comme ça que j'ai compris que Cyril était mauvais ! Très mauvais. Il y a les choses bien et celles qu'on ne doit pas faire !

— C'est exactement ça. Olivia a raison.

Yves se leva rassuré. Jeanne était encore jeune, malléable, pour le meilleur ou pour le pire. Il envoya un muet remerciement à cette Anglaise qui tentait de compenser la démission du couple Janet.

Oaxaca, Mexique, juin 2008

Les hurlements se terminèrent dans un sanglot. Le sang dégoulinait le long des cuisses du petit garçon. L'image s'obscurcit après que l'homme nu, dont le visage était dissimulé par une cagoule de latex noir, se fut étiré de satisfaction devant la caméra vidéo. Gros plan final sur un sexe repu. Durant plus d'une heure, il avait violé répétitivement et frappé avec sauvagerie le garçonnet âgé de cinq ou six ans.

Constantino détailla le visage de l'Américain, le sourire qui flottait sur ses lèvres, et précisa pour la cinquième fois :

— Aucun trucage, parole ! Ce sont les gosses de l'école… C'est mon frère qui la dirige [1].

Le regard de l'Américain se perdit vers la cour de récréation écrasée de soleil qu'il avait traversée un peu plus tôt, escorté par les regards sombres et effrayés des enfants, étonné par le silence qui régnait. Pas de cris,

1. « "Injustice et impunité" autour de scandales de pédophilie dans l'État mexicain d'Oaxaca », *Le Monde*, 27-28 avril 2008.

pas de jeux. Nulle bagarre enfantine au sujet d'une broutille. Des gamins tassés sous les rares arbres qui ombrageaient la cour, le plus loin possible des bâtiments.

Les yeux bleu marine revinrent sur Constantino, un regard si tendre. Le Mexicain saliva[1]. Ce nouveau client allait acheter le film et les autres. Il y en avait pour tous les goûts : certains préfèrent les fillettes, d'autres les garçonnets. Une ronde affaire. Dix mille dollars pièce si Constantino se débrouillait bien. Un boulot géant quand on y pensait. Il prenait son pied avec les gosses et il gagnait un fric fou, juste pour ça.

— Faut vous décider, señor. Ça part vite, vous savez.

— Je n'en doute pas. Le réalisme est convaincant.

— Je vous l'ai dit, aucun trucage.

— C'est vous, n'est-ce pas… le… enfin le pilier du film, si je puis dire ?

Quelque chose dans la formulation gêna Constantino.

— Pourquoi vous dites ça ? demanda-t-il, soudain méfiant.

Non, ce type n'appartenait pas à l'AFI[2]. Ceux-là étaient dangereux et ne faisaient pas de quartier. En revanche, il suffisait d'arroser certains des flics du coin. On pouvait ensuite vaquer à ses petites affaires, peinard. Non, l'Américain avait été recommandé par

1. Les Nations unies estiment que 80 000 enfants mexicains sont victimes de pédophilie. Le Mexique serait le troisième « producteur » au monde de pornographie pédophile.

2. Agence fédérale d'investigation, équivalent mexicain du FBI.

un contact de Constantino, Stanley Armstrong, un de ses fidèles clients.

— Comme ça. J'ai reconnu votre port d'épaules, expliqua l'autre en détaillant le cou de taureau de Constantino. Votre... production m'intéresse. Vivement.

L'Américain ferma les paupières avec lenteur et avoua dans un sourire enjôleur, en tendant la main vers le Mexicain :

— D'ailleurs... je vous trouve, vous aussi, très intéressant... Captivant, même.

Constantino ne réfléchit qu'un instant. L'Américain était très beau mec, pourquoi pas ? Et puis, ça ne pouvait que le rendre encore plus généreux lorsqu'ils passeraient aux discussions financières.

Il saisit le poignet tendu et se leva. L'Américain l'imita, yeux toujours clos.

Constantino se rapprocha d'un pas conquérant. Un coup de poing d'une rare violence le cueillit au plexus solaire. Le souffle coupé, vomissant un filet de salive, il vacilla vers l'avant. Le tranchant de la main gauche de Nathan s'abattit sur sa nuque. Constantino s'affala sur les genoux, luttant contre l'évanouissement. Une voix ravie murmura à son oreille, dans un parfait espagnol :

— On va jouer, maintenant. Et si je te filmais, toi aussi ? Ça fait des bons souvenirs, non ? Bof... Pas trop envie de revoir ta gueule... Avant ou après...

En dépit de ses précautions, des chapelets de gouttes rouge vif constellaient ses vêtements blancs. Il considéra ses mains gainées de sang et s'essuya sur son tee-shirt. Un peu plus, un peu moins… Nathan évalua son œuvre, une moue hésitante sur les lèvres. Pas mal. On ne retrouverait la peau de Constantin que sous le bâillon de Scotch gris qui lui maintenait les lèvres closes. Tout le reste du visage, jusqu'à la racine des cheveux, avait été écorché, avec soin. Les cuisses aussi. Pourquoi les cuisses ? Pourquoi pas. C'était l'endroit le plus accessible lorsque sa proie se trouvait en position assise, ligotée sur une chaise. Et puis, ça donnerait du grain à moudre à tous les psychologues criminels qui s'échineraient à y découvrir un symbole. Constantino avait cessé de se débattre, de tenter de hurler. L'insupportable douleur l'avait fait plonger dans une semi-inconscience. Tant mieux pour lui.

Nathan consulta sa montre. Plus que trois minutes avant la sortie des petites victimes qui ne savaient pas encore qu'un de leurs bourreaux ordinaires ne pourrait plus jamais les meurtrir.

Il se dissimula contre le mur afin de surveiller la file inquiète des enfants qui s'écoulait vers la grille. Nombreux étaient ceux qui jetaient un regard apeuré vers l'arrière, redoutant sans doute que Constantino n'en retienne un pour l'une de ses joyeuses et très lucratives parties filmées.

Il patienta encore. Il ne fallait pas qu'un petit retardataire risque d'être blessé. Lorsque la grille fut refermée, Nathan se dirigea vers le haut placard métallique d'où le Mexicain avait tiré son DVD « promotionnel » un peu plus tôt.

Il amassa l'ensemble des films aux pieds de la chaise sur laquelle Constantino tressautait par instants en gémissant.

Il récupéra une paire de gants de latex dans son sac à dos de cuir, ainsi qu'une recharge d'essence à briquet.

Un petit nettoyage s'imposait, sans doute superflu, compte tenu de la suite.

Règle n° 6 : Mieux vaut être trop consciencieux que pas assez.

Il récupéra dans son sac les vêtements de rechange qu'il avait prévus, jeta son tee-shirt et son pantalon souillés de sang sur les DVD, aspergea d'essence le tas. Après s'être changé, il alluma un long havane et se pencha. L'amoncellement gorgé d'essence s'embrasa aussitôt, ramenant Constantino à la conscience. En dépit de douleurs insupportables, le Mexicain bagarra pour se reculer. Sa chaise bascula vers l'arrière. Il battit des pieds, implorant d'un regard terrorisé la clémence de Nathan.

— Oh, non, non, non…, chuchota ce dernier.

Il attendit que le feu enrage, se propage aux meubles, aux lampes, aux bibliothèques et sortit sans hâte du bureau.

Fredericksburg, États-Unis, juin 2008

Diane Silver alluma une cigarette et relut le message qu'elle venait de recevoir d'Yves Guéguen.

Cher mentor, comment te portes-tu ? Je voulais te prévenir avant qu'Interpol ne squatte l'affaire. Bien sûr, je ne t'ai rien révélé et tu as appris cela toute seule, grâce au marc de café !

Deux jeunes Français, familles bon chic bon genre, sont morts dans des circonstances étranges, à vingt-quatre heures d'intervalle. Détail troublant : tous deux étaient des amis proches et donnaient dans le gothique tendance satanique, sérieuse a priori. La fille, Louise Heurtel, seize ans, a été abattue « sans chichis », de façon chirurgicale ou presque, une dague plantée dans la gorge, dans un hôtel particulier de Neuilly où elle n'avait rien à faire. Le garçon, Cyril Janet, seize ans aussi, a été particulièrement « soigné », écorché en partie, vivant, chez lui. Le disque dur de son ordinateur a été extrait. En revanche, la Crim a récupéré celui de la fille. Elle avait effacé plein de trucs. De façon si maladroite, toutefois, que nos techniciens les ont reconstitués. Jeanne, la petite sœur de Cyril qu'il se proposait d'égorger – c'est pas des blagues –, m'a confié en grand secret la clef USB que son frère avait dissimulée. Louise et son petit copain Cyril ne faisaient pas dans la dentelle. Lui a étouffé un bébé dans sa poussette, pour parfaire son « initiation ». Elle avait la ferme intention de buter sa mère, Sara, une chercheuse, veuve, puis son petit frère de douze ans, Victor. Le credo de la race supérieure, qui se limitait à eux et à deux interlocuteurs Internet, dont le mentor de Cyril, un prétendu Canadien. Je t'envoie en fichier joint quelques *ghosts* récupérés des mails échangés entre nos deux charmantes têtes brunes, notamment celui où Cyril décrit l'orgasme qu'il a eu en imaginant qu'il égorgeait sa jeune sœur de onze ans. Édifiant. En d'autres termes, ni toi ni moi ne sangloterons sur la mort de ces deux tordus, à tout le moins sociopathes affirmés. Cependant, quelque chose m'intrigue, peut-être parce que je suis tellement désœuvré que je vois des meurtres en série partout ! L'adresse IP de l'ordinateur du « mentor » canadien, récupérée sur la clef USB, correspond à un cybercafé de Toronto… fermé depuis deux ans. Étrangement, d'après nos collègues canadiens (qui sont assez géniaux, comme tu le sais), le fonds de commerce en question n'est ni en vente ni en location. Sert-il de relais à un autre ordinateur ? Les Canadiens fouillent la piste. Le « mentor » s'exprime dans un français presque parfait (en faisant moins de fautes d'orthographe que moi). Il n'en demeure pas moins que certaines tournures sont indiscutablement anglo-saxonnes. Je t'envoie une copie des fichiers de la clef USB. Tape-toi un bon whisky avant, tu ne le regretteras pas. La fillette avait raison. Il s'est filmé en train d'étrangler un chaton. Ce connard bandait. Seize ans !

Je t'embrasse.

Yves.

P.-S. : Je ne suis pas certain que nous soyons humains, toi et moi. Je ne suis pas certain d'avoir envie d'être humain.

Diane exhala une longue bouffée de fumée et répondit :

Deux tueurs en puissance sont morts. C'est toujours ça de gagné. J'aime l'efficacité. Je me fous de savoir qu'ils avaient seize ans. Les tueurs sont les tueurs, quel que soit leur âge. Au demeurant, cette histoire d'âge est du pipeau. On était adulte à douze ans au Moyen Âge.

Écorché, où ça ? Quelles parties du corps ? Avec quel type d'arme ? Un scalpel, un couteau ?

Je t'embrasse.

P.-S. : Humain ? Tout dépend de ta définition, chéri. Humain, ça se mérite, ça se gagne. Ce n'est pas acquis ! On n'est pas humain au simple prétexte que l'on marche sur deux pattes au lieu de quatre et qu'on sait allumer un poste de télévision, décapsuler une canette de bière ou répondre au téléphone. On est humain parce qu'on le choisit et qu'on travaille à le devenir et à le rester. C'est du moins MA définition.

Diane hésita. Yves avait raison. Ça méritait un bon calmant. Elle alla récupérer la bouteille de Glenmorangie couchée dans un des casiers du haut meuble à dossiers. Elle avala deux comprimés de somnifère en forme de gros grains de riz avec la première gorgée en jetant un regard à sa montre. Quatre heures du matin en France. Elle soupira d'exaspération. Elle n'aurait pas de réponse avant le lendemain. Un carillon joyeux la détrompa. Yves venait de lui expédier un e-mail, preuve que le sommeil le fuyait, lui aussi.

Silver – pas toi, ma chienne – a une gastrite... je la veille ! Pauvre puce, elle est malade comme... un chien. Je ne t'ai pas indiqué ces précisions dans mon premier message, certain que ta curiosité ferait le reste et que tu me répondrais au plus vite. Gagné ! Les cuisses et le visage. L'opération était soigneuse, a demandé du temps, en d'autres termes, j'aurais détesté être à la place de Cyril. L'arme : un couteau de chasse à lame crantée. Je suis certain que ce détail va enflammer tes neurones : pas de scalpel, pas de cutter, trop nets, trop modernes. La bouche du gamin... du tueur en herbe plutôt, était scotchée, pour éviter que l'on entende ses hurlements. Il était ligoté sur la chaise de son bureau. Il a été achevé après l'extraction du dernier lambeau de peau. Un coup de lame très propre dans la carotide, comme Louise. Il s'est vidé du sang qu'il lui restait. Aucune empreinte, aucune trace du tueur, rien. Comme dans le cas de Louise. Si ça t'évoque quelque chose, dis-le-moi pour me sauver de mon ennui. Je te baise le front à défaut d'autre chose !

Elle sourit en terminant la lecture de l'e-mail.

Je te rappelle que je suis une femme honorable et d'âge mûr. En conséquence, tu n'as le droit de me baiser que le front, en effet, ou le bout des doigts, ce qui serait encore plus chic !

Oui, ça m'évoque quelque chose et ça reste strictement entre nous. Un meurtre, à New York, il y a quelques mois. Il faut que je sorte le dossier afin de vérifier les détails. Par acquit de conscience, car je m'en souviens très bien. Les similitudes dans la mise à mort sont troublantes. Un certain Stanley

Armstrong. Un mec futé qui avait retiré, à temps, un joli paquet d'argent de la bulle des start-up biotechnologiques. Il avait un appartement en France... Un autre à Miami. Sa nièce en a hérité. Le dossier de ce type est ici, dans mon bureau. Tu connais ma paranoïa aiguë : je ne conserve rien à Quantico. Ne t'endors pas. Fais un câlin pour moi à Silver, ça t'occupera. Je cherche et je te raconte tout.

La réponse ne se fit pas attendre.

Silver, pas toi, l'autre, ronronne de bonheur, ce qui, chez un bouledogue, se traduit par des ronflements et des raclements de gorge à réveiller les voisins : je suis en train de lui papouiller le ventre. Je profite de ce que tu cherches pour oser : comment vas-tu ? Je fais référence à ce cambrioleur que tu as abattu. En légitime défense, j'insiste !

Diane venait de récupérer le dossier rouge sur lequel s'étalait en grosses lettres un nom : STANLEY ARMSTRONG. Elle alluma une cigarette, souffla sa fumée sur l'écran parce qu'elle aimait la voir s'écraser sur la surface de verre et s'enfuir ensuite en ruisseaux de long des bords. Elle hésita. Yves était l'unique personne à qui elle puisse dire la vérité. Cela étant, « dire la vérité » n'est parfois qu'un confort pour soi-même. Vider sa poubelle morale sur l'autre pour s'en décharger. Il faut, de temps en temps, aimer assez les gens pour leur mentir, se débrouiller avec sa culpabilité et ne pas s'en débarrasser à moindre coût. Avouer, c'est s'absoudre. C'est également, parfois, polluer l'autre avec des regrets, des souvenirs qui ne lui appartiennent pas et qu'il n'a aucune envie de supporter. Elle commença :

Je mens avec cordialité à Folston, le psy que j'ai dû choisir pour faire plaisir au Bureau, pour les rassurer. Il est sympa, ce type. Il fait ce qu'il peut pour m'aider. Aussi, lui permettre de pénétrer dans ma tête serait la pire vacherie que je pourrais lui faire. Il ne le mérite pas. Peu de gens méritent ce genre de punition. Le cambrioleur, de toi à moi... je n'en ai rien à foutre de l'avoir descendu. Pas le moindre regret. La seule chose qui me mine, c'est que j'ai eu peur de lui. Bon, lâche-moi quelques minutes, le temps que j'épluche le dossier !

Son index hésita au-dessus de la touche « Envoi », au-dessus de la vérité. Par honnêteté, par respect pour l'intelligence d'Yves, elle effaça l'avant-dernière phrase avant d'expédier son message. Elle se servit un autre long whisky et alluma une cigarette. Merde, elle n'aurait pas dû prendre le somnifère si tôt.

Un bruit très lointain, celui d'une vitre qui volait en éclats ; éclats qui se brisaient au sol. Un son vague dans le demi-sommeil de Diane, défoncée, comme chaque soir, aux somnifères et au whisky. Pas assez défoncée. La preuve : elle ne parvenait que rarement à s'assoupir tout à fait. Un remue-ménage au rez-de-chaussée la tira tout à fait de ses cauchemars, où s'entremêlaient les images des jours récents et celles de la vidéo du supplice de Leonor. Si l'on en croyait les récentes théories de neurobiologie, les rêves n'étaient que des poubelles permettant au cerveau de vider les mémoires non fondamentales. Leur mise en scène, leur prétendue signification n'intervenaient qu'a posteriori. Poubelle ? Une poubelle sacrément tenace puisque presque chaque nuit, sauf lorsqu'elle était trop saoule, elle rêvait du calvaire de sa fille. Durant le jour, au moins, elle parvenait à discipliner les visions, à les tenir en respect. Elle parvenait à ne sélectionner que les plus jolis moments de leur vie d'avant. Pas la nuit. La nuit, ses neurones lui échappaient.

Diane se redressa sur son lit et récupéra le revolver rangé dans le tiroir de son meuble de chevet. Elle abaissa le cran de sûreté et se leva. Elle traversa sa chambre et entrebâilla la porte. L'écho d'un pas lourd, hésitant, dans l'escalier.

Il déboucha sur le palier, éclairé par le faisceau de sa lampe torche. Un type jeune, vingt-quatre, vingt-six ans. Elle sortit dans le couloir, pieds nus, seulement vêtue d'un long tee-shirt, et alluma le plafonnier. Un instant de flottement : il ne comprenait pas la scène. La façon dont il s'humidifiait les lèvres de sa langue, l'état de ses pupilles, la sueur qui dévalait de son front en dépit de la grande fraîcheur de la nuit, les petits mouvements nerveux de sa tête, de ses épaules évoquant des tics, tout la renseigna : il était chargé jusqu'aux dents à la cocaïne, aux amphétamines, ou à autre chose.

Le regard de Diane tomba sur le rasoir qu'il tenait. C'est beau une lame de rasoir qui brille sous la lumière d'un plafonnier. Si implacable. Le rasoir tremblait dans sa main. Un effet de la drogue, pas de son incertitude. Il était prêt à la tuer, s'il en avait l'opportunité. Elle le lisait dans son regard, dans la crispation de ses mâchoires. Elle leva le revolver et le mit en joue. Le canon semblait comme scellé dans l'air.

Le beau visage de l'homme aux cheveux ondulés, un peu longs, qui se décomposait. La peur lui venait parce que, à la place d'une victime affolée, il venait de tomber sur un ennemi d'envergure.

— Woh, mec... woh, on se calme... Euh... j'me suis planté, d'accord... J'ai ramassé quelques petits trucs en bas, mais je me casse, je laisse tout, d'accord...

Ne la quittant pas des yeux, il recula vers l'escalier. Elle sentit son soulagement. Elle était une femme, elle n'allait pas tirer, trop contente de s'épargner un viol, un tabassage, voire un meurtre.

Diane hocha la tête en signe de dénégation et murmura pour elle-même :

— Non... c'est le moment de savoir...

Elle lui vida son chargeur dans le ventre, sans hâte. Balle après balle. Sans l'ombre d'une peur ou d'un remords. Il s'effondra et dévala l'escalier sur le dos.

Elle venait enfin de trouver une réponse à la question qui la hantait depuis la mort de Leonor : serait-elle capable de tuer un prédateur de sang-froid ?

Une seconde réponse la satisfaisait autant : si elle n'en éprouvait aucun regret, elle n'en tirait aucune jouissance. Elle était toujours humaine, selon sa définition. Elle pouvait tuer. Sans aucune jubilation.

Elle passa le quart d'heure suivant à tisser une jolie histoire pour les flics. Elle mettrait en avant la panique d'une femme seule face à un camé armé. Après tout, elle était une des meilleures professionnelles, n'est-ce pas ? Le Bureau exigerait qu'elle consulte un psy afin de s'assurer de sa stabilité émotionnelle. Elle savait déjà pour qui elle opterait, un gars charmant qui exerçait à Fredericksburg, un certain Folston. Un brave type, à ce qu'elle avait entendu dire. Bon praticien aussi. Toutefois pas pour des sujets comme Diane, ou ceux contre lesquels elle luttait chaque seconde de sa vie. En bref, un psy ordinaire, manipulable, exactement ce dont elle avait besoin.

Amusant. Le Bureau la chouchoutait parce qu'elle était une des meilleures profileuses du monde. Elle était capable de descendre dans des esprits si tordus que leur simple évocation donnait envie de sangloter et de vomir. Elle y passait des mois. Elle pataugeait dans leur démesure sanglante ou dans leur féroce médiocrité, jour et nuit. Elle finissait par voir avec leurs yeux les effroyables mutilations qu'ils infligeaient pour le plaisir, par entendre avec leurs oreilles les hurlements d'animaux de leurs victimes. Et il aurait fallu qu'elle soit une gentille dame normale ? Aucun être parfaitement « normal », dans la norme, ne peut supporter ce « métier ». Un légiste peut se blinder, il le doit : seul son intellect est alors en jeu. Pourtant, de temps en temps, le blindage se fissure. Mais c'est une belle fissure, même lorsqu'elle fait mal : une extrême émotion occasionnée par la vue d'une victime, par la compassion. Rien à voir avec un profileur, puisqu'il doit absorber le déviant, le sadique, le tueur jouissif. Au fond, seuls les magnifiques souvenirs de Leonor l'empêchaient de basculer de l'autre côté, d'aucuns nommeraient cela « folie », par simplification.

Luttant contre l'espèce de léthargie qui envahissait son cerveau, elle étala les pièces du dossier sur son bureau. Étrange, elle qui était maintenant infoutue de se souvenir, de la veille au lendemain, si elle avait besoin de lait, de pain ou de shampooing, parvenait à mémoriser le moindre détail des rapports d'autopsie ou de police, les photos de scènes de crime, à l'issue d'une simple consultation.

Le dossier concernant Stanley Armstrong lui était aussi familier que si elle l'avait étudié la veille. Quarante-deux ans, new-yorkais d'adoption, né au Kansas, rentier, vivant très confortablement de ses judicieux investissements boursiers, célibataire, sans enfants. Une sœur, beaucoup plus âgée, atteinte d'un Alzheimer, une nièce de vingt-huit ans. Pas d'autre famille. D'après l'enquête de police, une vie réglée comme du papier à musique : lundi, dîner rapide dans un restaurant thaï. Mardi, livraison de pizza. Mercredi, l'italien en bas de chez lui. Jeudi, dîner dans l'institution médicalisée où sa sœur aînée achevait son long et vain combat contre la dissolution. Vendredi, il restait chez lui. S'ajoutaient à cela deux passages hebdomadaires à son centre de gym et une séance de piscine. Samedi et dimanche, il s'autorisait de petites randonnées, le plus souvent en Nouvelle-Angleterre, sac à dos et pique-nique, en compagnie de trois copains d'efforts qui ne connaissaient de lui que deux choses : Stanley réussissait à merveille l'*apple pie* à la cannelle et il avait une passion pour les arbres qu'il connaissait sur le bout des doigts. À part cela, il ressortait de tous les témoignages de relations ou de voisins que M. Armstrong était un type plutôt effacé, courtois, sans humour ni imagination, mais bon citoyen qui triait scrupuleusement ses poubelles en vue du recyclage.

Sa nièce, Susan Armstrong, s'inquiétant du silence de son oncle adoré, qui avait un peu joué le rôle du père dans sa vie, sa mère ayant été plaquée alors que la gamine n'avait pas trois ans, avait fini par débouler chez lui. Aucune réponse à ses coups de sonnette péremptoires. Elle avait exigé que le portier de l'immeuble ouvre la porte de l'appartement et s'était retrouvée environnée d'une nuée de mouches dérangées dans leur festin. Stanley Armstrong était mort depuis trois à quatre jours. Une boucherie admirablement organisée.

Diane plongea dans sa tête. Elle n'avait pas besoin des photos, pourtant, elle les étala devant elle puis ferma les yeux. Les gravures stockées dans son esprit étaient plus justes, plus précieuses. La pathétique dépouille d'Armstrong se décomposait, assise sur une chaise, nue. Chaque cheville avait été entravée par du gros Scotch gris à un pied de chaise et les bras étaient liés dans le dos, derrière le dossier. Un énorme bâillon, de Scotch gris également, couvrait sa bouche. La peau de la face avait été retirée, méticuleusement, comme celle des cuisses, livrant les muscles bleuis par l'entrelacs des veines. La mise à mort avait été longue, très longue. A priori, il n'avait pas été achevé, contrairement à ce jeune Français. Assez de temps pour continuer le jeu jusqu'au bout ? Ou alors, il était mort d'un arrêt cardiaque. Mais tout le monde meurt d'un arrêt cardiaque. Le cœur s'arrête, c'est tout. Reste à savoir pourquoi. Une souffrance intolérable ? Une perte de sang trop abondante ? Une peur violente ? Rien ne semblait avoir été dérobé, sauf le disque dur de l'ordinateur d'Armstrong. Une autre similitude avec le jeune tordu français.

Diane parcourut les rapports en diagonale. La victime possédait non pas un appartement en France mais un hôtel particulier à Neuilly. Diane n'avait pas la moindre idée d'où cela se trouvait. Sans doute une bourgade.

Elle envoya un e-mail à Yves, lui communiquant l'adresse, et demanda :

C'est où ?

La réponse lui parvint en moins de deux minutes.

Un coin chic, non loin de Paris. Exactement le lieu où l'on a retrouvé le cadavre de cette fille, Louise Heurtel. On avance, ma belle !

Elle tapa la réponse, un sourire étirant ses lèvres :

Et si tu me disais ce que tu penses et que tu retiens ? Ne me balade pas. Je te connais comme si je t'avais tricoté, à ceci près que je ne sais pas tricoter.

Diane se servit un autre whisky. Elle commençait à se sentir plus lente, plus paisible aussi. Moins à vif, plutôt. Le carillon signalant l'arrivée d'un message la fit sursauter.

Ah, tu as senti. J'en étais certain et je ne suis pas sûr que ça m'arrange. Remarque, je ne suis pas sûr du contraire non plus. Il m'est venu une idée invraisemblable, idiote, sans aucun fondement objectif, mais que je n'arrive pas à me sortir de la tête. Bon, je vais t'épargner les allers-retours de mails en déballant tout, au risque de me ridiculiser à tes yeux.

Les meurtres de Louise et de Cyril sont très structurés, prémédités, c'est évident. Il ne s'agit pas de victimes au hasard. C'est bien eux qu'il voulait tuer. S'il a piqué le disque dur du garçon, c'est qu'il redoutait qu'on l'identifie grâce à lui. Donc, d'une façon ou d'une autre, il connaissait les deux jeunes, ce qui explique que Cyril l'ait invité chez lui. C'est peut-être lui le mentor canadien du garçon. Quoi qu'il en soit, il a pris la peine d'emmener Louise dans un hôtel particulier. Il l'a tuée de façon « gentille », dirons-nous, contrairement au mec qui a gravement morflé. Je me demande s'il ne voulait pas protéger la mère de Louise et son frère, allant jusqu'à leur épargner la vue du cadavre de la fille, alors qu'il n'en avait rien à foutre des Janet. Tu penses que je déraille ?

Diane termina son verre, luttant contre la torpeur chimique induite par le somnifère.

Je ne sais pas. Ta théorie tiendrait s'il avait un intérêt particulier pour Sara Heurtel et son fils. Or, rien ne va dans ce sens. Il faudrait également que ce type soit redoutablement intelligent, qu'il ait un plan à long terme. Rien ne nous le prouve. Et puis comment relies-tu Sara Heurtel à Stanley Armstrong ? Mais c'est bien, tu as profité des leçons. Construire toutes les théories possibles ou impossibles. Cependant, ne jamais s'accrocher à aucune d'entre elles si les faits ne collent pas. Je te laisse. Je vais me coucher. J'ai trop bu et pris des somnifères. J'ai la tête qui tourne.

Diane Silver éteignit son ordinateur et sortit de son bureau après avoir embrassé le sourire de Leonor et caressé du bout des doigts la grosse marguerite orange. Elle ne devait découvrir que le lendemain la réponse d'Yves à son dernier envoi :

Même si ça n'est pas important, je t'en supplie, fais attention à toi. Un peu. Tu me manquerais terriblement et tu manquerais encore plus au monde, espèce de carne. Je t'aime très fort. Repose-toi. Ma Silver, celle qui dort contre moi, roupille comme un bébé.

Je t'embrasse fort et te souhaite une nuit dépourvue de rêves.

Yves.

Paris, France, juin 2008

Victor ne la quittait pas des yeux. L'étrange sérieux du petit garçon finissait par la mettre mal à l'aise. Elle ne parvenait pas à s'ôter de la tête l'idée crétine qu'il lisait les pensées qu'elle s'acharnait à dissimuler.

— Tu veux encore un peu de lait ? Une tartine ? Une tranche de jambon ?

— Non, ça va.

— Bon… il faudrait passer à la douche parce que nous ne sommes pas en avance.

Il la fixa, sans bouger, et Sara se fit la réflexion qu'il avait maintenant un regard d'adulte.

— Allez, mon chéri, il faut se bouger, là !

Elle se leva et il la retint par l'avant-bras, une poigne curieusement ferme pour un enfant de douze ans. D'une voix qui lui fit mal, parce que ce n'était plus celle de son bébé mais celle d'un presque jeune homme, il lâcha :

— Maman… je ne sais pas quoi te dire… Je ne sais pas quoi faire pour t'aider, te consoler… je sais pas.

C'est pas juste. C'est pas juste que tout ça te tombe dessus !

— La vie n'est pas juste, chéri. Ça se saurait sans cela. Il faut faire avec, pas d'autre solution.

— Oui... mais, si je n'étais pas là, ce serait plus simple pour toi...

Elle s'emporta, gagnée par une sorte de terreur superstitieuse, elle qui méprisait la superstition :

— Je t'interdis de dire ça. Je t'interdis de prononcer des mots comme cela, de les penser. Tu m'entends ! Tu es ma seule raison de continuer à vivre, de rester debout. Ne l'oublie jamais. Ta parole d'honneur !

— Je te donne ma parole, maman.

Elle se serait giflée. Quelle terrible idiote elle faisait. Le regard agrandi de son fils. Il était paniqué. Toutefois, l'idée de sa propre mort rampait de plus en plus souvent vers elle. De fait, seul Victor était encore capable de la repousser.

Elle s'agenouilla à côté de sa chaise et le serra à l'étouffer contre elle.

— Oh ! mon chéri... Bon, tu es un grand garçon, mais tu es encore petit... Victor, si je ne t'avais pas, je sais que je perdrais les pédales, tu vois. Je péterais grave un plomb, comme tu dis. Je t'aime tellement, tellement, plus que tout..., murmura-t-elle en plaquant la tête de l'enfant contre son épaule.

À son tour, il l'enserra de son bras, déposant un baiser dans son cou, chuchotant :

— Je t'aime plus que le monde entier. On va s'en sortir, maman. Comme quand papa est mort. Ça fait très mal, mais on va s'en sortir. On est tous les deux.

Elle errait dans l'appartement depuis deux heures, depuis que Victor était parti pour l'école, passant d'une pièce à l'autre, rangeant un bol, lavant une assiette, se retrouvant avec une cuiller à la main sans savoir au juste ce qu'elle devait en faire.

Elle s'en voulait. De tant de choses. S'affrontaient deux êtres en elle : l'être rationnel, et l'autre, celui qui cherchait les signes, qui voyait des preuves dans la moindre coïncidence, qui extrapolait l'amour qu'il donnait en pensant qu'il était nécessairement réciproque. Elle butait depuis des jours, depuis la visite de ce type, cet Yves Guéguen qu'elle détestait, sur une équation qu'au fond elle refusait de résoudre, la sachant meurtrière. Louise les haïssait-elle vraiment, Victor et elle, au point de vouloir les tuer ? Pas comme dans un fantasme, mais en réalité ? C'était impossible ! Ils étaient une famille normale, encore plus soudée par le deuil du père qui les avait laissés désespérés, désemparés. Elle s'était battue comme une lionne pour que tous survivent, à peu près bien.

Elle pouvait encore expliquer la dérive de Cyril, même si le point où le jeune homme en était arrivé lui donnait envie de vomir. Des parents absents, pour lesquels il était, comme sa petite sœur, un gentil singe savant que l'on se plaît à exhiber devant ses bons amis en étalant ses excellents résultats scolaires et ses parfaites manières à table. Mais Louise ? Rien ne justifiait Louise. Sara s'était encore plus occupée d'elle que de Victor, sentant qu'elle était l'élément faible d'un point de vue psychologique. En dépit de son travail exigeant, elle n'avait jamais négligé un spectacle de fin d'année à l'école, une réunion de parents d'élèves, un chagrin.

Elle avait tout supporté sans s'emporter, expliquant, apaisant. Tout : les crises, les mensonges, les échecs scolaires à répétition, et même les vols de Louise qui lui piquait de l'argent dans son sac à main et qui lui avait, sans doute, dérobé sa bague de fiançailles pour la revendre. Sara ne l'avait jamais retrouvée. Où avait-elle raté son rôle de mère au point que Louise se repaisse de l'idée du meurtre ? Du meurtre de sa mère et de son petit frère. Un cauchemar éveillé qui ne la quittait plus depuis la visite de ce type ! C'était sa faute, à lui ! Elle n'avait pas besoin d'apprendre la vérité crue. On n'a pas le droit de balancer aux gens des choses qui peuvent les tuer dans leur tête ! D'accord : c'était elle qui avait fini par exiger qu'il déballe tout. Mais il l'y avait menée. Il l'avait manipulée jusqu'à ce qu'elle exige de tout savoir.

Elle ne pouvait plus supporter le chagrin occasionné par la mort de Louise, aussi se laissa-t-elle emporter par sa rage envers ce profileur qui avait fait voler son monde en éclats. La rage est plus simple, tellement plus confortable que la souffrance, car la première a une fin. Pas la seconde.

Elle récupéra la carte qu'il lui avait laissée et composa le numéro derrière lequel il avait inscrit entre parenthèses « personnel ».

Six longues sonneries. Elle s'apprêtait à raccrocher lorsque la voix masculine lâcha, avant même qu'elle n'ait parlé :

— Sara… Madame Heurtel…

Le numéro de Sara, liste rouge, ne s'affichait pas. Pourtant, elle ne lui demanda pas l'origine de sa prescience. Elle s'en foutait.

— Je… Qu'est-ce que j'ai fait pour que Louise…

Un silence lui répondit qui amplifia sa colère. Elle cria presque :

— Merde… vous êtes psychologue spécialisé en criminologie ou plombier ? Vous devez avoir une réponse !

— Vous n'avez rien fait… du moins pour ce que j'en sais. Victor en est la preuve vivante.

— Enfin… elle n'est pas devenue une tueuse en puissance comme ça. Je ne crois pas non plus à ces foutaises d'influence délétère, même si elles sont rassurantes. Si Cyril lui avait demandé de se tirer une balle dans la tête, elle ne l'aurait jamais fait, elle était trouillarde. Donc, ce n'est pas parce qu'il l'a embarquée dans ces histoires sataniques que le goût du meurtre lui est venu.

— C'est exact. Ce n'est pas parce que l'on voit ou lit des histoires de meurtre que l'on devient meurtrier. Fort heureusement, sans cela nous y serions tous passés. Toutefois, il faut que la violence soit expliquée, désamorcée, tenue en laisse, et vous l'avez fait.

La voix de Sara se cassa lorsqu'elle poursuivit :

— Alors, que s'est-il passé ?

Il aurait tant aimé la consoler. Mais il ne savait comment.

— Vous savez, Sara… j'ai vu des choses… Vous vous souvenez de l'ouragan Katrina ? J'étais sur place. L'enfer qui dévale. De pauvres gens… démunis, affolés, se démenant contre un déferlement tellement plus puissant qu'eux… qui s'accrochaient à leur maison, à leur chien, refusant de partir, alors que l'eau montait, montait… Et selon vous, qui sillonnait en bateau les rues recouvertes par un fleuve ? Quelques sauveteurs harassés et une multitude de pillards. Ils se foutaient que les gens crèvent s'ils pouvaient piquer un poste de télé, le vieux manteau en lapin pourri de la grand-mère. Toutes les catastrophes se déclinent de la même façon. C'est ça, l'humanité, Sara. Quelques sauveteurs contre une horde de prédateurs.

La voix qu'il commençait à aimer claqua :

— Je sais cela. J'ai vu les reportages, c'était monstrueux. Les… flics, sauveteurs, je ne sais pas, avaient reçu ordre de tirer sur les pillards.

— Oui. Ça les a calmés. C'était la seule chose qui pouvait leur faire peur. La seule chose qui décourage les humains de leur cupidité, c'est la perspective de leur mort. Un ordre judicieux.

— Je vous posais une question précise, monsieur Guéguen : Louise.

— Je vous réponds de façon précise : vous n'êtes pas responsable, ôtez-vous cette stupidité de l'esprit.

— Alors quoi ? On ne devient pas une tueuse comme ça, non ?

— On ne sait pas grand-chose de ce qui fait basculer un être dans la psychopathie criminelle.

— Car Louise était une psychopathe criminelle, selon vous ?

Yves inspira avec lenteur, incertain, puis se décida, par respect pour elle :

— Oui. Comme Cyril. Ils seraient passés tous les deux à l'acte, ça ne fait aucun doute dans mon esprit. Sara… je m'étais juré de ne jamais vous révéler cela… Cela ne vous concernait pas, et il faut épargner les gens bien… Cela étant… L'ignorance de certains faits vous plonge dans un monde de culpabilité encore plus douloureux que le deuil… Donc, j'y vais. Cyril était déjà passé à l'acte…

— Je vous demande pardon ?

— Il a étouffé un bébé dans sa poussette, dans un magasin, par jeu. Louise allait suivre.

Sara ferma les yeux. Si elle pouvait s'effondrer, terrassée par une crise cardiaque ou n'importe quoi, maintenant, ce serait chouette. Non. Non, Victor, son bébé. Ne pas mourir ! Elle n'avait pas le droit de mourir.

— Alors, c'est quoi ?

— Je ne sais pas, Sara. Les psys vont se régaler avec Cyril : démission des parents, absence de modèles moralisateurs, toute la panoplie, et dans son cas, c'est justifié. Dans le cas de Louise, rien ne tient, du moins psychologiquement, et ce n'est pas le décès de son père qui y change quoi que ce soit, ni même une jalousie de femme en herbe dirigée contre vous. Il y a une marge énorme entre être jalouse de sa mère, de son importance au côté du père, voire même souhaiter, plus ou moins consciemment, qu'elle meure pour libérer le chemin, et planifier son meurtre. Avec délectation. Surtout lorsque le père, l'amour absolu de la fille, n'est plus là. D'autant que les mails de Louise à Cyril ne font jamais référence à votre mari.

La voix lui parvint, cette fois défaite. Elle répéta :

— Alors quoi ? Des gènes pourris ?

— Pas la moindre idée. Il n'existe aucun gène du meurtre, ce n'est pas comme l'albinisme ou d'autres défectuosités génétiques. Cela étant, il n'est pas exclu que la génétique au sens large ait une part. Reste à la comprendre, et nous en sommes loin. Sara, Sara, vous êtes scientifique… Il faut sortir de ce credo dépassé qui voudrait que le… comportement soit génétique pour les gens de droite et acquis pour les gens de gauche. La génétique est tellement plus compliquée que cela et elle n'a pas de couleur politique. Vous le savez mieux que moi : ce n'est pas simplement un gène qui s'allume et qui fait quelque chose. L'esprit humain est si complexe et si puissant. Il peut combattre avec succès l'effet des gènes. L'environnement aussi. Les enfants d'alcooliques ont cinq fois plus de chances de devenir alcooliques. Pourtant, ils peuvent lutter contre. Grâce à leur cerveau, alors que leurs gènes les incitent à boire. L'esprit humain, Sara. Il n'existe rien de plus puissant que l'esprit humain. Pour le meilleur ou pour le pire.

— Alors, pourquoi ? Pourquoi Louise…

— Parce qu'elle avait envie de tuer. Je… j'aimerais tellement que Diane vous parle… Elle sait, elle comprend tout. Elle sent tout… il s'agit de cette amie psychiatre dont je vous ai parlé… C'est, actuellement, la meilleure profileuse du monde.

— Je veux la rencontrer.

— Elle n'acceptera jamais. Elle est folle, vous savez.

— Moi aussi. Je crois que je commence à le devenir. On devrait s'entendre.

— Non. Elle est véritablement folle. Je l'aime plus que tout au monde. Vous, vous êtes désespérée, cela n'a rien à voir. Elle est de l'autre côté. À part cela, c'est l'être le plus génial et complet intellectuellement que j'aie jamais rencontré. Sa fille… Ah ! merde… je ne devrais pas vous dire cela, je ne sais pas pourquoi… pourquoi j'ai tellement envie de vous le révéler.

— Sa fille… ?

— Leonor, onze ans. Vous allez m'en vouloir mortellement… Le meurtre de Louise est un jardin de roses, comparé à ce qu'a subi Leonor. Dans les pattes d'un sadique violeur et tortureur… Diane était une psychiatre en vogue à New York. Elle traque depuis les tueurs en série.

— Je veux la rencontrer. Je peux partir demain pour les États-Unis.

— Elle n'acceptera pas.

La voix claqua, impérieuse, mauvaise :

— Démerdez-vous, Guéguen. Vous m'avez balancé toutes ces horreurs que je n'avais aucune envie de connaître. Alors maintenant, vous m'aidez !

— Je vais voir ce que je peux faire. Sans garantie.

Base militaire de Quantico, États-Unis, juin 2008

Diane Silver termina son cinquième café avec une mince grimace. Il n'était pas encore neuf heures. Comment ce breuvage réussissait-il le prodige d'être à la fois insipide et amer ? Décidément, Yves lui manquait pour une multitude de raisons ! À son arrivée à la base, trois ans plus tôt, il avait insisté pour installer une cafetière au prétexte que : « Le café, c'est sacré. Je refuse de boire le truc frauduleusement baptisé cappuccino qui sort du distributeur et qui ressemble à du pipi foncé. » Diane avait donc dégusté un savoureux moka durant un an, qu'Yves préparait avec autant de soin qu'une geisha veillant à la cérémonie du thé.

Elle passa en revue les différentes pièces du dossier jaune pâle posé sur son bureau. À l'intérieur, des sous-chemises au contenu identique. Elle jeta un regard à sa montre. Neuf heures. Elle avait le temps pour une cigarette, elle arriverait trois minutes en retard à la réunion qui se tenait à l'autre bout de l'interminable couloir aveugle.

Les souterrains du Jefferson Building lui faisaient l'effet d'un gigantesque intestin, avec leurs tours et leurs détours. Elle ne s'y repérait toujours pas, faute d'y trouver un intérêt. Seuls deux lieux retenaient son attention : les toilettes réservées aux femmes et la salle d'autopsie, située un étage sous le bureau qu'elle occupait. Le réfectoire, aussi. Toutefois, il suffisait d'emprunter l'ascenseur pour parvenir aux portes de la vaste salle en rotonde. Pour le reste, les autres savaient où la trouver. Quant aux agents affectés aux enquêtes sur lesquelles elle œuvrait, ils étaient relativement interchangeables et peu de choses les concernant éveillaient la curiosité de Diane : étaient-ils assez pugnaces pour ne pas abandonner une traque qui menait le plus souvent à des impasses, étaient-ils assez retors pour déjouer les pièges et les artifices grâce auxquels certaines des proies qu'ils pourchassaient recouvraient leur piste ? En revanche, leur vie, la raison pour laquelle ils avaient intégré le FBI, leurs ambitions, tout cela lui était indifférent.

Elle écrasa son mégot et soupira de déplaisir. Bob Pliskin assisterait à la réunion, comme à chaque début d'enquête. Pliskin était officiellement le secrétaire d'Edmond Casney Jr., officieusement son larbin, son mouchard, sa mouche du coche. Pliskin était également la raison pour laquelle Diane ne conservait aucune donnée sensible à la base, balançant les informations qu'elle souhaitait conserver confidentielles sur sa clef USB chaque soir, avant d'effacer les mémoires, puis les transférant sur son ordinateur personnel. Pliskin la fouine ne reculait devant aucune indélicatesse pour servir ses intérêts, donc, du moins pour l'instant, ceux de Casney. Il avait savonné la planche de tant de gens depuis son arrivée à Quantico. Au contraire, il avait fait promouvoir ceux dont la reconnaissance béate lui permettait d'installer son influence avec encore plus de fermeté. Il avait tenté par tous les moyens d'offrir un assistant à Diane. Elle avait louvoyé avec autant de rouerie que lui pour refuser cette « faveur », compte tenu du manque chronique de personnel à la base. Bob la fouine pensait-il qu'elle était idiote au point de ne pas soupçonner que l'assistant en question ne serait parachuté que dans le but de renseigner son bon maître sur les activités de sa nouvelle chef ? Le pouvoir de Diane était considérable, ce que ne toléraient ni Casney ni Pliskin. Tant qu'ils ne parviendraient pas à comprendre comment elle pensait, comment elle progressait pour déduire, elle conserverait son énorme avantage sur eux. Un avantage qui se résumait à une chose simple mais fondamentale : on lui foutait la paix ! Pour cette raison, elle avait décliné toutes les propositions flatteuses des deux hommes : donner des conférences, rédiger un ouvrage de référence. Elle demeurait donc une énigme inquiétante aux yeux de Pliskin et de Casney. Aucune de leurs stratégies n'était venue à bout d'elle, ni la flatterie, ni même les menaces à peine voilées. Ils avaient pourtant failli réussir avec Yves Guéguen, dont ils avaient espéré qu'il deviendrait leur cheval de Troie. Raté. Ils avaient oublié de compter avec la personnalité du flic français, son intelligence, sa subtilité et surtout son insolence bon enfant et son aversion pour la trahison. Yves les avait baladés, non sans jubilation, durant un an, feignant de ne pas comprendre ce que les deux médiocres manipulateurs attendaient de lui. Yves commentait sa cécité volontaire d'un pouffement : « Je joue les crétins avec tant de naturel que ça finit par m'inquiéter ! »

Diane pénétra dans la salle de réunion à neuf heures six. Le bruissement des conversations s'interrompit. À son habitude, Bob Pliskin s'était installé au bout de la large table plaquée acajou, et faisait face à la porte. Il regarda ostensiblement sa montre. Diane posa son grand regard bleu pâle sur lui et attendit la remarque qu'il ravala. Elle se fit pour la millième fois la même réflexion : il aurait fait un tueur en série très convaincant. Réflexion assez distrayante. D'assez petite taille, le visage rose et poupin, le blondinet semblait si inoffensif, si mignon petit garçon que nombre de ses victimes n'avaient compris l'origine du laminage destiné à les pousser dehors que lorsqu'il avait été trop tard pour contrer le travail de sape de Pliskin. Au fond, Bob Pliskin était un de ces sociopathes à tendances paranoïdes, si bien intégrés à leur environnement qu'il est difficile de les détecter. Ils sont pourtant légion. Autoritaire, cohérent, plausible – même et surtout dans ses raisonnements tordus –, psychorigide avec la conviction d'avoir toujours raison, et de n'être incompris, mal-aimé, voire agressé que parce que les autres étaient jaloux de sa prétendue supériorité.

Diane salua d'un petit mouvement de tête Erika Lu, un des meilleurs médecins légistes de la base. L'Eurasienne, qui évoquait un oiseau fragile – impression trompeuse puisque Diane l'avait vue tirant seule des cadavres d'un chariot sur la table en inox de la salle d'autopsie –, lui renvoya un sourire distant. Une personnalité ardue à cerner que celle d'Erika. Une mère d'origine allemande, un père chinois, tous deux universitaires. Alors que Diane la côtoyait depuis presque dix ans, elle ignorait toujours si la légiste était mariée, divorcée, avec ou sans enfants. Non que des réponses à ces questions revêtissent une grande importance à ses yeux. Toutefois, Erika Lu était une des rares qui intriguaient la psychiatre. Son attitude si lisse et courtoise, si détachée, faisait pressentir l'existence d'un gouffre derrière le joli front bombé et les yeux étirés en amande, d'une couleur indéfinissable, une sorte de gris intense pailleté de doré, résultat d'un métissage génétique peu commun.

Son regard se posa ensuite de façon fugace sur Charles Devernois-Klyne, un grand calepin à pages jaunes posé devant lui, son Montblanc levé, la mine sérieuse, prêt à gribouiller des notes. Le parfait bon élève !

— On peut commencer, docteur Silver ? lâcha Pliskin avec une moue agacée.

— Je vous en prie.

— Bien ! Tout d'abord, permettez-moi de vous présenter l'agent Mike Bard et l'agent Gary Mannschatz, affectés à cette… on va dire enquête… Nous avons eu le temps, amplement, de faire connaissance en vous attendant !

— Bien, se contenta de répondre Diane.

Ce gnome l'amusait follement. Il la détestait mais il ne pouvait rien contre elle. À moins de devenir soudain très intelligent, et ce type de contagion est rarissime.

Elle adressa un petit signe de tête aux deux agents. Ils se ressemblaient alors qu'ils ne partageaient pas beaucoup de similitudes. Mike Bard était un type d'une quarantaine d'années, baraqué, un peu trop gros, sans doute grand, à ce qu'elle pouvait en juger. Les cheveux poivre et sel coupés très court, la mine fermée. Il affichait la componction typique des vieux de la vieille du FBI, de ceux qui ne sont pas peu fiers d'appartenir à la crème des flics. Cela étant, la plupart sont de remarquables limiers, sans doute poussés par l'idée qu'ils ne peuvent pas déshonorer leur élite par un échec. Gary Mannschatz était plus jeune, la petite trentaine, un blond à peau très pâle. Grand, d'une minceur nerveuse. Le même air d'autosatisfaction sur le visage. Celui-là n'en revenait toujours pas d'avoir intégré le saint des saints. Il était, enfin, un AGENT DU FBI ! Tous deux portaient l'inévitable costume bleu marine ou gris anthracite de ceux qui ont réussi à franchir tous les obstacles pour atteindre le pinacle.

Bob Pliskin poursuivit d'un ton faussement ennuyé :

— Docteur Silver… Je dois vous avouer que… Eh bien, je ne vois pas en quoi ce meurtre commis il y a quelques jours au Mexique nous concerne… Enfin, nous sommes à la limite de l'ingérence…

— Ingérence ? pouffa Diane. Je pourrais vous parler de tant de choses qui ne concernaient pas les nations riches, dont la nôtre, et dans lesquelles elles ont pourtant fourré leur gros nez… Mais là n'est pas le sujet, d'autant que l'AFI est très désireuse d'une collaboration. Dans le désordre : les Mexicains sont des alliés et bons clients. De surcroît, nous avons des raisons de penser que le meurtre en question a été commis par un Américain ou un Canadien qui a déjà sévi à New York et en France.

— Vous me permettrez de croire que ces raisons sont un peu tirées par les cheveux.

— Oh… je vous le permets. Pourtant, les faits sont les faits. (Elle ne put retenir la vacherie qui lui montait aux lèvres.) Vous savez, il y a toujours plein de gens qui « croient » que la Terre est plate et que les chats noirs portent malheur. Est-ce à dire qu'ils ont raison ?

L'agent Bard esquissa un sourire et baissa les yeux.

La peau de blond de Pliskin s'enflamma sous le camouflet. Le rouge de la rage lui remonta jusqu'au front. Un jour, il lui ferait la peau. Il se l'était juré.

— Et si nous en venions aux fameux faits qui justifient vos soupçons, docteur Silver, intervint l'agent Gary Mannschatz.

Sa voix, très grave pour un homme de sa corpulence, de son âge et de sa blondeur, surprit Diane. Une voix de baryton profonde que l'on attendrait davantage d'un brun.

Diane lui destina un de ses regards indéchiffrables de glacier. Gary Mannschatz le soutint, sans gêne apparente. Elle se fit la réflexion qu'il était véritablement un flic.

Elle tira cinq minces sous-chemises de son dossier et les propulsa sur la table en direction des autres participants.

Diane ne quittait pas des yeux Devernois-Klyne, assis juste à côté de Pliskin. Il ouvrit la chemise qui lui était destinée et détailla les photos de scène de crime. Diane Silver vit sa pomme d'Adam remonter brutalement, accompagnant une pénible déglutition qu'il tentait sans grand succès de rendre discrète. Pliskin battit des paupières en découvrant le premier cliché.

— Sur la première photo, le cadavre de Constantino Valdez, expliqua le Dr Silver de sa voix lente, indifférente. Les pieds ont été partiellement consumés par l'incendie allumé par le tueur. Le reste du corps a été assez bien préservé en raison de l'intervention très rapide des pompiers qui opéraient non loin. On remarque donc avec netteté les zones écorchées : le visage, les cuisses. *Ante mortem*. Ainsi que vous pouvez le constater, les organes génitaux de Valdez sont intacts, ce qui, en soi, n'est pas une surprise. Il est relativement rare qu'un homme s'attaque au sexe d'autres hommes. Le disque dur de l'ordinateur de Valdez a été embarqué par son bourreau, qui s'est servi d'une multitude de DVD pour alimenter le feu, ainsi que de vêtements en fin coton. Les débris sont inutilisables. Le Dr Lu a reçu le rapport du médecin légiste mexicain et possède sans doute d'autres éléments, termina Diane en se tournant vers Erika.

— En effet. Mon confrère le Pr Ernesto Ruiz-Santana a réalisé un remarquable travail. Rien n'a été laissé au hasard, sans doute parce que M. Valdez était depuis longtemps dans le collimateur de l'AFI.

— Pour quelle raison ? s'enquit Mike Bard.

Erika lança un regard à Diane, qui répondit à sa place. Celle-ci n'ignorait pas que les affaires des vivants, notamment les affaires criminelles, n'intéressaient la légiste que dans la mesure où elles pouvaient l'aider à faire parler les morts.

— L'AFI possède un épais dossier sur Constantino Valdez. Il était soupçonné d'être le pourvoyeur et l'organisateur d'un gros réseau de pornographie pédophile. Pédophilie violente.

— Nous ne sangloterons donc pas sur le fait qu'il ait été écorché et cramé, ironisa Gary Mannschatz.

— Je sens que nous allons bien nous entendre, rétorqua Diane.

— Vous m'excuserez… Toutefois, je trouve ce genre de… congratulations déplacé, s'insurgea Bob Pliskin, qui sentait que la réunion lui échappait depuis un moment.

Il n'avait affecté Bard et Mannschatz – ou, plus exactement, il s'était débrouillé pour que Casney les choisisse – qu'à une fin bien précise. Plomber Diane Silver. Bard éprouvait un mépris massif pour les psys de tout poil qui, selon lui, emmerdaient le monde en s'ingéniant à couper les cheveux en quatre. Il travaillait depuis longtemps en binôme avec Mannschatz, un gars silencieux, mais dont Pliskin avait déduit qu'il éprouvait les mêmes réserves que Mike puisque les deux agents semblaient s'entendre comme larrons en foire. Après toutes ses tentatives avortées pour savonner la planche de Diane, Bob Pliskin en était arrivé à une conclusion : si elle foirait une enquête importante dans les grandes largeurs, sa réputation en prendrait un gros coup dans l'aile et il n'aurait plus qu'à porter l'estocade. Son plan, inspiré de l'enquête très confidentielle qu'il avait menée à son sujet, était d'une simplicité réjouissante. Diane se plantait, donc. Pliskin se répandait, l'air douloureux, sur ses addictions à l'alcool, aux neuroleptiques et au tabac. Peut-être même à d'autres substances illicites. Il était certain du contraire, mais rien ne germe plus aisément que le doute. Il suggérait alors qu'elle avait abattu ce jeune cambrioleur dans une crise d'éthylisme qui lui avait fait perdre le sens de la réalité et qu'elle n'était plus fiable comme profileuse. Enterrée, la Silver !

Il jeta un regard haineux à Gary Mannschatz. Ce connard n'allait pas lui foutre son plan en l'air ! Dans ses rares moments d'honnêteté intellectuelle, Pliskin l'admettait : il redoutait Silver. Elle posait parfois sur lui le regard qu'elle aurait réservé à un insecte étrange et peu ragoûtant. Et puis, il ne parvenait jamais à la convaincre qu'il avait raison ! Elle s'acharnait à trouver des failles dans chacun de ses raisonnements, comme s'il s'agissait d'un jeu délectable pour elle. Merde ! Elle le fatiguait avec son espèce d'intégrité idiote, son côté « Allez vous faire foutre, de toute façon, tout glisse sur moi ». L'intégrité est passée de mode, c'est terminé. Il n'y avait plus que des dinosaures comme Silver pour savoir ce qu'impliquait le mot. Pliskin avait parfois envie de lui hurler : « Espèce de conne, on est dans la satisfaction immédiate, dans le pouvoir, les renvois d'ascenseur, le pognon ! » Cependant, il n'osait pas. Enfin, quoi ? Il fichait la trouille à tout le monde. Pourquoi pas à elle ?

Erika Lu consulta sa montre en laissant échapper un léger soupir et devança la repartie goguenarde que s'apprêtait à lancer Diane.

— Désolée, j'ai pas mal de travail en souffrance et je préférerais en terminer avec ce que je peux vous apprendre. Je ne vous serai d'aucune utilité pour la suite. L'analyse des poumons de Valdez indique sans ambiguïté qu'il est mort asphyxié par la fumée, ce que sa position a facilité. Il avait dû basculer vers l'arrière en tentant de se reculer. Les pompiers l'ont retrouvé sur le dos, au sol, toujours ligoté. Du coup, ses pieds ont rôti au-dessus du départ d'incendie. L'écorchage a bien été perpétré *ante mortem*, comme en témoigne l'ensemble des réactions tissulaires traumatiques, réactions qui ne peuvent survenir que lorsque le sujet est vivant.

— Merde, j'aurais détesté être à sa place, commenta Bard avant qu'un regard agacé d'Erika ne l'interrompe.

— L'analyse toxicologique a révélé que Valdez avait pris une forte dose de cocaïne peu avant son… pas meurtre, mais…, hésita la légiste.

— Supplice, proposa Diane.

— Voilà, supplice.

— Était-ce de nature à diminuer ses réflexes de défense ? demanda maître Devernois-Klyne qui prenait la parole pour la première fois, en se gardant de regarder à nouveau la photo de scène de crime.

— Non. Ça pouvait altérer sa perception de la réalité, du danger, mais pas sa capacité à se défendre. Le Pr Ruiz-Santana a relevé la présence de deux importants hématomes en formation, l'un au niveau de la cage thoracique, l'autre derrière la nuque. De toute évidence des coups efficaces, destinés à suffoquer, à bloquer la victime, le temps de la ligoter. Rappelons que Valdez mesurait un mètre soixante-dix-sept pour quatre-vingt-huit kilos. Une musculature importante, trahissant la pratique d'un sport.

— En d'autres termes, pas une petite chose facile à dominer physiquement, résuma Bard.

— Tout juste, acquiesça le Dr Lu. Nous avons donc affaire à un agresseur de sexe masculin et en parfaite condition physique. Quelqu'un qui, de surcroît, connaît les coups qui vont annihiler durant quelques secondes les réactions de sa victime.

— Quelqu'un qui veut donc qu'elle soit vivante et consciente pendant qu'il la torture. Un sadique ? demanda Gary Mannschatz.

— Je ne le crois pas, intervint Diane Silver avant de s'interrompre.

Erika Lu s'était levée. Après un regard paisible à la cantonade, elle s'enquit, au seul profit de Diane, faisant grimper la mauvaise humeur de Pliskin d'un cran :

— Diane, je vous ai relaté tout ce que je savais. Le reste est dans la synthèse que je vous ai remise. Si vous n'avez plus besoin de moi…

— Non. Merci, Erika. Filez… (S'adressant aux autres, la psychiatre suggéra :) Bien, passons aux clichés antérieurs… les deux meurtres d'adolescents parisiens, d'abord.

— Diane, je ne vois vraiment pas en quoi ces assassinats ont quoi que ce soit en commun…, protesta le secrétaire de Casney.

L'intéressée lui jeta un regard de dédain appuyé avant de rétorquer de sa voix étouffée et lente :

— Vous ne voyez pas ? Normal, puisque vous ne vous êtes pas encore donné la peine de regarder. Les photos.

Gary Mannschatz comptait les points, réprimant une moue amusée, prétendant ne pas se préoccuper de l'échange venimeux en cours. Il avait toujours éprouvé une sorte de mépris prudent envers Pliskin. Une larve lèche-cul, selon lui. Une larve malfaisante, de surcroît. Toutefois, le secrétaire était du bon côté de la cognée et, à ce titre, Mannschatz le traitait avec la courtoisie méfiante qu'il réservait à tout le monde, sauf à Bard.

Devernois-Klyne étala les quelques clichés de scènes de crime devant lui et se passa la langue sur les lèvres avant de demander d'une voix qu'il s'efforçait de raffermir :

— La fille a été relativement épargnée, non ?

— Humm, approuva Diane.

— Parce que c'était une fille ?

— Non. Parce que, justement, ce n'est pas un sadique au sens criminel du terme. Notez, maître, poursuivit-elle, une trace de moquerie dans la voix : le but d'un sadique est de faire le plus mal possible, le plus longtemps possible… Il n'achève pas sa victime. Sauf lorsqu'elle est presque déjà de l'autre côté, sans plus de réaction, sans plus de hurlement, donc plus du tout satisfaisante. Vous trouverez très souvent des scènes de crime où la victime est pendue par les pieds, la tête en bas. Le seul but de cette mise en scène est de favoriser l'irrigation du cerveau, donc de maximiser la douleur en prolongeant la conscience…

— C'est…

— Je vous en prie… Épargnez-nous les « c'est monstrueux », « c'est intolérable », « c'est révoltant ». La vérité, Devernois-Klyne, c'est que c'est au-delà des mots. Alors passons-nous-en. Notez toujours, pour votre rapport : la mort de Louise Heurtel ressemble à une exécution. Elle n'est pas morte sur le coup, si on en juge par les panaches de sang artériel qui ont giclé sur les murs et les meubles. Elle a tenté de se traîner vers la porte. Son meurtrier l'a tirée vers l'arrière. Ce qui explique que son corsage soit remonté sur ses omoplates et sa jupe en haut de ses cuisses. Aucun rapport sexuel récent, ou alors protégé. Et j'en doute.

— Pourquoi cela ?

Diane détailla la photo qu'elle connaissait par cœur. Louise gisait sur le ventre, le visage de profil, le dos et les jambes dénudés.

— Parce qu'il n'y a rien de sexuel dans la mise à mort… Tout est efficace. Précis. Intellectuel et maîtrisé. De surcroît, elle a l'air d'un veau bouffi, non ?

— Enfin, Diane ! s'offusqua Pliskin.

— Ben… c'est vrai qu'elle a l'air d'un veau… avec de moins jolis yeux, insista la psychiatre, étonnée.

— Elle est morte tout de même, abattue par un tueur en série, si l'on vous croit ! Ces pauvres jeunes filles méritent toute notre compassion, notre chagrin, vous êtes bien placée pour le savoir.

Diane lutta contre la rage qui s'insinuait en elle. Non, pas pour lui. Il ne méritait que le mépris. Il venait de trouver un moyen dégueulasse de la pousser hors de ses gonds parce qu'il savait avec précision à quoi elle pensait. Leonor et son visage fin de petit ange. Elle prétendit réfléchir alors qu'elle luttait contre l'envie de l'insulter. Un seul détail la calma un peu : à sa décharge, Pliskin ignorait encore tout de la démesure haineuse de Louise et de son petit copain. Les morts méritent le respect qu'ils ont gagné de leur vivant. Elle déclara de la même voix lisse :

— Vous avez raison, Bob. Cela étant, ça ne la rend pas plus jolie pour autant ! Nous ne sommes toutefois pas là pour discuter des standards de beauté. Je mentionnais son physique parce qu'il exclut selon moi le mobile sexuel.

— Vous avez parlé d'exécution, intervint Gary Mannschatz. Qu'est-ce qu'on pourrait reprocher à une gamine de seize ans au point de vouloir la tuer ?

— N'est-ce pas votre métier d'enquêter et de trouver cette raison ? À partir du moment où nous parvenons à la certitude qu'il s'agit d'une traque internationale, Interpol entre en jeu. Or, nous y avons des représentants.

Mannschatz acquiesça d'un petit signe de tête. Bard prit la relève :

— Si c'est bien une exécution, pourquoi ne pas lui avoir tiré une balle dans la tête ? L'agonie a duré combien de temps, selon vous ?

— Deux, trois minutes, le temps qu'elle se vide de son sang. Tout dépend de sa panique, donc de son rythme cardiaque. La plaie à la gorge n'est pas très étendue. Quant à votre première question, il cherche un contact physique, une certaine difficulté. C'est facile d'abattre quelqu'un avec une arme à feu, d'une certaine distance. Il faut beaucoup plus de détermination lorsqu'on a recours à une arme blanche.

— Buter une gamine de seize ans, ce n'est tout de même pas très compliqué ! bougonna Bard.

— En effet, mais Valdez était de taille à se battre. Selon le légiste français, la fille est morte approximativement une douzaine d'heures avant le garçon. Détaillez la photo… Ce Cyril Janet a été torturé, écorché.

— Il est dans la surenchère, affirma Devernois-Klyne.

— Pas du tout, contra le Dr Silver. D'ailleurs, si vous examinez la photo de scène de crime concernant Stanley Armstrong, prise presque six mois avant, c'est-à-dire avant le meurtre de Louise (elle patienta, le temps que tous la sortent du dossier, et poursuivit :), c'est la copie conforme de celle de Cyril Janet et même de Valdez. Pas de surenchère.

— Il a tout de même foutu le feu dans le cas de Constantino Valdez, remarqua Bard. C'est nouveau.

— Juste. Nous avons affaire à un être très intelligent, structuré, secondarisé et qui maîtrise totalement ce qu'il fait. Selon moi, l'incendie de l'école de Valdez n'avait pas pour objet de rajouter un « perfectionnement » au *modus operandi* et encore moins de faire disparaître des traces. La preuve, les pompiers sont arrivés très vite. Si tel avait été le cas, l'AFI aurait retrouvé des empreintes, des indices. Rien de tout cela. En d'autres termes, le meurtrier les avait fait disparaître avant de mettre le feu, au cas où. Très secondarisé, donc.

— Le but de l'incendie était-il de détruire les DVD ? intervint Mike Bard. Ça recouperait le fait que, dans tous les meurtres, les disques durs des ordinateurs des victimes ont été embarqués.

— Sauf celui de Louise, puisqu'il ne l'a pas tuée chez elle et que, probablement, il jugeait qu'il n'y avait rien d'important dessus, rectifia Diane.

— On l'a ? s'enquit Pliskin.

— Il est dans les mains de la police française.

— On peut se procurer une copie ?

— Cher Bob, j'étais restée dans l'idée qu'il vous appartenait de négocier avec les forces de police étrangères.

Pliskin fit mine de ne pas avoir perçu la pique et insista :

— On sait ce qu'il y avait dessus ?

Il était hors de question qu'elle lui révèle ce qu'Yves lui avait raconté au sujet des deux jeunes ordures psychopathes. Qu'il se démerde. Elle se contenta d'un :

— Les deux jeunes avaient viré sataniques.

Devernois-Klyne la considéra comme si elle venait de lâcher une effrayante obscénité. Elle expliqua :

— Non, non… N'allez pas imaginer des trucs extraordinaires. Il s'agit, assez souvent, de révoltes un peu adolescentes, un bric-à-brac symbolique, un amalgame de rituels empruntés à des publications ou à des sites Internet qui se prétendent spécialisés. Il est vrai que certains « adeptes » dérapent dans le fascisme et la violence : profanation de cimetières et d'églises, agressions de personnes, ce genre de choses. Ceux qui prétendent être les « vrais » sataniques s'éloignent de cette sous-mouvance et sont plutôt des gens dotés d'une réflexion structurée…

L'air effaré de Pliskin lui donna envie de rire. Elle poursuivit, avec le plus grand sérieux :

— Il est évident qu'ils ne croient pas au diable. Il ne s'agit que d'une figure emblématique. C'est une sorte de volonté de liberté, de transgression des convenances et des usages. Ils sont, le plus souvent, inoffensifs pour autrui. Là n'est pas leur… recherche. De plus, j'espère qu'ils ne décapitent pas des poulets à pleines dents comme certains hard-rockers des années passées. Ce serait d'un rare infantilisme.

— Enfin, Diane, tempêta Bob, on dirait que vous les cautionnez !

— Je ne cautionne personne, cher Bob. Mon métier consiste à savoir pour lutter. (Elle lui jeta un regard appuyé, certaine qu'il comprendrait le sous-entendu :) La connaissance est le pouvoir. L'unique. (Elle se tourna vers Bard et reprit :) Pour en revenir à votre question, je ne suis pas certaine que mettre le feu avait pour objet de détruire les DVD. Nous sommes confrontés à un être qui prévoit tout et qui double ses plans au cas où il y aurait un dysfonctionnement. Il détruit ses traces avant d'incendier la scène de crime, par exemple. Pourquoi donc ne pas embarquer les DVD avec le disque dur ? Ça ne représente pas un volume considérable.

— Pour attirer notre attention sur eux, conclut Gary Mannschatz.

— Juste !

— Pourquoi les détruire, en ce cas ?

— Parce que le jeu deviendrait moins distrayant s'il nous facilitait trop la besogne.

— Donc, il s'agissait de films de pornographie pédophile ?

— C'est l'hypothèse qui me paraît la plus convaincante. Si tel est bien le cas, nous ne sommes pas en présence d'un tueur en série au sens strict du terme. Il ne sélectionne pas ses proies sur un fantasme, mais pour une raison objective.

Pliskin plissa les lèvres, condescendant, et contre-attaqua après un regard pour les photos étalées devant lui :

— Vous allez vite en besogne ! Je vous accorde que trois des scènes de crime sont très similaires, celles concernant les victimes masculines. De surcroît, la relation d'amitié entre les deux jeunes et le fait qu'ils ont été tués à quelques heures d'intervalle, sans oublier leur satanisme, relient, a priori, ces deux cas. De là à imaginer que Valdez a été descendu parce qu'il faisait dans le commerce de la pédophilie violente, donc qu'il s'agit d'une sorte de « punition », il y a un gouffre !

— Pourquoi, monsieur ? lança Bard.

— Eh bien… que pouvait « reprocher » le meurtrier aux deux jeunes Français et à Armstrong ? Avez-vous des éléments sérieux, Diane ?

— Pour l'instant aucun, mentit celle-ci, en repensant aux e-mails d'Yves.

Louise avait le projet de tuer sa mère et son petit frère. Quant à Cyril, ses fantasmes érotiques sanglants prenaient pour cible sa petite sœur et il avait étouffé un bébé dans sa poussette. Au fond, elle doutait elle-même qu'il y ait un lien entre les deux jeunes Français et Valdez. La théorie d'Yves Guéguen refit surface dans son esprit. Elle la rejeta, la jugeant invraisemblable, contraire à tout ce qu'elle avait appris au contact des tueurs en série. Restait Stanley Armstrong. Elle reprit :

— L'enquête concernant Armstrong a été bouclée assez rapidement. Les flics de New York ont fait ce qu'ils pouvaient. Toutefois, ils se sont retrouvés bien vite dans une impasse. Pas de précédent en ce qui concernait le *modus operandi*, pas de vol, à l'exception du disque dur, pas de sévices sexuels… Aucun indice. Nous n'avons pas grand-chose, en dehors de la description sommaire qu'a faite le portier de l'immeuble de la victime, au sujet d'un visiteur tardif. L'heure coïnciderait assez avec le constat du médecin légiste, mais rien ne prouve qu'il s'agit bien de notre homme.

— Des détails ? intervint Mannschatz.

À la tension de sa voix, Diane sentit qu'il flairait déjà la piste.

— Selon le portier, un homme s'est présenté à 21 h 15 pour M. Armstrong. Une livraison. Ça, c'est certain. C'est inscrit sur le registre des visiteurs que doivent tenir les portiers. Celui qui était présent a téléphoné à l'appartement de la victime qui a confirmé qu'il attendait cette personne. Le type en question est monté. Le portier ne l'a pas vu ressortir. Il terminait son service trois quarts d'heure plus tard.

— Et le portier qui prenait sa suite ? insista Mannschatz.

— Il ne se souvenait de rien en particulier, puisqu'ils ne doivent surveiller que les entrées, pas les sorties.

— Celui d'avant, il avait un signalement ? s'enquit Bard.

— Vague. Ce qui l'a surtout étonné, c'est que le type en question se présente comme un livreur, parce qu'il était très bien habillé.

— Il apportait quelque chose ?

— Non. Lorsqu'il a expliqué l'objet de sa visite assez tardive, il a tapoté sur son sac à dos en cuir noir. Le portier a lourdement insisté sur le fait que son rôle ne consistait pas à fliquer les propriétaires et les locataires de l'immeuble, mais à leur épargner des importuns.

À partir du moment où Armstrong attendait le visiteur, il n'y avait plus de problème.

— On a le nom de ce type ? demanda Mannschatz.

— C'est inscrit dans le registre. Toutefois, je vous parie mon prochain salaire qu'il s'agit d'un pseudonyme. Nathan Hunter.

Bard revint à la charge :

— Et le signalement, même vague ?

— Un Blanc, de grande taille, entre trente et quarante ans, cheveux mi-longs, châtain plutôt clair.

— Les yeux ?

— Il portait des lunettes de soleil, alors que la nuit était tombée.

— « *Hunter* [1] », releva Mannschatz. Amusant comme pseudo, non ?

— Ne tirons pas de conclusions hâtives, lança Pliskin. Hunter est un nom très commun.

— C'est juste. Toutefois, il aurait pu choisir Smith ou Brown, souligna Diane.

Elle jeta un regard furtif à Devernois-Klyne, dont le silence obstiné l'étonnait. Il avait les yeux rivés sur la photo de scène de crime de Louise, les lèvres légèrement écartées. Repensant à ces flics dont elle avait senti l'excitation sexuelle lorsqu'ils détaillaient des photos de victimes féminines violées, ligotées, étranglées, elle songea : Ça te fait bander ou ça te donne envie de vomir ?

— Des questions, maître ? jeta-t-elle.

Il parut s'arracher d'un rêve lointain et répondit d'une voix incertaine :

1. Chasseur.

— Peut-on mettre Stanley Armstrong en relation avec un… trafic quelconque, du genre de celui qu'organisait Valdez ?

— C'est LA question, vous avez raison, admit-elle. L'enquête d'alors n'a pas creusé dans ce sens. Il n'y avait aucune raison.

— Un truc qui tient dans un sac à dos. Ça pourrait être des DVD porno, avec des gosses, approuva Mannschatz.

— Nous parvenons à la même conclusion. Cela étant, les flics du NYPD n'ont rien trouvé de ce genre chez Armstrong. Je crois qu'il faudrait cependant tout reprendre depuis le début, à la lumière des récents éléments. Stanley Armstrong était célibataire. Aucune liaison féminine connue, ni ancienne ni récente.

— Un gay ? intervint Mike Bard.

— Possible, mais rien n'est ressorti des témoignages recueillis par la police. Il faudrait donc imaginer un homo planqué, des plus discrets. Or, Armstrong vivait de ses rentes, sa seule famille se limitait à sa sœur hospitalisée à la suite d'une démence précoce et à sa nièce, qu'il ne voyait pas si souvent que cela. En résumé, pas de craintes professionnelles ni familiales. Pourquoi donc être si parano sur ses choix de vie s'ils étaient, comment dire… inoffensifs, assez banals ?

— Encore une fois, Diane, je trouve que vous avez un peu tendance à sauter aux conclusions, pesta Pliskin qui se sentait de plus en plus isolé, une sensation qu'il exécrait. Il était le représentant du directeur de la base de Quantico. À ce titre, il aurait dû être le pivot, l'autorité de cette réunion.

— Il ne s'agit pas de conclusions. Juste des hypothèses de travail.

— Qui risquent de fausser le travail de nos agents.

Elle haussa les sourcils et répondit, non sans ironie :

— Ils m'ont pourtant l'air d'être de grands garçons aptes à se débrouiller seuls. Ne me dites pas que vous avez affecté des bleus influençables à une enquête internationale !

Elle lut la rage dans le regard que Pliskin lui destina. Il tenta de regagner du terrain avec la seule carte qu'il détenait encore : l'aversion de Bard pour les psys.

— Diane, brossez-nous le portrait psychologique de ce tueur, Nathan Hunter, s'il s'agit bien de lui.

— Avec quoi ? Des suppositions ? Des hypothèses ? Du vent ? Contrairement à ce que peuvent croire certains, je ne lis pas dans une boule de cristal. J'analyse les faits, je les regroupe, j'en tire les éléments évocateurs. Cela suppose que j'ai ces faits en ma possession… et je compte sur ces messieurs pour me les offrir, acheva-t-elle en destinant un sourire presque cordial aux deux agents.

Mike Bard et Gary Mannschatz firent une courte pause devant le distributeur à café de l'étage, surtout pour permettre à Pliskin de les distancer. Bard jeta un regard prudent autour de lui et demanda d'une voix basse :

— Qu'est-ce que tu en penses ?

— De quoi ? Pliskin est toujours un sale con dangereux et il cherche à coincer le Dr Silver, ce qui aurait plutôt tendance à me la rendre sympathique.

— Ouais… Remarque, elle a du répondant, la petite dame !

— Humm, paraît que c'est une pointure. J'ai entendu dire que sa gamine avait été massacrée, je veux dire salement massacrée, par un de ces tordus.

— Et l'enquête ? demanda Bard.

— Je sais pas encore si elle est complètement pourrie ou juste un peu.

— Pourquoi tu dis ça ?

— Parce que je suis certain que Pliskin mijote encore un coup foireux, sauf que je ne sais pas lequel, expliqua Mannschatz.

— Moi, c'est sur elle que j'ai des doutes.

— Écoute, j'ai pas eu l'impression qu'elle la jouait « au fond, les tueurs sont de vraies victimes ».

— Non, c'est pas ça.

— Quoi, alors ? insista Gary en avalant une gorgée de l'immonde café avec une grimace.

— Elle ment. Par moments. Au sujet du tueur. Je suis sûr qu'elle sait plus de trucs qu'elle ne veut en dire.

— Elle se méfie peut-être de Pliskin. Et là, elle n'a pas tort.

— Ouais, mais ça nous arrange pas, commenta Mike.

— Faudrait essayer de lui faire comprendre qu'on est de son côté. Enfin, du moins, pas de celui de ce pet mou de Pliskin.

— Fais gaffe, le mit en garde Mike en jetant à nouveau un regard autour de lui. Il est vraiment mauvais.

Un sourire carnassier étira les lèvres de Gary :

— Je sais. Mais je lui déconseille de s'attaquer à nous.

Il écrasa son gobelet au creux de sa main et le balança dans la poubelle pour mettre un terme à la conversation avant que Mike ne lui demande des explications.

De retour dans son bureau, flanquée de Charles Devernois-Klyne qui la suivait comme un petit chien, Diane alluma une cigarette et inhala longuement.

N'attendant pas son invitation, tant il était certain qu'elle ne viendrait pas, Charles s'installa sur une des chaises de visiteurs et étala son grand carnet sur le bureau, stylo en l'air.

— Comment comptez-vous procéder, maintenant, docteur Silver ?

Elle le considéra comme s'il venait de lui demander la taille de ses bonnets de soutien-gorge.

— Je ne compte rien du tout. Vous m'avez entendue : je ne dispose que de très peu de faits. Je ne vais pas perdre mon temps en élucubrations qui ne mèneraient nulle part. J'attends.

Interloqué, l'avocat insista :

— Vous n'allez pas… enfin, je ne sais pas… orienter, piloter l'enquête policière ?

Goguenarde, elle rétorqua :

— Ah ? Donc vous dormiez durant la réunion, d'où votre expression hagarde lorsque vous examiniez la photo de Louise Heurtel.

En dépit de toute son expérience de la dissimulation, Devernois-Klyne se sentit rougir. Diane enfonça le clou d'une voix indifférente :

— Saviez-vous que certains hommes éprouvent soudain une… excitation d'ordre érotique en découvrant des photos de femmes tabassées et assassinées ? Surtout dans les cas de viols. Même si, par ailleurs, ils ne sont pas… tentés par un passage à l'acte qui les horrifierait plutôt. Ils sont dans le fantasme, mais un fantasme de violeur.

L'avocat se redressa d'un bond. Son vernis d'affabilité craqua d'un coup et il éructa :

— Vous me traitez de pervers, de tordu ?

— Du tout. C'est une information que je vous offre. Pour votre mémoire.

La rage faisait trembler la voix de Devernois-Klyne lorsqu'il asséna :

— Permettez-moi de vous en offrir une autre. Non, les femmes assassinées, violées, dépecées ne me font pas bander ! Je les préfère très en vie et si possible bourrées d'humour !

— Alors, pourquoi votre fascination pour ce cliché qui, de surcroît, est sans doute le moins intéressant pour nous ?

Il sembla s'apaiser et se réinstalla sur sa chaise. Il hésita avant de poursuivre :

— C'est bizarre… son expression, à cette fille…

— Les morts n'ont plus d'expression.

— Peu importe… c'est peut-être parce que… parce qu'elle, enfin, je veux dire, elle avait toujours le visage couvert de peau… C'est compliqué… J'ai déjà vu des photos de scènes de crime… dans les ouvrages que j'ai consultés pour mon mémoire. Ça me fait quelque chose… ça me… blesse. (Soudain teigneux, il ajouta :) Je ne vous raconterai pas d'histoires : ça ne m'empêche pas non plus de dormir, mais, durant quelques secondes, j'éprouve un truc, de la peine. Et là, je n'ai pas ressenti de compassion… d'émotion, rien. Enfin, il s'agissait quand même d'une gamine assassinée… Mon détachement m'a choqué.

Elle le considéra en silence en tirant sur sa cigarette. Devernois-Klyne était-il plus subtil qu'elle ne l'avait jugé ? Moins antipathique qu'elle ne s'efforçait de le croire ? Peut-être gêné par son mutisme persistant, il changea de conversation :

— Qu'allez-vous faire ?

— Je vous l'ai dit : attendre, rester en contact permanent avec les deux agents affectés à l'enquête.

— Qu'en avez-vous pensé ?

— Il est encore tôt pour se faire une idée, déclara-t-elle, prudente. Elle ignorait tout des relations entre l'avocat et Pliskin la fouine.

Il se leva et prit congé. Arrivé sur le pas de la porte, il se tourna vers elle et murmura, comme à regret :

— L'avantage de rester silencieux durant une réunion, c'est que l'on entend ce que les autres ne disent pas. Au risque d'enfoncer une porte ouverte… méfiez-vous de Bob Pliskin.

— Sans blague ? (Elle pouffa, avant de rectifier :) Merci, toutefois. Rassurez-vous : je peux en gober deux de sa pointure à chaque petit déjeuner.

— J'ai eu… enfin, le sentiment qu'il manigançait quelque chose. Contre vous.

— Bien sûr. Comme d'habitude. Il s'agit de son passe-temps favori. Chacun s'amuse comme il le peut !

Elle faillit ajouter que le but de Pliskin était aussi clair que de l'eau de roche pour qui le connaissait un peu : la planter sur une enquête très importante. La discréditer. Toutefois, cher Bob manquait de finesse et, selon elle, il avait commis une erreur en choisissant ces deux agents, du moins Gary Mannschatz, puisqu'elle n'était toujours pas certaine de la personnalité de Mike Bard, un peu trop « grand mec carré et franc du collier » pour la rassurer tout à fait. La méfiance qu'elle éprouvait toujours pour l'avocat l'en dissuada.

Base militaire de Quantico, États-Unis, juin 2008

Il était onze heures et demie. Diane Silver s'était attablée non loin de l'immense baie vitrée du réfectoire. La salle était encore presque déserte, à l'exception d'une table où déjeunaient de jeunes futurs agents qui l'avaient saluée avec affabilité lorsqu'elle était passée près d'eux, chargée de son plateau.

Elle avait tranché : ses efforts de courtoisie – aussi minimes aient-ils été – envers maître Charles Devernois-Klyne étaient terminés. De surcroît, la présence de l'avocat l'agaçait durant le seul repas digne de ce nom qu'elle s'offrait de la journée, le reste de son ordinaire étant constitué de cacahuètes, de chips, voire, parfois, dans les grands jours, d'un sandwich qu'elle achetait en rentrant au delicatessen du centre commercial situé non loin de chez elle. Aussi avait-elle décidé l'avant-veille d'aller déjeuner très tôt ou très tard, sans prévenir l'avocat, afin qu'il ne la suive pas. À la décharge de Devernois-Klyne, Diane admettait qu'elle n'avait envie de parler à personne. Le silence la reposait. Un silence seulement troublé par les rafales de coups de feu qui provenaient du champ de tir voisin, étouffées par un épais rideau d'arbres et de buissons. D'autant que les conversations des autres intéressaient Diane rarement, sauf celles d'Yves. Elle regrettait les coq-à-l'âne, les anecdotes du grand flic français. Surtout, ses intuitions et sa subtilité lui manquaient.

Elle attaqua sa salade de homard canadien, s'amusant à viser les tomates cerises qui roulaient au fond de l'assiette sous ses coups de fourchette.

Un raclement de gorge très artificiel lui fit lever les yeux.

L'agent Gary Mannschatz la considérait avec sérieux, les bras croisés sur la poitrine.

— Bonjour, agent Mannschatz.

— Bonjour, docteur.

— Quelque chose à me dire ?

Il crispa la bouche, réfléchissant, puis lâcha :

— Non… Je peux me joindre à vous ou vous préférez un peu de solitude ? Ça ne me vexerait pas.

Il tâtait le terrain parce qu'il avait quelque chose à lui faire savoir. La transparence de l'homme encore jeune était volontaire, Diane n'en doutait pas.

— Un peu de bonne compagnie ne peut jamais nuire.

— Bon. Je compose mon plateau et j'arrive. Vous avez besoin de quelque chose ?

— Non, merci.

Elle le regarda s'éloigner et rejoindre le long comptoir réfrigéré dans lequel étaient présentés les hors-d'œuvre et les desserts. Mike Bard et Gary Mannschatz avaient dû hésiter. Convenait-il d'aborder la psychiatre réputée pour son exécrable caractère à deux ou seul, et lequel d'entre eux ? Ils avaient fait le bon choix. Elle tergiversait encore au sujet de Bard et s'en serait davantage méfiée. Non qu'elle fît confiance à Mannschatz.

Elle se livra à un petit jeu en l'attendant. Que contiendrait son plateau ? Pas d'alcool, pas même une bière, c'était évident. Un large steak avec des frites ? Non, pas lui. Sans doute Bard. Elle pariait sur une soupe, un steak salade, un laitage et une part de gâteau, les hommes étant plus gourmands qu'ils ne veulent en général l'admettre, de crainte qu'un goût pour les douceurs n'implique une sorte de faiblesse enfantine.

Lorsqu'il s'installa en face d'elle, Diane s'attribua un bon point mental. Presque tout juste, sauf la soupe qu'il avait remplacée par une assiette de tomates à la mozzarella. En réalité, ce petit jeu était davantage qu'un passe-temps. Si elle pouvait prévoir ce qu'il allait manger, c'est qu'elle ne s'était pas non plus trompée au sujet de ce qu'elle avait perçu de lui lors de la réunion.

Ils discutèrent de choses et d'autres, de la météo, de l'état assez délabré du parking du Jefferson qui attendait toujours sa réfection faute de crédits, de l'épouvantable café que l'on servait ici, Mannschatz s'extasiant sur les expressos qu'il avait dégustés lors d'un court voyage en Italie quelques années auparavant.

Diane ignorait s'il attendait qu'elle fasse le premier pas, auquel cas il allait être déçu. Le sentit-il ?

— Je… enfin, on s'est dit avec Mike que, puisqu'on allait travailler en collaboration, il était important qu'on se connaisse mieux. Enfin, je veux dire, on connaît bien votre réputation, d'autant que vous êtes déjà intervenue sur plusieurs de nos enquêtes, mais nous n'avons jamais travaillé directement ensemble.

— Bob Pliskin adore m'offrir du changement en ce qui concerne les enquêteurs, commenta Diane d'une voix neutre en terminant son énorme salade.

— Humm, Pliskin.

Elle le fixa de son regard pâle et répéta :

— C'est cela : « Humm, Pliskin ».

Il esquissa un sourire en lâchant :

— Je vois que c'est un de nos bons amis.

Bravo, songea Diane. Tu viens de me balancer avec habileté la première info : vous n'aimez pas Pliskin et vous n'êtes pas de son côté. Toutefois, vous restez prudents, Mike et toi. La balle est dans mon camp. Te montrer que je n'ai pas peur de Bob la fouine, et qu'il ne parviendra pas à entraver mon travail.

— Bob applique à la lettre la devise « diviser pour mieux régner ». C'est pour cela qu'il change sans arrêt les enquêteurs affectés à mes enquêtes. Il redoute que j'établisse des liens de confiance, voire de cordialité avec eux. En fait, il redoute tout ce qui peut faire bloc contre lui.

— En général, ça marche bien, comme stratégie.

Elle planta sa petite cuiller dans la montagne de crème fouettée qui ensevelissait la part de tarte aux noix de pécan qu'elle avait décidé de s'offrir en dessert.

— Ça fonctionne moins bien avec moi. Pliskin est très prévisible.

Il la considérait depuis quelques instants, se demandant s'il pouvait parier sur elle.

— Y en a qui… prétendent que vous avez un caractère difficile, avança-t-il.

— Il s'agit presque d'un euphémisme.

— En général, les gens qui possèdent une personnalité marquée sont plutôt corrects, non ?

— En général. (Elle dégusta avec délice une cuiller de crème et ajouta dans un demi-sourire :) Écoutez, Mannschatz, si votre question est : « Pouvez-vous me faire confiance en ce qui concerne Pliskin et Casney ? », la réponse est « Oui, absolument ». Même si je vous détestais, je ne leur ferais aucun cadeau et en tout cas pas celui de leur donner des armes contre quelqu'un.

L'agent Mannschatz soupira de contentement. Il venait de récolter une partie de ce qu'il cherchait.

— Et vous savez pourquoi je n'hésite pas à vous le dire ? reprit-elle en fixant d'un air contrit la montagne de crème qui diminuait à vue d'œil. Parce que même si vous caftiez et fonciez rapporter notre conversation à Pliskin, ça ne changerait rien pour moi. Pliskin me déteste déjà au maximum de ses capacités, et elles sont étendues ! Il n'a nul besoin de raison objective. Cher Bob n'agit que dans la subjectivité absolue, parce que son monde tourne autour de lui.

— Bien reçu, approuva Gary en la saluant de son verre d'eau. On passe au boulot ?

— On passe au boulot !

— Mike et moi, on a eu le sentiment que vous reteniez des infos durant la réunion. Sans doute à cause de la présence de « cher Bob ».

— Juste. Je veux qu'il croie que je n'ai pas avancé d'un pouce et que je vais me planter parce que c'est ce qu'il attend depuis des années. C'est le seul moyen pour qu'il me foute un peu la paix.

— Futé.

Il empila avec soin ses assiettes vides et se tamponna la bouche à l'aide de sa serviette en papier d'un geste presque coquet. Il attaqua son yaourt allégé avant de poursuivre :

— Rien de ce que vous me confiez n'ira plus loin que Mike. Et je réponds de cette grande carcasse comme de moi-même.

— Rien de ce que vous me confiez n'ira plus loin que moi-même. J'ai appris par un très bon ami de la police française que j'ai formé au profilage…

— Le colonel Guéguen, l'interrompit-il en prononçant le nom « gouégouen ». On a un peu révisé à votre sujet, sur vos méthodes – remarquez, il n'y a pas grand-chose – et tout le reste…

« Tout le reste » signifiait aussi Leonor, et elle lui fut reconnaissante de ne pas prononcer son prénom.

— En effet, il s'agit d'Yves Guéguen. Les deux jeunes Français avaient plongé assez loin. Deux psychopathes. Le garçon avait déjà tué. Un bébé. Étouffé. Il se proposait de recommencer. La fille allait suivre son exemple en abattant sa mère, puis son jeune frère.

— Chouette ! Charmants bambins !

Elle lui jeta un regard incisif et liquida la dernière cuiller de crème avant d'attaquer la tarte. Il devait aller plus loin. Lui prouver qu'ils étaient capables, lui et Mike, de mener cette enquête.

Mannschatz jeta son pot de yaourt soigneusement nettoyé dans son assiette et tira vers lui la soucoupe sur laquelle reposait une large part de gâteau à la banane nappé de crème anglaise. Il fronça les sourcils et demanda d'une voix lente :

— Je comprends mieux… il y avait des trucs dans votre discours qui nous paraissaient un peu tirés par les cheveux…

— L'animosité de Bard pour les psys ? plaisanta-t-elle.

— Il ne s'agit pas d'animosité. Toutefois, Mike a un bon nombre de kilomètres au compteur et il s'en est tapé des sévères. Faut pas lui en vouloir. Il a des raisons. Y a des psys qui avec leurs conneries, sauf votre respect, ont fait capoter certaines de ses enquêtes. Alors, il est devenu méfiant.

— Je sais. Les psys, c'est comme le cholestérol. Il y a les bons et les mauvais.

Il pouffa :

— Je vais la lui ressortir. Ça devrait lui plaire. Il en a. Du cholestérol, je veux dire. Pour en revenir à l'enquête, à ce Nathan Hunter, ou supposé… Donc, il s'explose un pédophile violent, qui fait dans le commerce des gosses, et deux psychopathes débutants dont l'un a tué un bébé – sale tordu – et l'autre est à deux doigts de descendre sa mère et son petit frère.

— C'est cela.

— A priori, je le trouve assez sympa, ce mec, ironisa Mannschatz.

— Moi aussi.

— Bon, bien *gore*, avec le côté écorchage des victimes masculines. Vous croyez qu'il s'agit d'une sorte de… comment dire… un type qui s'est mis en tête qu'il était justicier…

Bien, il y était venu, comme Yves, comme elle.

— J'avoue que je me pose la question depuis un moment. Le colonel Guéguen aussi. Le gros problème, c'est que ce genre de mobile est en complet désaccord avec la typologie classique des tueurs en série, même si certains tentent de faire croire, ou croient, le contraire. Un tueur en série tue pour lui, parce que ça lui fait plaisir. Pas pour rendre « service ». Nous sommes confrontés à quelqu'un de très intelligent et qui a des moyens. Il peut partir au Mexique, en France. Il peut convaincre Valdez qu'il a l'argent pour acheter ses films pourris – or ce genre de monstruosités coûte très cher puisque l'acheteur est assuré qu'il n'y a aucun trucage. Je suis certaine que c'est de cette façon qu'il a endormi sa méfiance : en se présentant comme un amateur fortuné de viols de gosses. Le portier de l'immeuble d'Armstrong a insisté sur le fait que le fameux visiteur était très bien habillé.

— Ouais. Mike et moi en sommes arrivés à la même conclusion. C'est quelqu'un qui a des moyens intellectuels et financiers.

Diane songea que Pliskin allait se mordre les doigts. Ces deux agents étaient des bons.

— En conclusion, Gary (elle s'étonna d'avoir recours à son prénom, une familiarité qu'elle n'aimait guère et qui, pourtant, se justifiait tout d'un coup), je bute sur une incohérence et j'ai besoin de vous. Je vous l'ai dit : un tueur en série classique ne rend pas « service » à la société, même lorsque c'est l'argument qu'il donne ou qu'il se donne. Ses victimes sont choisies de façon subjective, même lorsqu'il réécrit l'histoire de ses meurtres a posteriori. Si nous… vous parvenez à trouver quelque chose dans la vie de Stanley Armstrong qui justifiait en quelque sorte son meurtre, c'est que ce Nathan Hunter – partons du principe qu'il s'agit de lui – n'est pas un tueur en série au sens habituel du terme. Il sélectionne ses victimes sur des critères objectifs. Ça n'en fait pas un individu moins dangereux pour autant. De surcroît, et c'est le plus angoissant, cela signifie que je ne pourrai pas remonter jusqu'à lui avec des outils classiques.

— Eh bien, nous allons reprendre l'enquête au sujet d'Armstrong depuis le début. J'ai encore des bons copains au NYPD… j'ai fait mes premières armes de flic là-bas.

— Ce qui n'empêche qu'ils n'aiment pas trop les gens du Bureau.

— Personne ne nous aime. Mais on s'en fout, on est les meilleurs !

Elle ne rectifia pas. Il en était convaincu et c'était crucial à ses yeux. Quant à elle, elle ne se sentait aucune appartenance. Avec rien, si ce n'était un épouvantable passé.

— Docteur Silver ! Je vous cherchais partout !

Diane et Gary tournèrent la tête vers maître Devernois-Klyne qui portait son plateau à bout de bras de crainte qu'une éclaboussure n'endeuille son beau costume.

— Ah, maître… j'ai oublié de vous prévenir que je montais déjeuner, déclara-t-elle en se débrouillant pour qu'il comprenne qu'elle mentait et n'avait aucune envie de sa compagnie. Malheureusement, j'ai terminé, acheva-t-elle en se levant.

Était-ce une ombre de reproche ou de regret qui voila le regard marron ? Elle n'aurait su le dire et s'en foutait. Qu'il se débrouille. Elle n'était pas sa mère et n'avait pas à lui couper sa viande ni à lui tenir la main !

Suivie de Mannschatz, elle alla déposer son plateau sur le chariot de cuisine et se dirigea vers l'ascenseur.

— Vous ne l'aimez pas beaucoup, hein ?

Elle regarda le super-flic et lâcha d'une voix paisible :

— Je n'ai pas une folle passion pour les gens qui me servent des contes à dormir debout. Or, je sais toujours quand on me raconte des bobards.

— Votre métier ?

Elle baissa la tête avant de le détromper :

— Non, une adorable petite fille, très futée, qui ramenait à la maison des chiots, des chatons, des gerboises ou des hamsters qu'elle prétendait avoir trouvés au beau milieu de la rue et qu'il fallait donc impérativement adopter.

— Je… rien !

— Merci, agent Mannschatz. À très bientôt.

Base militaire de Quantico, États-Unis, juin 2008

Une phrase de Sartre, retenue de son époque universitaire, de celle où maître Charles Devernois-Klyne pensait changer le monde, défendre les sans-fric, lui revint : « On ne peut pas être moral seul. » La vie s'était chargée de lui prouver une chose : on ne peut presque jamais être moral, parce qu'on est presque toujours seul. À moins que la moralité ne devienne le luxe suprême, un art difficile et rare, une excellence, celle d'un être – riche ou pauvre – qui recherche l'exception, la perfection en tout. L'ultime supériorité. Diane Silver, sans le sou. Son client, richissime, fasciné par les tueurs en série, une des cinquante fortunes de la planète. Rupert Teelaney, troisième du nom. Des intérêts un peu partout : dans le pétrole, l'armement, l'industrie pharmaceutique, l'agroalimentaire, le loisir, le coton et maintenant le *must*, le charbon, l'ancien et très nouvel or noir.

Les Teelaney étaient une de ces familles très discrètes. Celles de l'immense argent qui fuient la publicité puisqu'elles tirent les ficelles du monde en coulisse.

Rupert Teelaney, comme son père et son grand-père avant lui, ne faisait pas de caprices. Il n'exigeait pas que soit ouverte pour lui seul, au milieu de la nuit, une piscine olympique ou que la température de sa suite soit impérativement réglée à 23,5 °C. Il ne faisait pas de scandale parce que l'hôtel dans lequel il descendait ne servait pas sa marque préférée d'eau minérale. Il ne se baladait pas le sexe en l'air, enduit de cocaïne, pour se faire sucer par des gamines recrutées pour l'occasion. Il se faisait parfois regarder de travers dans les boutiques de luxe parce que son jean et ses baskets n'impressionnaient pas des vendeuses qui gagnaient le dix millième de ce qu'il pouvait dépenser en un battement de cils lors d'une vente aux enchères. Teelaney ne se défonçait à rien, sauf au pouvoir. Normal, puisqu'il l'avait. C'était comme de respirer, pour lui. Rupert Teelaney venait de l'immense argent éduqué.

La première fois que Charles l'avait rencontré, il l'avait attendu dans Commonwealth Avenue, devant le porche du prestigieux cabinet d'avocats dans lequel il était, enfin, devenu associé. Rencogné sous un immense parapluie pour se protéger d'une averse obstinée, il s'était attendu à voir se garer le long du trottoir une limousine noire, conduite par un chauffeur en livrée. Au lieu de cela, une Volkswagen jaune safran, réplique de la glorieuse Coccinelle, dont l'aile avant gauche était un peu cabossée, s'était arrêtée à sa hauteur. Un homme grand, d'une minceur musclée très masculine, en était sorti, un large sourire éclairant son visage. Il avait remonté ses lunettes de myope d'un geste machinal avant de tendre la main en s'exclamant :

— Maître Devernois-Klyne ? Teelaney. Rupert, pour tout le monde.

Charles avait jeté un regard interloqué à la voiture. Rupert Teelaney avait éclaté de rire sous les grosses gouttes de pluie qui trempaient ses cheveux très frisés et sa chemise de lin bleu.

— La lenteur et la patience sont des luxes. Mes préférés. Je laisse le jet à mes secrétaires. Qu'ils se dépêchent, qu'ils s'énervent. C'est pour cela que je les paie. On va déjeuner ? Je meurs de faim. Ma collaboratrice, l'incomparable, l'irremplaçable Elizabeth, a réservé. Dans un restau sympa, pas très loin. Je vous emmène ? Au fait, je ne bois pas, je ne fume pas et je suis végétarien, mais… les mauvaises habitudes des autres ne me gênent pas, avait-il terminé dans un rire heureux et complice.

Devernois-Klyne admettait volontiers que Teelaney le fascinait. Certes, le grand argent le fascinait depuis toujours, sans doute parce que, sous son vernis copié d'autres, il en avait manqué. Cependant, Teelaney transcendait la fortune. Elle était si évidente pour lui qu'il n'y pensait plus. Et puis, la passion habitait toujours Rupert, alors que Devernois-Klyne avait perdu toutes les siennes et qu'il s'ennuyait terriblement sans elles.

L'avocat ne parvenait pas à mettre le doigt dessus. Toutefois, il sentait une chose avec certitude : Silver, cette dingue odieuse, et Rupert Teelaney se ressemblaient. D'étrange et inquiétante façon, sans qu'il parvienne à la définir. Au fond, en dépit de ses luxueux honoraires, de ses intéressements et de ses biens, lui n'aurait jamais assez d'argent pour être rassuré alors que les deux autres s'en foutaient. L'une parce qu'elle n'en avait pas, l'autre parce qu'il en avait trop.

Un truc déroutant, un basculement presque imperceptible était en train de se produire, et Devernois-Klyne n'en voulait pas, résistait.

Il avait estimé Rupert Teelaney, sans condition, sans arrière-pensée, parce qu'il était beau, intelligent, très riche, très puissant. Des qualités avant tout génétiques et généalogiques. En bref, une injustice contre laquelle il devenait inutile de lutter, un constat rassurant. Toutefois, il commençait à admirer l'héritier pour d'autres raisons, celles-là mêmes qui l'attiraient vers Silver alors qu'il ne pouvait pas la supporter et qu'elle avait l'impolitesse d'aller déjeuner en le laissant en plan, sans aucune excuse, aussi pâle soit-elle. Tous deux étaient forts. Un qualificatif convenu, un peu bidon mais qui pourtant recouvre un état assez indescriptible.

Une émotion déplaisante envahit maître Devernois-Klyne. En toute lucidité, lui n'était pas fort. Il avait toujours peur, malgré son appartement, sa ferme, son pied-à-terre new-yorkais et son magnifique duplex dans Beacon. Malgré les sublimes nanas qu'il invitait dans les meilleurs restaurants de Boston. Malgré son coupé Mercedes.

Il eut soudain la détestable impression qu'il se retrouvait petit garçon face à deux adultes qui le considéraient avec un apitoiement attendri.

Il s'échina à lutter contre le découragement qui montait en lui. Il n'avait pas pu refuser cette mission à Quantico, car c'en était une, en dépit du fait qu'elle l'avait d'abord prodigieusement ennuyé pour lui peser maintenant. Il était enfin devenu associé de son cabinet et il devait ramener de gros poissons. Rupert Teelaney en était un.

Un doute s'insinua en lui. Et si Rupert n'avait choisi son cabinet pour y transférer une partie de ses affaires que parce que Charles connaissait bien le sénateur Murray – beau-père d'Edmond Casney Jr. – pour l'avoir défendu avec brio lors d'un procès où il était – à juste titre – accusé de délit d'initié ? Et si son unique but avait été de tout temps d'approcher l'insaisissable Dr Diane Silver ? S'il ne s'était pas agi dans l'esprit de Rupert d'une simple opportunité, née à la faveur d'une conversation de déjeuner d'affaires, mais d'un plan mûrement réfléchi ?

Il déraillait. Le staff de Teelaney avait dû lui fournir une liste de cent fondations, charités, bourses d'études qu'il pourrait créer afin d'entretenir le prestigieux blason familial en matière de bienfaisance et obtenir de substantielles réductions d'impôts.

Charles – pour se vanter, il l'admettait – lui avait relaté le procès au cours duquel il avait défendu le sénateur Murray, en passant sous silence le fait que Murray s'en était mis plein les poches grâce à un tuyau de dernière minute qu'il devait à certains de ses bons amis. La conversation avait ensuite tout naturellement roulé sur la base de Quantico, dirigée par Casney, le gendre de Murray. L'idée avait plus tard fait son chemin dans l'esprit de Teelaney. Quoi de plus normal ? La plupart des gens sont à la fois répugnés et intrigués par les tueurs en série. Souhaiter contribuer à leur arrestation lorsqu'on a les moyens d'un Teelaney est une action citoyenne au même titre que financer une bourse d'études sur l'environnement, ce que faisait d'ailleurs Rupert, très sensible à l'écologie.

Charles Devernois-Klyne se souvenait avec précision de l'appel de Teelaney une semaine après ce déjeuner.

— Charles… j'ai repensé à notre discussion au sujet de Quantico. Du coup, j'ai demandé quelques petites recherches à mon staff. Ma famille contribue à des tas d'œuvres, a créé des fondations. Toutefois, je crois qu'il est important de suivre les évolutions de notre société. C'est la raison pour laquelle je finance cette bourse d'études consacrée à l'environnement. Il paraît qu'il y a plusieurs centaines de tueurs en série en liberté dans notre pays. Vous vous rendez compte ! C'est effrayant. Or, les forces de police, le FBI, leurs profileurs sont confrontés à un manque d'argent chronique. Alors on rogne sur les formations, le recrutement, le matériel informatique… Ce n'est pas comme cela qu'on arrêtera ces types, qu'on les empêchera de nuire, vous ne croyez pas ? Je pense à toutes les victimes qu'ils vont faire… Ces mecs sont d'épouvantables bombes à retardement, lâchées dans la nature. Ça ne m'avait jamais traversé l'esprit avant, mais depuis ce que j'ai lu, ça me rend malade !

Charles Devernois-Klyne, qui se faisait fort de devancer les cheminements de ses gros clients afin de leur montrer à quel point leurs urgences étaient également les siennes, avait proposé :

— On pourrait constituer une dotation annuelle réservée à l'enseignement, à l'équipement informatique, ce genre de trucs.

— Ah ! Bonne idée, Charles, bonne idée ! Je suppose que ces gens-là deviennent méfiants dès que l'on se propose de leur offrir de l'argent. Ils ont raison. Je vous laisse les tracasseries administratives.

— Aucun problème, Rupert.

Devernois-Klyne avait appris une chose fondamentale au contact des riches et des puissants. Ne jamais évoquer un problème, une difficulté, voire une impossibilité. Ils s'en foutent. Ils paient pour s'en foutre. Toujours arriver avec la solution toute prête.

— Géant !

— Je m'y colle immédiatement. Reste l'aspect déductions fiscales qu'il ne faut pas négliger. Le terrain est bien balisé pour les dons en faveur d'œuvres charitables, ou de l'art, de la santé et de l'éducation générale. Là, je doute qu'il y ait des précédents, mais je m'en charge. On doit pouvoir trouver un montage qui nous ramène à l'éducation, pourvu que Quantico soit d'accord.

— Euh… vous connaissez bien le sénateur Murray, non ?

— En effet. Si ça coince, je lui passe un petit coup de fil.

— Je compte sur vous, Charles… Vous creusez les aspects légaux. De mon côté, je vais poursuivre mes recherches et peaufiner le concept.

Le terme de « concept » avait rassuré Charles. Tout cela était abstrait. Un projet de financement caritatif comme un autre.

Jusqu'à ce que Rupert refasse surface, un mois plus tard. Il manquait d'éléments véritablement sérieux. Il avait entendu parler de cette psychiatre, une certaine

Diane Silver. Une pointure internationale du profilage criminel. Savoir comment travaillait cette femme, ce dont elle avait besoin au juste, permettrait d'orienter la dotation de sorte à ne pas jeter l'argent par les fenêtres.

Bien que ne l'enthousiasmant pas du tout, l'idée d'un stage avec elle avait semblé logique à l'avocat. De surcroît, difficile de refuser quoi que ce soit à un Teelaney.

Pourtant, aujourd'hui, le doute germait. Certes, Rupert était un de ces individus capables de se passionner pour une idée, ce qui expliquait qu'il ait encore fait fructifier la gigantesque fortune familiale. Toutefois, son engouement pour ce projet sidérait l'avocat. Un engouement tel qu'il avait oublié de demander s'il pouvait bénéficier de déductions d'impôts grâce à cette ronde dotation au profit de Quantico.

Une conversation houleuse avec Diane Silver revint à Charles. Teelaney se serait-il mis en tête de former une sorte de milice payée pour traquer – et pourquoi pas éliminer – les tueurs en série ? L'avocat pouffa. Cette folle paranoïaque était en train de déteindre sur lui ! La vision de Rupert, ce charmant myope végétarien, amoureux d'écologie et de méditation, non fumeur, non buveur, bouddhiste convaincu de surcroît, pourchassant des tueurs, aurait eu de quoi faire rire si elle n'avait été si grotesque.

Une hypothèse prit forme dans l'esprit de l'avocat. Il souhaita qu'elle fût infondée, sans doute parce que, dans le cas contraire, elle le décevrait. Dans ce monde de peopelisation outrancière, où des héritières se font photographier ivres mortes à la sortie de boîtes de nuit en vogue, où de vagues chanteuses écartent les cuisses et s'arrosent le sexe de champagne pour donner du boulot aux paparazzi, bref dans ce monde de la vulgarité triomphante, Rupert aurait-il formé le vœu de faire voler en éclats l'élégant anonymat de la famille Teelaney ? Quoi de plus médiatique que les tueurs en série ? Donc le généreux bienfaiteur qui contribuait à leur arrestation ?

Non, aucune de ses supputations ne cadrait avec ce qu'il avait perçu de son richissime client. Il était en train de se faire des nœuds au cerveau pour rien. Cela étant, tout prévoir, tout soupçonner, ne jamais rien croire, n'accorder confiance à personne faisaient partie de son métier.

Rupert s'était lancé dans cette aventure avec passion, parce qu'il était passionné et sans doute parce que l'ennui le guettait chaque jour. Il avait embrassé ce projet avec la même énergie que le bouddhisme ou le végétarisme, allant jusqu'à offrir un pont d'or à un cuisinier français au simple prétexte qu'il avait passé trois ans dans une lamaserie. Rupert avait besoin de s'enflammer pour des projets, de se créer des buts essentiels. Il avait besoin de se sentir indispensable, d'insuffler une urgence à la vie. La cocaïne et l'alcool devenaient superflus.

Fredericksburg, États-Unis, juin 2008

En dépit de l'envie de fondre en sanglots qui lui serrait la gorge, elle adorait ces moments. Fumer une cigarette en buvant un long verre de bon whisky et en détaillant chaque courbe du visage de Leonor, qu'elle connaissait mieux que le sien. Le jeu suppliciant était toujours le même : imaginer à quoi elle aurait ressemblé dans dix ans, dans vingt ans, dans cinquante ans. Elle aurait ressemblé à sa mère, en plus coquette, en moins ridée. Diane le savait. Elle avait eu l'imbécillité de récupérer ce logiciel de reconstitution faciale utilisé par les flics dans les enquêtes sur les personnes disparues depuis des années. L'idéal est de posséder une photo du sujet jeune et une autre de sa mère, plus âgée. Diane avait scanné les deux photos. L'ordinateur avait entrepris de vieillir Leonor. Jusqu'à quarante-cinq ans. Une extrapolation de Diane, en plus jolie, en moins ravagée.

Cinq whiskies plus loin, Diane avait eu l'exécrable idée de teinter les cheveux de sa fille. Leonor n'aurait pas aimé les mèches grises qui ternissaient la chevelure de sa mère. Elle avait poussé l'idiotie ou le masochisme jusqu'à atténuer les rides d'expression qui barraient le front de sa fille. Sans ressembler à l'une de ces pathétiques rigolotes de magazine qui tentent de vous faire gober qu'elles ont perdu trente ans grâce à la méditation transcendantale et aux tartares de poissons gras riches en oméga-3, Leonor aurait pris soin de son look. Un sixième long whisky avait eu raison de Diane, juste après qu'elle eut enregistré la photo retouchée dans un fichier baptisé « interdit », juste avant qu'elle ne glisse inconsciente sous son bureau.

L'odeur âcre du vomi, mélange de sucs gastriques et d'alcool, l'avait réveillée au matin. Une migraine explosait contre ses tempes.

Elle regarda la liste des fichiers énumérés dans le dossier parent « mes documents ». Jamais, plus jamais elle ne pénétrerait dans celui qui s'appelait « interdit ». Sauf le jour où elle aurait décidé de mourir, parce que ce jour-là, il serait la seule chose réconfortante, quoique meurtrière, qui lui resterait.

Elle écrasa son mégot et passa sur sa messagerie. Un e-mail d'Yves l'attendait :

Bonjour ou bonsoir, ma Diane.

L'enquête sur les deux jeunes psychopathes piétine. Je suis certain qu'il est retourné aux États-Unis ou au Canada. Il a terminé ce qu'il avait à faire ici. Nous – les flics français – ne le retrouverons jamais. J'ai appliqué une de tes leçons. Cuisante ! Foutre les gens dans la merde, si c'est la seule façon d'avancer.

J'ai révélé à Sara Heurtel la vérité au sujet de sa fille et de Cyril. Elle n'est pas du genre à se rouler par terre en faisant une crise de nerfs. Trop secondarisée et intelligente pour cela. J'ai, cependant, eu la nette impression que si elle comprenait intellectuellement ce que je lui disais, elle était incapable de l'assimiler émotionnellement. Le vrai choc viendra donc plus tard. Elle me déteste, c'est normal. Je suis celui qui abîme le souvenir de sa fille. Au fond, j'adore l'irrationalité des vraies mères. Il s'agit d'une de leurs qualités essentielles. Ma mère était totalement irrationnelle avec ses enfants. J'adore ma mère. Il ne s'écoule pas un jour sans que je pense à elle, bien qu'elle soit décédée depuis six ans. Quoi qu'il en soit, Sara Heurtel veut te rencontrer. Elle peut venir aux États-Unis à la date qui te conviendra et elle parle parfaitement l'anglais.

Diane, je ne sais comment te l'avouer... J'ai évoqué Leonor. Je m'en veux terriblement. Ça s'est imposé. Me pardonneras-tu ?

Je t'embrasse très fort,

Yves.

Elle lut et relut les dernières phrases, incertaine. Elle détestait que Leonor soit jetée en pâture à des étrangers. Sa fille, l'épouvantable supplice de sa fille, n'appartenait qu'à elles deux. Cependant, Yves n'aurait jamais lancé cette information en matière de conversation, ni même comme atout pour convaincre. De surcroît, et c'était la première fois qu'une telle idée traversait l'esprit de Diane, Leonor pouvait devenir l'emblème d'une juste lutte. Sa fille adorait rendre service, semer la bonne humeur autour d'elle, à l'aune de ses moyens de fillette. Elle se faisait fort d'arroser les jardinières du balcon de Mme Colman que l'arthrose handicapait. Elle sonnait à la porte de l'antipathique M. Crowford parce qu'on ne l'avait pas vu depuis trois jours. Elle s'informait de l'angine de la femme du portier. Tout le monde adorait le petit ange et Diane se demandait parfois avec effroi si elle ne terminerait pas dans les ordres ou quelque obscure ONG, qui, bien sûr, enverrait ses membres dans des pays horriblement dangereux. Diane avait tant imaginé, anticipé, redouté. Tout, sauf ça. Sauf la réalité.

Je te pardonne, bien sûr. Si c'est venu, c'est que tu ne pouvais pas faire autrement, ou que, du moins, tu l'as cru sur le moment. Cela étant, je n'ai pas besoin de me coller une autre mère défoncée au désespoir. Je me suffis et j'ai déjà assez de difficultés à me supporter ! Je ne veux pas la recevoir. Elle ne m'est d'aucune utilité. Tout ce qu'elle peut faire, c'est m'emmerder.

Comment s'est remise mon homonyme de sa gastrite ?

Je t'embrasse.

Silver.

Diane travailla ensuite durant une bonne heure sur son autre affaire en cours. Cet étrangleur de Boston lui posait un problème insoluble. Son profil était si banal qu'un quart des hommes de la ville auraient pu devenir des candidats intéressants. Une aiguille dans une gigantesque meule de foin. Si elle l'avait eu en face d'elle, s'il lui avait dit trois phrases, elle l'aurait immédiatement reconnu. Mais avant qu'on le lui amène, il s'écoulerait du temps, d'autres meurtres de prostituées. À moins qu'il ne se fasse coincer pour un délit, un vol, une conduite en état d'ébriété, une bêtise de ce genre grâce à laquelle on relèverait ses empreintes qui partiraient dans l'AFIS, et qui remonteraient jusqu'à elle. Sans cela, elle n'avait pas grande chance de trouver sa trace. Enfoiré ! Elle le détestait de chaque fibre de son être. Lui, comme les autres tueurs. Le problème, c'est qu'elle était la seule à le détester. Elle ne pouvait même pas en vouloir aux flics qui traitaient cette affaire en seconde urgence. Le type ne s'en prenait qu'à des putes bas de gamme. Celles-là mêmes qui les emmerdaient, qui gueulaient, les insultaient lorsqu'ils les coffraient pour la nuit. Celles-là mêmes qui défendaient leurs souteneurs envers et contre tout. Celles-là mêmes qui dealaient pour se payer leurs doses. Les mecs du Boston Police Department étaient débordés, comme tous les flics des grandes villes. Ils avaient chacun leur obsession d'enquête, un truc inabouti qu'ils ne lâchaient pas et auquel ils consacraient leur temps libre parce qu'ils y avaient laissé un bout de leur âme : une adorable mère de famille qu'on avait butée sur un parking pour lui piquer quarante dollars, un vieux monsieur charmant tabassé à mort par des voyous parce qu'il leur avait tenu tête, une jeune fille violée et étranglée alors qu'elle sortait de sa réunion dominicale à l'église. Bref, de belles victimes, dont tout le voisinage regrettait la perte. Pas des putes qui ulcéraient les gentils citoyens, en dépit du service qu'elles rendaient à la communauté. Étrangement, les flics ne dérogeant pas à la règle, la plupart oubliaient que, s'il n'y avait pas de demande, il n'y aurait pas d'offre.

Le carillon guilleret de sa messagerie la tira de sa contemplation des photos de scènes de crime, qu'elle ne voyait même plus tant elle les connaissait.

Je te comprends, chérie, mais réfléchis : si ma théorie hystérique se révélait exacte, ce dont je doute, mais sait-on jamais, si ce type avait souhaité protéger Sara Haurtel, elle le connaît. D'une façon ou d'une autre, et même si elle l'ignore. Nous n'avons rien pour remonter jusqu'à ce mec et tu le sais. Il est trop intelligent. En d'autres termes, je doute qu'il commette une erreur qui nous mène jusqu'à lui. Le profil psychologique ne nous servira pas. Quoi ? Il a entre trente et quarante ans, il est blanc, intelligent, il a des moyens financiers, et si nous nous fions à la description floue du portier de l'immeuble d'Armstrong, il est grand, cheveux mi-longs au carré et châtain blond à moyen. Ça doit correspondre à environ vingt à trente millions d'Américains, sans même compter les Canadiens de langue anglaise, et il peut être canadien. Tu fais quoi, avec ça ? Je crois que le recours à une enquête de police traditionnelle s'impose. Sara Heurtel est notre seul lien avec lui, à moins que je me plante, ce qui n'est pas exclu.

Ton homonyme est guérie. Elle bouffe comme une vache. Au fond, elle te ressemble un peu. Lors d'une récente promenade civilisée dans les rues de Paris, elle a sauté à la gorge d'un rottweiler dont la tête ne lui revenait pas. Cinquante kilos de muscles plutôt paisibles, mais dangereux quand même, alors qu'elle en pèse dix. Ça n'avait pas l'air de l'impressionner. Une vraie teigne. Je me suis piqué une grosse suée de trouille. Pas elle. La grosse bête noir et feu était d'un calme olympien et se demandait, de toute évidence, ce que cette chieuse de bouledogue lui voulait.

Je t'embrasse, Yves.

Diane alluma une cigarette d'agacement. Il y avait les cigarettes de calme, les cigarettes d'exaspération, les cigarettes de plaisir – les plus rares –, les cigarettes de tension, les cigarettes de réflexion, les cigarettes d'ennui. Une nomenclature précise que seuls les fumeurs connaissent. Elle ne voulait pas rencontrer cette Heurtel. Pour faire quoi ? Remonter avec elle son passé dans les moindres détails, chercher où elle avait pu croiser le chemin du tueur ? Yves était parfaitement capable de s'en charger. Diane n'avait aucune envie du déballage d'une autre insondable douleur. Que cette femme consulte les sites Internet. Il y en avait plein, créés par des parents en deuil qui faisaient un travail formidable en permettant aux autres de raconter leur souffrance extrême. Diane ne voulait pas d'une autre douleur d'enfant. Elle n'avait plus de place pour cela.

Merci de la comparaison : je suis flattée. D'un autre côté, je pourrais sauter à la gorge d'un rottweiler, sauf qu'en bonne sournoise, consciente de ses faiblesses, je l'anesthésie avant !

Je ne tiens pas à voir cette femme. Tu peux t'en débrouiller. Savoir où elle aurait pu rencontrer ce type.

À peine quelques minutes plus tard.

Elle ne me parlera plus. Je t'ai dit qu'elle me détestait. En plus, je crois que s'est formée dans sa tête une équation très classique chez les femmes : aucun homme ne peut les comprendre, parce que aucun homme ne porte les enfants. Elle ne fera aucun effort pour moi. Elle restera murée dans son chagrin. Je pense que s'est créé un lien inconscient dans sa tête. Toi et Leonor, elle et Louise.

La fureur la fit gémir lorsqu'elle découvrit le message et, si Yves avait été à ses côtés, elle l'aurait insulté. Elle tapa, folle de rage :

Quoi ? Qu'est-ce que tu racontes ? C'est quoi cet amalgame de merde entre ma fille et cette tordue de Louise qui voulait buter sa mère et son petit frère ?

Elle reposa sèchement son verre lorsque la réponse arriva, prête à l'affrontement.

Diane, Diane, reste toujours lucide et détachée ainsi que tu me l'as enseigné. Je n'ai pas dit qu'il existait un lien. J'ai dit qu'elle en avait formé un et qu'il pouvait s'agir d'un atout pour nous. Je t'ai également expliqué que Sara Heurtel n'avait pas encore « assimilé émotionnellement » le fait que sa fille ALLAIT la tuer.

Diane, me connais-tu aussi peu, aussi mal ?

Elle relut les derniers e-mails d'Yves avant de lui répondre. Elle perdait les pédales. Tout se métamorphosait dès que Leonor était concernée, adoptant des contours tranchants, blessants. Les réactions de Diane en devenaient viscérales alors qu'elles ne l'avaient jamais été. Avant. Viscérales et stupides.

Pardon. Vraiment pardon. Tu sais, je n'ai rien digéré, rien su atténuer au cours de toutes ces années. Je suis désolée, Yves, tu es la seule personne en qui j'ai confiance, aussi, je te prie de m'excuser, du fond du cœur.

Je veux bien recevoir cette femme, rapidement, si tu l'accompagnes. Préviens-la. Je ne tolérerai aucune crise de nerfs de mère désespérée. Ou elle peut m'aider à coincer le meurtrier de sa fille, ou elle n'a rien d'intéressant et elle repart. Si tu savais le nombre de parents bousillés, qui ne comprenaient rien, qui identifiaient dans un état second les bouts de leur fille ou de leur fils, que j'ai rencontrés au cours de mes enquêtes. Une mère dévastée de plus ou de moins ne changera rien. Je sais tout de la dévastation. Elle s'est insérée dans mon ADN, comme un futur cancer qui n'attend que d'exploser. En revanche, il est hors de question que cette Heurtel me fasse perdre mon temps...

Son téléphone portable vibra. Elle considéra avec dégoût le boîtier argent qui rampait sur son bureau, tel un gros insecte futuriste.

— Allô ?

Diane écouta son interlocuteur qui semblait ravi, comme s'il lui annonçait une bonne nouvelle.

— D'accord. J'arrive. Merci. Je préviens Quantico.

Elle raccrocha et termina son e-mail.

... Un imprévu, je dois partir. Je ne me relis pas. D'accord. TU l'amènes, ça veut dire que TU la chaperonnes et que TU m'évites les crises d'hystérie.

Je t'embrasse fort. Silver.

Diane passa ensuite deux coups de téléphone. Elle s'énerva, sans jamais lever le ton, mais obtint gain de cause en brandissant la menace du déplaisir d'Edmond

Casney Jr. et de Bob Pliskin, qu'elle affirma avoir tenté de joindre. Sans succès. Un gros mensonge. Toutefois, elle n'en était pas à un près. En réalité, s'il l'avait pu sans se faire remarquer, Pliskin lui aurait volontiers fichu des bâtons dans les roues. Casney peut-être aussi. Elle en était moins certaine.

Boston, États-Unis, juin 2008

Le Bell Jet Ranger se posa avec aisance sur la petite piste militaire reléguée aux confins de l'aéroport international de Logan, qui occupe une langue de terre en face de Deer Island. Une voiture du Boston Police Department l'attendait. Son chauffeur, un grand flic noir qui ne devait pas avoir trente ans, l'accueillit avec empressement, s'informant de ses conditions de vol, l'assurant qu'on lui offrirait un café dès que possible.

— Une belle nuit, n'est-ce pas ? commenta-t-il d'un ton satisfait. C'est à Somerville. À cette heure, on n'en a pas pour longtemps. Vous préférez vous installer à l'arrière ou sur le siège passager ?

Diane se fit la réflexion qu'elle aurait tout aussi bien pu être une touriste guidée pour un « *Boston by night* ». À droite le musée des Sciences et le Hayden Planetarium, à gauche, le Massachusetts General Hospital.

— Le siège passager si cela ne vous ennuie pas. Comme ça, vous allez tout me raconter.

Il haussa les épaules, un peu désolé, et l'informa :

— Ben, j'en sais pas grand-chose. Je ne suis pas sur l'affaire. Le central m'a contacté parce que je patrouillais non loin de Logan lorsque votre pilote a signalé son approche.

— Vous patrouillez seul ?

Le beau visage se ferma et son chauffeur baissa les yeux avant d'admettre à voix basse :

— C'est juste pour une ou deux nuits, jusqu'à ce qu'on me trouve un autre binôme. J'avais pas envie de rester chez moi. Mon partenaire s'est fait tirer dessus. Il est au Brigham and Women Hospital. Bordel… je l'ai pas vue venir, celle-là !

Diane Silver le fixa d'un regard interrogateur, sans formuler de question, afin qu'il puisse poursuivre ou se taire, selon son besoin.

— Une querelle conjugale. Le mari n'était pas d'accord pour qu'on lui enlève sa femme des pattes avant qu'il l'achève à coups de poing et de pied. Je lui ai balancé deux tartes. Ça a eu l'air de le calmer. Il s'est affalé sur le canapé… Le temps que Bert appelle l'ambulance, le gars a récupéré un flingue et a tiré. Sur Bert, alors que c'était moi qui l'avais cogné…

Normal pour un tabasseur de femmes, songea Diane. Ces types-là ne s'en prennent pas aux mâles alpha. Ils frappent les chiens, les gosses ou les femmes. Pas les mâles dominants.

— Bordel, j'ai rien vu venir. Il avait l'air amorphe, le mec, m'dame, euh… docteur.

— C'est pas grave.

Elle chercha ce qu'elle pourrait dire pour le soulager un peu de la culpabilité qu'il ressentait. Il s'en voulait de ne pas avoir été capable de protéger son équipier. Elle expliqua :

— Si Bert l'avait calmé de deux baffes, c'est sur vous qu'il aurait tiré.

— Vous croyez ?

— Non. J'en suis certaine.

Sa conviction sembla apaiser un peu le jeune flic. Du coup, la fusillade dont son partenaire avait été victime devenait plus aléatoire, moins de sa responsabilité.

Sincère, il lâcha :

— Merci, m'dame... docteur. On y va ? Je vous dépose juste. Ensuite, je rejoins ma tournée et puis j'irai tenir un peu compagnie à Bert.

— Transmettez-lui mes vœux de bon rétablissement.

— J'y manquerai pas.

Les rues de Boston et de Somerville étaient encore peu fréquentées à cette heure très tardive ou trop matinale. Le *Somerville Olde Motel* devait son nom d'inspiration shakespearienne à l'ensemble de ses quatre parallélépipèdes de béton gris, à ses toits plats hérissés de paraboles et d'antennes, et aux rares plates-bandes jaunâtres et rases, fatiguées par un demi-siècle de pisse de chien.

La plupart des véhicules de police étaient repartis après les premières constatations. Un fourgon de morgue bleu marine patientait dans un coin. Diane aperçut le bout incandescent de la cigarette non réglementaire que fumait son conducteur, toujours installé derrière le volant.

Son chauffeur du Boston PD la fit passer sous les rubans de scène de crime ceinturant le petit parking bordé d'un bâtiment de plain-pied qui abritait une dizaine de chambres. Parvenu sur le seuil de la 6 dont la porte béait, il héla ses collègues, toujours à l'intérieur, les avertissant de l'arrivée du « docteur de Quantico », avant de serrer la main de Diane avec effusion et de murmurer :

— Ça va aller, hein ?

Diane ne sut s'il s'agissait d'une parole de réconfort à son usage ou d'un vœu pour lui-même. Peut-être des deux. Elle hocha la tête en signe d'acquiescement :

— Ça va aller très bien. Merci, officier.

Les deux flics attablés se levèrent à son entrée. Un effort qu'ils n'avaient pas jugé nécessaire lorsque leur collègue les avait avertis de l'arrivée de Diane.

Des petites boîtes en carton de traiteur chinois, une paire de baguettes et un papier marron sulfurisé qui avait contenu un hamburger traînaient sur la table basse poussée dans un coin, en diagonale de la télévision allumée, passée en mode muet. Diane remarqua les cinq canettes de bière que les gars avaient descendues en l'attendant. Ils ne devaient pas être particulièrement réjouis d'avoir dû veiller durant des heures le cadavre qui gisait, ligoté, non loin du lit. Une brune, moins de trente ans d'après ce que Diane voyait de son profil cendreux.

— Sergent Ray Fuller, annonça le plus âgé des flics, un grand mec trop gras dont le col de chemise était auréolé de sueur.

— Sergent John McNally, se présenta le second, trente-deux ou trente-trois ans, l'air un peu plus éveillé que son copain.

Il désigna la victime d'un mouvement de menton et commenta :

— C'est moche. C'est les occupants de la 4 qui ont appelé le réceptionniste. La télé gueulait.

— Hum… Docteur Diane Silver. FBI. On sait qui c'est ?

— Bernice Clayborne, la renseigna Fuller. Dite Chloé. C'est sûr que Bernice, c'est pas top bandant, même pour un pingouin en manque, plaisanta le gros flic. À part ma grand-tante, je connais personne qui porte encore ce prénom-là ! Et je vous assure que ma grand-tante, faudrait avoir faim pour…

— Raymond… il n'y a pas non plus de quoi mouiller, le rembarra-t-elle d'un ton paisible en détaillant son gros bide et son crâne dégarni et luisant avec une moue dont elle força l'écœurement.

Il resta interdit. Jamais il n'aurait pensé qu'une célèbre profileuse de Quantico, docteur en psychiatrie, pourrait sortir des trucs pareils. Pas une seconde, il ne comprit à quel point il manquait de respect à cette pauvre fille qui gisait étranglée et dont le plus grand tort avait été de devenir le pantin sexuel d'un détraqué.

Un silence embarrassé. Le regard de glace passa sans hâte de Fuller à McNally. Diane reprit de sa voix lente, grave et sans émotion :

— Une précision : personne ne me supporte. Vous pouvez sortir toutes les vacheries que vous voulez à mon sujet. Ça ne me dérange pas. Je trouve même cela plutôt amusant. En revanche, ce qui me gêne, c'est votre présence. Sortez prendre l'air. J'ai besoin d'être seule.

Ils la considéraient comme si elle venait de baisser sa culotte. Non. Cela les aurait au moins fait rigoler. Pas son mépris sans hargne.

Après quelques instants de flottement, les deux flics quittèrent la chambre.

Diane soupira de soulagement. Leurs existences à tous deux, dans le même lieu qu'elle, empoisonnaient son cerveau, l'empêchant de penser.

Elle tourna avec lenteur sur elle-même. Un coin du couvre-lit à fleurs mauves sur fond bleu avait été rabattu. En diagonale, deux chaises en plastique moulé gris étaient poussées autour d'une table basse au plateau de Formica noir. Celle sur laquelle les flics s'étaient restaurés. Une odeur de cigarette. Dans le cendrier posé sur la table, des mégots écrasés à angle droit. Ceux de Fuller, sans doute. Les doubles rideaux courts en toile cirée gris anthracite occultaient partiellement la longue fenêtre rectangulaire. Les flics avaient dû les tirer. Le goutte-à-goutte exaspérant d'un robinet au joint défectueux dans la salle d'eau. La moquette rase, grise, elle aussi. À l'entrée de la salle d'eau, une large tache marron clair. Sans doute une ancienne inondation. Plus loin, le sol en carrelage beige. Elle avança de quelques pas et pencha la tête pour détailler la minuscule salle d'eau. Puis elle revint vers le lit.

Son regard se posa enfin sur Chloé. Elle contourna le cadavre de la jeune femme et s'assit sur le rebord du lit, ne la quittant pas des yeux. À l'identique des autres, bras ligotés dans le dos par un collant, jambes serrées en trois endroits par des cordes. Le résidu blanchâtre et vaguement brillant du sperme sec en haut de ses cuisses jointes. Elle gisait sur le ventre, le visage de profil, les yeux ouverts.

Le sourire de Leonor, sa grosse marguerite orange à la main. Diane l'imagina sur le mur de cette chambre de motel, couvert d'une sorte de moquette côtelée, d'un beige grisâtre de poussière.

Elle plongea dans son cerveau, lentement, très. Escortée par le sourire de sa fille. L'écho de la conversation des deux détectives du Boston PD qui papotaient sur le parking s'atténua, jusqu'à ne plus former qu'un murmure insistant mais indistinct.

Elle le voyait. De dos. Comme toujours. Quant au reste, ses expressions, elles s'imposaient à elle.

De taille et de charpente modestes, brun. Cheveux mi-longs ondulés. Il devait avoir un visage d'adolescente ou de jeune garçon. Rien de trop ostensiblement masculin. Il souriait sans doute avec timidité alors que la fille le précédait dans la chambre. Elle commençait aussitôt à l'aguicher. Elle avait tout intérêt à ce que la passe soit rapide, afin de retourner au plus vite dans la rue, à la chasse aux clients. Il la repoussait avec gentillesse, lui indiquant la salle d'eau. Un peu agacée par ce contretemps, elle obtempérait. Diane les voyait tous les deux de dos, alors que la prostituée se dirigeait vers le lavabo en baissant son string. Il tirait une courte matraque de sa poche et cachait sa main armée derrière son dos.

Diane ferma les yeux, exhalant bouche ouverte. Elle n'avait pas besoin de regarder la salle de bains. Deux secondes lui avaient suffi pour la mémoriser à jamais. Le carrelage bleu bébé terni par le calcaire au-dessus du lavabo et sur les cloisons de la douche. Celui du sol, beige. Le rideau en plastique à ramages marron. Le robinet qui gouttait, sans doute depuis des mois, abandonnant une petite flaque ovale de tartre verdâtre sous sa fuite. Le miroir rectangulaire, scellé afin que des clients indélicats ne l'embarquent pas, l'ampoule qui tombait du plafond. Nue, pour la même raison. Le genre d'établissement où l'on paie d'abord et où l'on verse une caution de cinquante dollars en échange de deux draps, d'un demi-paquet de papier hygiénique, de deux serviettes de toilette, sans oublier un morceau de savon.

Diane fixa le profil de la morte, le nez retouché, le masque trop doré du fond de teint, le rouge à lèvres qui avait bavé vers la commissure des lèvres, le fard à paupières beaucoup trop vert pour une brune aux yeux marron.

Les lèvres de Diane remuèrent sans un son : « Regarde-moi, Chloé. Regarde-moi pour que je puisse le voir, pour que je finisse de comprendre. »

Chloé qui s'approchait du miroir, qui levait les yeux. De beaux yeux châtaigne sous le maquillage abusif. Des yeux qui allaient s'éteindre bientôt. Il arrivait derrière elle, dans le miroir. Le regard de Diane descendit vers la chose qui tressautait à son cou. À son cou à lui. Une croix. Une grande croix de bois, dénudée, du genre de celles que l'on distribue lors des pèlerinages ou des rencontres de croyants. Le bras armé de la matraque se levait et s'abattait sur le crâne de Chloé. Un geste contrôlé. Il ne fallait surtout pas qu'elle meure maintenant. Chloé s'écroulait au sol.

La croix qui glissait autour d'un mince lien de cuir.

Dans un jardin public, la main gauche ornée d'une bague de fiançailles et d'une alliance qui se tendait vers Leonor.

Diane se sentit comme arrachée de son cerveau. Elle remonta vers ici et maintenant. La croix du tueur. La bague de la rabatteuse. Des symboles. Elle le savait. Son esprit lui offrait des symboles à déchiffrer. Pas des visions. Dans les deux cas, des indices de normalité, de bonté. Un homme qui ressemble à un jeune garçon et qui porte une grande croix ne peut pas faire de mal, n'est-ce pas ? Tout comme une femme mariée, peut-être mère. Rassurer les victimes. Endormir leur méfiance pour mieux les massacrer.

Elle voulut se lever de ce lit qui la répugnait. Sortir de cette chambre qui lui donnait la nausée. Indiquer d'un geste aux deux flics et à l'employé de l'institut médico-légal qu'elle en avait terminé, qu'ils pouvaient fourrer le corps dans une housse et l'emmener. Pourtant, elle restait là, figée, son regard détaillant chaque centimètre carré de la victime, revenant encore et encore vers la pliure des genoux. Chloé, elle s'appelait Chloé. La dissolution viendrait ensuite. Elle rejoindrait le désert sans fin de ceux qui sont morts. Une famille la récupérerait-elle ou finirait-elle à la fosse commune, à l'instar de tant de ses sœurs d'infortune ?

Diane se secoua. Là n'était pas son problème. Sa mission consistait à coincer son tueur.

Et soudain, elle comprit. Elle comprit pourquoi elle ne parvenait plus à détacher les yeux des jambes ligotées de Chloé.

— Euh… docteur… on peut embarquer le corps ?

Elle leva les yeux vers l'assistant de morgue en blouse gris-bleu foncé. Elle ne l'avait pas entendu grimper les deux marches qui menaient à la chambre. Elle acquiesça d'un signe de tête. Puis, se tournant vers l'un des policiers qui s'encadraient dans l'ouverture de la porte, celui qui avait eu le cœur d'accompagner la défunte d'un « c'est moche », ce McNally, elle dit :

— Détective, j'ai terminé. Vous pouvez me raccompagner à Logan. Je voudrais rentrer à la base au plus vite.

Paris, France, juin 2008

Sara avait tenté de négocier avec Victor, mais le petit garçon était resté inflexible : il l'accompagnait aux États-Unis et si elle croyait qu'il pouvait voir ou entendre pire que ce qu'ils venaient de vivre tous deux, elle se fichait le doigt dans l'œil !

S'ajoutait à la fermeté de son fils l'appréhension qui venait maintenant à Sara dès que le garçonnet s'éloignait d'elle, même pour se rendre au lycée ou à son club d'arts martiaux. Elle finissait par compter les minutes, consultant sa montre vingt fois, se demandant s'il n'était pas en retard, et pourquoi. Si elle ne devrait pas partir à sa rencontre. Chacun des instants sans Victor était semé d'une angoisse lancinante. Et s'il lui arrivait quelque chose ? Elle finissait par se convaincre que seule sa présence à elle, la mère, était capable de repousser les menaces. Quelles menaces ? Elle n'en avait pas la moindre idée. Toutefois, il lui semblait aujourd'hui que le monde s'était transformé en un gigantesque piège, que chaque instant sécrétait des dangers. Elle s'en voulait de son irrationalité, elle qui s'était toujours félicitée de son pragmatisme, et regrettait d'avoir pris ce congé sans solde du labo. Du moins lorsqu'elle s'immergeait dans le travail la sensation que la mort rampait autour de Victor et d'elle s'éloignait-elle un peu.

Et puis, autant l'avouer. Personne ne se précipitait pour s'occuper de Victor, pourtant facile à vivre, au cours de l'absence de sa mère, à l'exception d'une de ses techniciennes de labo qui espérait ainsi que Sara lui donnerait un coup de pouce lors de son concours d'assistant ingénieur. Par crainte des cancans du voisinage, la mère de Sara aurait fini par accepter ce baby-sitting qui ne l'enchantait pas. Sa mère n'avait jamais agi qu'en fonction de ce que Mme Machin ou M. Truc pouvait penser d'elle. Cela étant, elle n'avait jamais eu une passion pour les enfants. Elle le lui avait balancé un jour, sans ambages :

— Ma pauvre chérie, s'il y avait eu la pilule à mon époque, je ne t'aurais jamais eue ! Ton frère me suffisait. Je rêvais d'une vie plus… amusante…

Rien de mieux pour construire un ego de gamine, mais Sara s'en était tirée, comme du reste. Sa mère ne l'aimait pas parce qu'elle était incapable d'amour. Tous les bons points qu'elle s'acharnait à lui rapporter, tous les cendriers en pâte à modeler, toutes les félicitations des jurys académiques, tous ses efforts pour plaire et être aimée n'y changeraient rien. Sara avait simplement mis presque quarante ans à l'admettre. Quarante ans à se sortir de la tête qu'elle était fautive du manque d'amour de sa mère.

De son père, décédé alors qu'elle avait quatre ans, elle ne conservait qu'un souvenir très flou, inventé, reconstitué à partir de quelques photos où il apparaissait souriant. Sur celle qu'elle préférait, il était bronzé, assis en maillot de bain sur une plage. Un vent fort soufflait, qui le décoiffait. Il tendait le bras pour désigner quelque chose au loin. Il riait. Dans son souvenir fantasmé, son père riait beaucoup. Il était très gai. Il lui inventait des tas d'histoires. À cause de la photo. Finalement, elle l'admettait : peut-être était-ce une chance qu'il soit mort si jeune, sans qu'elle l'ait connu. Sans qu'il puisse avoir le temps de la décevoir. Il avait été son talisman, son remède contre sa mère. Et s'il l'avait déçue ? S'il avait été comme sa femme ? Si tout autour de lui s'était peint d'aigreur parce qu'il était incapable d'aimer qui que ce soit ? Sara n'y aurait probablement pas résisté. Elle n'aurait jamais pu résister contre le travail de sape de sa mère avec autant d'énergie.

Victor avait d'ailleurs commenté cette possibilité d'hébergement d'un :

— Ah, non, pas mamie. Tu ne peux pas me faire ça ! Un après-midi, ça va encore. Tu penses à autre chose. Mais plusieurs jours, c'est la dépression assurée ! Je ne veux pas mourir.

— Pardon ?

— Me dis pas que tu n'as pas remarqué. Tout le monde meurt autour d'elle, sauf elle. Son mari, bref, ton père, son frère dont elle s'est occupée, ton frère qui a eu la mauvaise idée de revenir vivre avec elle, tous les chats et les chiens qu'elle a recueillis et qui dégagent en quelques années. Je sais pas… Elle absorbe la vie. Elle déteste la vie…

— Enfin, Victor, tu ne peux pas dire cela de ta grand-mère !

— Pourquoi pas, puisque c'est la vérité ? Tu m'as toujours répété qu'il fallait regarder la vérité en face, non ?

Elle n'avait rien répondu. Il avait raison. Sa mère était mortifère. Tout mourait autour d'elle. Sauf elle.

— Écoute, chéri… ça ne va pas être… simple. Je vais rencontrer cette femme, une profileuse, une psychiatre. Pas facile à ce que j'ai compris. Euh… Sa petite fille est morte… tuée par un dingue…

Elle se détestait de lui parler comme à un adulte, ou presque. D'un autre côté, il était sans doute le plus adulte des individus qu'elle avait fréquentés depuis un moment. À part ce Guéguen qu'elle ne supportait pas. Pour de mauvaises raisons, elle le savait. Victor lui évitait la mièvrerie ambiante, celle contre laquelle on ne peut pas lutter à moins de passer pour une effroyable cynique. « Y a rien de plus magnifique qu'une maman ! » Et si ladite mère est infoutue d'aimer, est-elle toujours magnifique ? « Les enfants, c'est du souci, mais il n'existe pas de plus grande joie ! » Même lorsqu'ils veulent vous descendre ?

— Ben, au moins, je serai là pour te réconforter.

— Victor… Euh… je ne me suis pas beaucoup… assez, occupée de toi… avec la mort de ta sœur et tout cela. Enfin, je veux dire… J'ai un peu, pas mal même, plongé et je n'ai pas prêté grande attention à ce qui se passait autour de moi et… je m'en veux. Je ne sais pas au juste par quoi tu es passé… J'ai l'impression que tu t'es senti obligé de t'occuper de moi. Je… je… je veux dire que si j'avais mieux assumé, comme je l'aurais dû… tu aurais pu être un jeune garçon qui pleure sa sœur au lieu de ramasser ta mère effondrée. Bref, je n'ai pas été à la hauteur.

Le petit garçon sérieux attrapa sa main et la serra très fort dans la sienne, avant de déposer un baiser dans sa paume.

— Écoute, maman… on est d'accord qu'il faut dire la vérité, sauf quand elle n'est pas très nécessaire et qu'elle peut faire de la peine à des gens gentils, c'est bien ça, non ?

— C'est cela.

— Le problème, c'est que je ne sais pas si ça va te faire de la peine.

Elle caressa son front. Un jour, elle avait dû faire un truc exceptionnel, sans s'en apercevoir, pour mériter Victor.

— Vas-y, chéri.

— Euh… Maman… Je n'ai pas eu beaucoup de chagrin, alors t'en fais pas. Enfin, je veux dire… j'ai eu beaucoup de chagrin parce que tu pleurais et que tu prenais tous ces comprimés pour dormir et que tu ne mangeais plus. Mais pour Louise… ben, ça m'a pas fait vraiment de peine. Je l'aimais pas tant que ça, maman. Même avant qu'elle commence à être vraiment gonflante. J'suis désolé de te dire ça. Mais ça vaut mieux. Comme ça, tu vas arrêter de te faire du souci à mon sujet. Y a que toi qui comptes. Louise ou pas Louise, ça fait pas une grande différence. Pour moi.

Sara ferma les paupières. Victor avait-il senti chez Louise quelque chose de pourri, qu'elle-même, sa mère, avait ignoré ? S'agissait-il de l'animosité assez banale entre aînés et cadets ? D'une jalousie vis-à-vis de l'attention de la mère ? Devait-elle se féliciter ou s'inquiéter du peu d'émoi que suscitait en Victor la mort de sa sœur ? Elle était incapable de répondre à ces questions.

Cette femme pouvait l'aider. Cette femme terrée dans un bunker souterrain à l'autre bout du monde. Cette femme qui côtoyait le pire depuis des lustres. Cette femme qui s'était écroulée, mais qui s'était relevée, qui avait décidé de lutter. Jusqu'au bout.

Boston, États-Unis, juillet 2008

Nathan Hunter avait flâné durant des heures, pénétrant parfois dans une librairie, ou dans un des magasins de luxueuses et charmantes inutilités de Beacon Street. Il avait ensuite traversé Center Plaza pour rejoindre sans hâte le North End. Il mourait d'envie de déguster un cannoli au chocolat de chez *Bova's Bakery*, dans Salem Street. Il avait ensuite rejoint Prince Street pour s'offrir un expresso en terrasse, chez *Marco*.

Boston était une de ses villes préférées – une des rares villes des États-Unis où il vaut mieux marcher que rouler – et il avait le sentiment de la redécouvrir après chaque absence.

Installé sous un des parasols bleu marine, il détaillait les passants, les grappes de touristes de toutes nationalités.

Une silhouette coupa son champ de vision, celle d'une jeune femme brune, aux longs cheveux brillants, assez jolie quoiqu'un peu trop maquillée au goût de Nathan.

— Euh, excusez-moi, la table à côté de vous…

— Est libre, sourit-il.

Elle s'assit et commanda un cappuccino.

Elle prétendit s'absorber dans la lecture d'un guide de la ville. Cependant, Nathan sentait les fréquents regards qu'elle posait sur lui.

— Je suis désolée de vous importuner, mais êtes-vous du quartier ?

— Pas du tout. Je viens de New York. Un touriste comme vous, de toute évidence, répondit-il, charmeur, en désignant le guide qu'elle venait de refermer. Vous êtes anglaise ?

Elle pouffa :

— Ah, notre fichu accent ! Il nous fait repérer en deux phrases.

— Je le trouve délicieux.

Elle l'enveloppa d'un regard appréciateur très appuyé. Il lui plaisait. Au demeurant, elle tenait à le lui faire sentir.

Et soudain l'agacement qu'il ressentait depuis des jours le rattrapa. Marre de cette fille, de cette rue, de ces hordes de touristes. Marre de ce badinage crétin de terrasse de café.

Il se leva, la considéra un instant, assez pour lire la surprise, la déception et la vexation dans son regard, et s'éloigna sans un mot. Il descendit Prince Street d'un pas vif et obliqua dans Hanover Street pour rejoindre le John F. Kennedy Federal Building.

Il était sans nouvelles depuis des jours. Pire : il avait le sentiment de n'avoir pas avancé d'un pouce. Cet immobilisme l'exaspérait. Il avait tant à réaliser, si peu de temps pour y parvenir.

Il se heurtait depuis des années au même obstacle, lui qui détestait qu'on lui barre la route. Pourtant, il était certain de tenir enfin la bonne solution. Restait à savoir quand « cette solution » se déciderait.

Règle n° 7 : « Qui triomphe des autres est fort. Qui triomphe de lui-même est puissant », Lao-tseu. Triompher de son impatience.

Remonter jusqu'à eux. Il ne savait pas remonter jusqu'à eux. Une limite extérieure, hors de sa responsabilité, d'une incompétence quelconque dont il aurait été coupable. Il n'en demeurait pas moins qu'elle le freinait, cette lacune. Un sentiment horripilant. Le dernier obstacle, infranchissable pour l'instant, entre lui et son but ultime.

Base militaire de Quantico, États-Unis, juillet 2008

Ils avaient atterri à Richmond en fin d'après-midi. Le voyage depuis Paris avait semblé interminable à Sara et, pourtant, elle n'en conservait pas grand souvenir. Victor semblait également dans une sorte d'état second et avait somnolé presque toute la deuxième moitié du périple, se laissant trimbaler sans protester ni exiger quoi que ce soit.

Lorsqu'ils avaient récupéré leur voiture de location pour remonter l'Interstate 95 jusqu'à Quantico, Sara avait perçu la tension d'Yves Guéguen. Se réjouissait-il à l'idée de revoir enfin son mentor, le Dr Silver, ou redoutait-il l'entrevue qu'il était parvenu à lui arracher ? Au fond, elle n'en avait rien à faire, pourvu que la psychiatre irascible la reçoive, aussi ne lui avait-elle pas posé la question.

Lorsqu'ils étaient enfin arrivés devant le poste de garde devant l'immense grille condamnant l'entrée de la base, la nuit était tombée.

La réceptionniste du bureau d'accueil du Jefferson Building avait longuement vérifié leurs identités, un sourire courtois mais ferme plaqué sur les lèvres. Après trois coups de téléphone, elle avait enfin lâché en leur tendant leurs badges visiteurs :

— Ce sont des passes électroniques qui vous permettent d'accéder à certains endroits du bâtiment, notamment au réfectoire. Vous devez les porter en permanence, de façon très visible. La topographie du Jefferson étant un peu difficile à mémoriser, je vous conseille d'attendre que l'on vienne vous chercher pour vous conduire d'un endroit à l'autre.

— Je devrais me repérer. J'y ai passé un an, avait déclaré Yves d'un ton conciliant.

— Ah… parfait.

Un jeune garde armé les avait ensuite conduits jusqu'aux chambres réservées par le Dr Silver. Deux chambres assez spacieuses, à l'ameublement un peu spartiate, qui communiquaient par une salle de bains.

Le lendemain matin, et en dépit de huit heures d'un sommeil chimique presque comateux, Sara avait le sentiment de ne pas avoir fermé l'œil de la nuit.

Elle se leva sans bruit et s'approcha du lit de Victor. Il dormait à poings fermés. Un remords bien tardif la saisit. Elle n'aurait jamais dû le traîner dans ce pays. Qu'allait-il faire pendant qu'elle discuterait avec le Dr Silver ? Peut-être Yves accepterait-il de le distraire, de l'emmener en balade, à moins que la psychiatre n'exige la présence du flic français durant leur entretien. Étonnant petit garçon : à la fois si joyeux et si réservé.

Sara décida de lutter contre la vague nausée qu'elle ressentait grâce à une longue douche fraîche. Elle entrebâilla la porte de la salle de bains et jeta un regard prudent, peu désireuse de se retrouver face à un colonel dans le plus simple appareil. Rassurée, elle pénétra dans la pièce et remarqua que les portes donnant sur les chambres étaient munies de verrous intérieurs. Elle ôta son grand tee-shirt de nuit et détailla sans aménité la femme qui lui faisait face dans le haut miroir scellé derrière l'une des portes. Elle avait maigri. Ses côtes saillaient sous la peau pâle. Ses cheveux avaient terni et un pli étrange, en petite lune, s'était formé à la commissure droite de ses lèvres. Toutefois, ce fut surtout son regard qui la dérangea, tant il semblait appartenir à une autre. Un regard indescriptible, dans lequel s'entrelaçaient la peur et la colère. Étrange : la peine semblait s'être volatilisée de ses iris.

Elle passa sous la douche. Les larmes qu'elle retenait depuis leur départ de Paris dévalèrent, gouttes se mêlant à d'autres gouttes. Dans l'avion, alors que Guéguen lisait, que Victor dormait et qu'elle fermait les yeux, feignant l'assoupissement, Sara s'était autorisée à admettre. Admettre que l'enfant qu'elle avait porté neuf mois, ne pensant qu'au moment où elle le tiendrait enfin contre elle, songeant à tous les moments de délice qu'Éric, elle et le bébé allaient partager, l'enfant qu'elle avait élevé durant seize ans ne rêvait que de tuer sa mère et son frère. Admettre que Louise n'aurait pas reculé au dernier moment. Cette acceptation avait fait sauter l'ultime verrou qui bouclait le cerveau de Sara. Elle avait alors pris de plein fouet l'évidence qu'elle refusait depuis la visite de Guéguen : Louise devait mourir. Il ne restait qu'une peur à Sara : qu'un jour Victor apprenne la vérité au sujet de sa sœur.

Ils petit-déjeunèrent dans la grande salle. Victor semblait fasciné par tout ce qui l'environnait et jetait des regards furtifs aux tablées de jeunes futurs agents. Guéguen, auquel le silence de Sara semblait peser, relata son année à la base, se fendit de quelques anecdotes divertissantes, se gardant, bien sûr, de relater l'objet véritable de son stage devant l'enfant.

— … c'est un parcours épouvantable qui s'enfonce, sur des kilomètres, dans les bois qui entourent la base. Vous pataugez dans l'eau glaciale, vous glissez dans la boue, vous vous cassez la figure, le tout avec trente kilos de barda sur le dos.

Victor harcelait le colonel de questions. S'efforçant à plus de légèreté qu'elle n'en ressentait, Sara plaisanta :

— Ne me dis pas que tu veux devenir agent du FBI ?

— Ben, ça a l'air super intéressant, avoua le petit garçon d'un ton grave.

Elle termina son café et repoussa son toast à peine entamé.

Yves Guéguen consulta sa montre, hésita, puis proposa :

— Nous avons encore une bonne heure avant le rendez-vous. On fait une petite balade ou on remonte dans nos chambres ?

— Qu'est-ce que tu préfères, chéri ? demanda Sara à son fils.

— Une balade, plutôt.

— Victor, il faudra que j'aie une petite conversation… disons privée, avec ta mère, avant notre entrevue. D'accord ?

— Cool. Je marcherai devant et même que je n'écouterai pas !

Ils contournèrent à pas lents le Jefferson Building et son parking puis obliquèrent dans l'allée qui menait au gymnase. Fidèle à sa promesse, Victor les devançait d'une dizaine de mètres, sursautant parfois, surpris par une déflagration.

— Les champs de tir sont juste derrière, expliqua Yves. Euh… Sara… Diane m'a téléphoné ce matin, aux aurores. Elle tient à ma présence.

— Cela ne me gêne pas.

— Je jouerai le rôle du mignon mouton, poursuivit-il avec un sourire dépourvu de gaieté.

— Le mignon mouton ?

— On met des moutons au milieu de juments ombrageuses. Ça les apaise.

— Ombrageuse ? Ce n'est pas le qualificatif que je m'attribuerais.

— Eh bien, attendez d'avoir rencontré Diane, la mit-il en garde.

— Elle est difficile à ce point ?

— Elle peut l'être.

— Et pourtant, vous semblez l'adorer et la porter aux nues.

— J'ai d'excellentes raisons pour cela, ce qui ne m'empêche pas d'être lucide à son sujet. Euh… Sara…

Ne vous diluez pas. Silver n'a rien à faire de votre douleur. Elle est au-delà. Elle a… visionné la cassette du massacre de sa fille. Trois heures et cinquante-six minutes. La seule raison pour laquelle elle a accepté de vous recevoir, votre unique intérêt à ses yeux tient en peu de mots, assez abrupts : avez-vous, oui ou non, des éléments qui peuvent l'aider dans la chasse au tueur de votre fille ?

— D'accord. (Elle le considéra, le visage fermé, et ajouta :) Ne vous inquiétez pas, colonel Guéguen, je ne ferai pas de crise de nerfs. J'ai bien compris ce que vous m'avez expliqué dans l'avion. Il s'agit d'une guerre implacable et de tous les instants. Contre des tordus qui sillonnent la terre en tuant pour le bonheur de massacrer. Même si…

Elle s'interrompit brutalement.

— Même si… ?

— Rien.

Ce fut au tour du grand flic français de la détailler et elle sut qu'il avait compris ce qu'elle taisait : même si, en l'occurrence, le tueur avait mis un terme à la détermination meurtrière de Louise et de Cyril. Par amitié, il changea de sujet :

— Une des auxiliaires de la base va venir s'occuper de Victor durant notre absence. J'ai tout arrangé ce matin. Elle est d'origine hawaïenne, ce qui explique qu'elle parle très bien le français. Il y a une salle de détente pour les agents, avec quelques livres, des revues et des jeux vidéo.

— Merci. Vous savez… je n'arrête pas d'y réfléchir. Je ne vois pas du tout où et quand j'aurais pu croiser le chemin de ce type… Cependant, je suis prête à tenter n'importe quoi, même l'hypnose, bien que je n'y croie pas beaucoup.

— Diane a fait établir un portrait-robot sur la base des quelques éléments de description qui ont été glanés. Portrait-robot est un bien grand mot si j'en juge par ce qu'elle m'a raconté. « Vague contour » serait plus adapté.

Un garde les avait accompagnés au bureau de Diane Silver. Il avait patienté jusqu'à ce qu'ils pénètrent dans la petite pièce aveugle, leur rappelant :

— Lorsque vous aurez terminé, demandez que l'on prévienne la réception. Le Dr Silver oublie parfois les procédures. On viendra vous chercher… c'est pour éviter que vous vous perdiez.

— Bien sûr, commenta Yves Guéguen, pas dupe.

Sara n'eut même pas le temps de découvrir la psychiatre. Celle-ci se rua vers le colonel et le serra contre elle à l'étouffer en s'exclamant :

— Tu m'as manqué ! Tu as apporté le moka et la cafetière ?

— Ah ! Je savais que j'oubliais un truc important.

— Vilain *frenchie* ! Coup de bol : mon tenace stagiaire d'avocat bien manucuré a dû foncer à Boston pour régler un problème survenu au cabinet. Ça va nous faire des vacances !

Sara perçut l'affection véritable, l'admiration et la complicité qui unissaient les deux profileurs, et s'absorba dans la contemplation de la pièce exiguë pour leur offrir quelques instants de retrouvailles qui ne soient qu'à eux. Un espace vide de toute marque, de tout détail personnel. Au fond, ce néant parut plus parlant à Sara qu'une déclaration. Diane Silver se méfiait de tous et recouvrait ses traces.

Enfin, ils se souvinrent de sa présence et Diane se réinstalla derrière son bureau, sans un mot, fixant Sara avec une intensité désagréable.

— Diane, je te présente le Dr Sara Heurtel, Sara, le Dr Diane Silver. Voilà, les présentations sont expédiées, acheva Yves en se laissant tomber sur une chaise.

Un interminable silence, seulement rythmé par le son de leur respiration et le bourdonnement lointain de l'air climatisé.

Diane prit son cendrier et alluma une cigarette.

— Ce n'est pas interdit ? s'enquit Sara.

— Si. Formellement.

— Je peux… ? hésita la Française.

— Je vous en prie. Nous serons deux à être privées de dessert !

Le silence se poursuivit. Sara se fit la réflexion qu'il ne s'agissait pas de l'un de ces vides hostiles, pesants, tissés de menaces. Plutôt d'une sorte de trêve, lorsque chacun cherche les mots essentiels.

— Je… j'ai insisté pour vous rencontrer… parce que je voudrais savoir… comprendre…, commença Sara dans un anglais à peine mâtiné d'une trace d'accent.

Diane laissa échapper un long soupir, crispa la bouche, comme si elle se demandait ce qu'elle fichait là. Son regard dérangeant se perdit au-dessus de l'épaule de son interlocutrice et elle murmura :

— Quoi ? Savoir quoi ? Pourquoi il a tué Louise ? Pourquoi Louise était psychopathe ? Car c'est le terme qui lui convient.

— Tout. Savoir tout cela.

— Je n'ai pas de réponse, docteur Heurtel. Du moins pas encore. C'est la raison pour laquelle je ne tenais pas à ce que vous fassiez ce voyage jusqu'ici. De deux choses l'une : un de vos souvenirs, un détail de votre vie peut m'aider à remonter jusqu'au tueur, ou alors vous ne me serez d'aucune aide et votre venue était superflue.

Diane tira une feuille du mince dossier jaune pâle aligné à angle droit avec le coin de la plaque de son bureau et la poussa vers la chercheuse. Elle précisa :

— C'est tout ce que nous avons pour le moment et c'est bien peu. Ce… contour vous évoque-t-il quelqu'un ? Il est assez grand, a entre trente et quarante ans, et il est vraisemblablement américain ou canadien. Il aurait les cheveux de châtain clair à châtain moyen.

Sara récupéra le dessin et examina l'ovale d'un visage dont le seul détail était une paire de lunettes sombres, les cheveux coupés en carré un peu effilé. Elle fouilla sa mémoire.

— C'est trop vague. Ça pourrait ressembler à cent personnes ou à aucune.

— Eh bien voilà, docteur Heurtel. Nous sommes parvenus au terme de cette entrevue. Avouez que cela ne valait pas douze mille kilomètres.

Yves Guéguen s'étonna de l'espèce de gentillesse qu'il perçut dans la voix de la profileuse.

— Non… non, murmura Sara, en secouant la tête avec vigueur. Il faut que vous sachiez… J'avoue…

derrière le masque de la mère qui se répète qu'elle doit aimer ses enfants, je n'avais pas une passion pour ma fille. Louise n'avait rien d'attachant, d'attendrissant, et cela dès son plus jeune âge. La lucidité d'une mère est si dérangeante. En tout cas, elle me fait honte. Je vous prie de me croire, parce que je suis allée au bout de moi-même pour accepter cette vérité.

— Je vous crois.

— Ça n'a rien à voir avec le fait que Louise était une fille et Victor un garçon. D'ailleurs, j'ai toujours voulu une fille. En revanche, il est vrai que je suis élitiste. Louise n'était pas intelligente et elle mettait un point d'honneur à refuser d'apprendre, d'aborder quoi que ce soit. C'était une déception, mais j'aurais pu m'en remettre si… si elle avait eu autre chose, de la tendresse, du goût pour un… truc, n'importe quoi. Mais rien. Elle tournait avec délice autour de son nombril. Au début, j'ai été soulagée lorsqu'elle est devenue si proche de Cyril. C'était son premier et son unique ami. Je me suis dit qu'enfin elle s'ouvrait aux autres, que quelqu'un, en dehors d'elle-même, l'intéressait…

— Pour ce que j'en sais, intervint Diane, Cyril et Louise se ressemblaient sur certains points, et notamment le fait que l'un comme l'autre n'étaient fascinés que par lui-même. Ils n'étaient pas amis au sens véritable du terme. Ils étaient chacun le miroir de l'autre. Une caractéristique classique dans ce genre de personnalité.

— En fait… je suis surtout venue afin de vous poser une question. Selon vous… Louise aurait-elle pu sentir que je ne l'aimais que par… on va dire « devoir de mère » ? Est-ce que je suis à l'origine de sa glissade ? Est-ce ma faute ?

— Pourquoi, vous avez fauté quelque part ?

— Je ne le crois pas.

— Alors pourquoi seriez-vous coupable ? Docteur Heurtel, vous êtes une femme intelligente, si j'en crois Yves. En d'autres termes, vous êtes la plus à même de savoir si votre attitude a pu occasionner ou favoriser la déviance de Louise.

— Vous êtes une spécialiste mondialement réputée de… la déviance, justement.

— En effet, et j'ai vu tous les cas de figure en la matière. Je ne sais pas ce qui crée un psychopathe et je doute qu'il existe une réponse simple. Il n'y a pas de réponses fracassantes, limpides.

Un désespoir infini envahit Sara. Ainsi, elle devrait traîner ce doute sa vie durant ? Être rongée un peu plus chaque jour ? Elle sentit le sang s'enfuir de son visage et son front se glacer. Elle ferma les yeux. Au loin, la voix inquiète de Guéguen :

— Sara ? Ça va ?

L'ordre claqua, péremptoire :

— Docteur Heurtel, reprenez-vous ! Épargnez-nous l'évanouissement.

— Mais Diane…, protesta le flic français. Elle va tomber dans les pommes…

— Non, trancha la psychiatre. Elle ne tombera pas dans les pommes parce que ça ne sert à rien, pas plus que les larmes, les cris ou les lamentations, et qu'elle le sait. Elle l'a appris au cours des dernières semaines.

Les phrases qui s'échangeaient autour d'elle parvenaient à Sara comme étouffées par un épais brouillard.

Sauf une : « Ça ne sert à rien. » La Française s'y accrocha. Elle eut l'impression de réintégrer son cerveau.

Diane reprit la conversation où elle l'avait laissée, sans même proposer un verre d'eau à sa visiteuse.

— Toutefois, docteur Heurtel, et bien qu'il me manque des éléments, le ton des e-mails de votre fille était… comment dire… jouissif. Je n'y ai rien vu qui puisse évoquer la jalousie, le désir de vengeance, l'amour blessé ou même le manque du père. Vous n'étiez qu'un objet aux yeux de Louise. Un objet abhorré mais un objet quand même. C'est une tendance fréquente chez les psychopathes : dépersonnaliser leurs victimes. Ce que vous faisiez ou pas n'avait aucune importance à ses yeux. Je ne pense donc vraiment pas que vous soyez responsable de son… basculement, si tant est qu'il se soit agi d'un basculement et pas d'une tendance préexistante. Je ne dis pas cela pour vous apaiser, vous l'aurez compris. Là n'est pas mon rôle.

Un soupir heurté de soulagement. Un peu de couleur revint à Sara.

Diane s'était soudain décidée en faveur d'un demi-mensonge. Elle n'était certaine de rien en ce qui concernait Louise. Toutefois, pour une fois, la compassion et la logique lui avaient semblé préférables à l'indifférence. Louise était une tordue. Elle avait été éliminée du circuit et Diane s'en félicitait. Inutile donc que sa mère se démolisse un peu plus à cause d'elle.

Boston, États-Unis, juillet 2008

Charles Devernois-Klyne pénétra à contrecœur dans le bar du *Four Seasons*, situé non loin de l'Institut d'art contemporain dans Boylston Street, un des hôtels les plus luxueux de la ville. Son regard balaya, sans même le remarquer, l'essaimage de guéridons entourés de profonds fauteuils de cuir, protégés de hautes plantes en pots destinées à préserver l'intimité des clients et la discrétion de leurs conversations. Une décoration parfaitement réussie, habile mélange entre un classicisme de bon ton et une élégante modernité.

Il avança à pas lents vers le bar derrière lequel s'activaient quatre barmen. Il avait cinq bonnes minutes d'avance, pourtant Rupert Teelaney l'attendait déjà, dégustant un cocktail de mangue et de kiwi.

Rupert l'accueillit avec son habituelle gentillesse :

— Comment allez-vous, Charles ? Un verre ? La même chose que moi ou plus agressif ?

— Un whisky.

Un serveur se précipita vers leur table excentrée au premier signe discret de l'héritier et tendit la carte des alcools et apéritifs. L'avocat s'absorba dans la lecture de l'interminable liste des whiskies proposés, répétant son entrée en matière. Percevant son indécision, Teelaney l'encouragea :

— Vous sembliez… réticent lors de notre dernière conversation téléphonique. Les choses seraient-elles difficiles à Quantico ?

Charles avala une longue gorgée du breuvage ambré que l'on venait de déposer devant lui. L'aimable brûlure de l'alcool lui fit du bien.

— Difficiles ? C'est un euphémisme, rectifia Devernois-Klyne d'un ton plus abrupt qu'il ne l'aurait souhaité. Elle s'acharne à me mettre des bâtons dans les roues, à me balader, comme elle dit. Silver. Écoutez, Rupert, je perds mon temps et votre argent. Je suis désolé. Je lui ai expliqué à maintes reprises votre projet de dotation, elle est plus butée qu'une mule.

Il s'en voulait de cet échec, ressassant depuis des jours toutes les conséquences fâcheuses que celui-ci pourrait avoir sur sa réputation et le cabinet. Et, pour être tout à fait franc envers lui-même, il admettait qu'il ne supportait plus cette base militaire, cette Silver et son regard.

— Elle se méfie ?

— Ce genre d'individu se méfie de tout et de tout le monde. Toutefois, je pense que c'est plus pervers que cela. Ça l'amuse. Remporter un bras de fer contre un avocat la fait saliver.

— Ce n'est pas un peu paranoïaque ?

— Non. D'une façon générale, les flics et affiliés ne nous aiment pas. Nous sommes ceux qui font sortir de prison les individus qu'ils ont mis des mois et des années à coincer. Se greffe là-dessus l'histoire personnelle du Dr Silver, ce Rick Ford, pour lequel son avocat a obtenu un non-lieu, alors qu'il était coupable du viol et du meurtre de Leonor.

Devernois-Klyne leva les yeux de son verre et rencontra le doux regard de myope de son client.

— Je suis vraiment désolé, Rupert. Je me suis planté, mais franchement, je ne vois pas qui aurait pu réussir. D'autant que…

— D'autant que quoi ?

L'avocat tourna les yeux vers la salle, cherchant ses mots. L'écho étouffé des conversations des autres tables lui parvenait.

— D'autant que… j'en suis arrivé à la conclusion qu'elle n'avait aucune envie de rendre publique sa méthode. Elle se méfie comme de la peste – et à juste titre – de Bob Pliskin, le secrétaire de Casney. Il lui savonne la planche avec application. Cependant, il n'a pas la carrure. En revanche, si elle lui offre sa façon de travailler sur un plateau, elle perd son atout principal et elle le sait.

— Ah, bien… Voilà qui me rassure un peu, Charles. En d'autres termes, ce n'est pas contre nous, contre notre projet, qu'elle lutte, mais plutôt en interne, pour protéger ses arrières ?

— J'en suis convaincu. Il n'empêche que…

— Non, je vous en prie. Je suis certain que vous vous êtes démené, que vous avez tenté l'impossible. Nous avons peut-être pris le problème et la dame à rebrousse-poil. Après tout, il s'agit d'une diva dans son domaine, sourit Rupert. Une diva doit être traitée avec tous les égards. Il faut que je réfléchisse. En tout cas, soyez assuré, Charles, que cela ne change rien à nos relations amicales et professionnelles.

Base militaire de Quantico, États-Unis, juillet 2008

Peu après qu'ils furent remontés de leur éprouvante entrevue avec Silver, Yves avait invité la mère et le fils dans sa chambre. Il avait préparé un thé pour lui et Sara dans la petite kitchenette, et offert un soda au garçon.

— Notre avion de retour n'étant prévu que dans deux jours, on pourrait peut-être remonter vers New York, en profiter pour faire un peu de tourisme.

— C'est une bonne idée, approuva Sara, le regard perdu devant elle, alors qu'il n'était pas certain qu'elle l'ait écouté.

— Je suis… désolé… Tout ce chemin… pour un visage ovale à lunettes de soleil.

— Vous avez tort. Je voulais vous remercier. Vraiment. Ça fait longtemps que je ne me suis pas sentie aussi… Enfin, j'ai l'impression que j'arrive enfin à respirer un peu… Elle ne pouvait pas me donner de réponse « fracassante », comme elle le dit. Cependant, je suis… soulagée.

Victor détaillait depuis un moment l'ébauche de portrait-robot que Guéguen avait abandonnée sur le petit bureau de sa chambre.

— C'est qui ?

— L'homme que nous recherchons, en rapport avec… Louise et Cyril.

Sara expliqua :

— Ils… les policiers pensent que j'ai pu le croiser.

Bouche entrouverte, le jeune garçon fixait les lunettes de soleil.

— C'est… on dirait un peu cet Américain, maman…

Guéguen bondit vers l'enfant, et le pressa :

— Quel Américain, Victor ? Je t'en prie, c'est très important.

— Celui de quand maman avait pris sa journée. À la terrasse du café. Il a dit qu'il s'appelait Nathan. Il a remarqué le tee-shirt qu'elle venait de m'offrir et a ri en disant : « C'est vrai. La connaissance, c'est le pouvoir. »

— Bien sûr ! cria Sara. J'avais complètement oublié…

— Quoi ? Souvenez-vous ! Les détails, tous ! s'emporta presque le flic.

— Attendez… Il y avait quelque chose de bizarre, au point que ce type m'a tapé sur les nerfs et que je l'ai un peu envoyé balader.

Elle raconta la scène, aussi fidèlement qu'elle le pouvait, parfois aidée par son fils. Guéguen, tendu à l'extrême, la pria de répéter la même histoire à trois reprises. Elle conclut :

— Durant quelques secondes, j'ai cru qu'il me faisait un plan drague, et je n'étais pas d'humeur. Et puis, très vite, un truc dans son attitude m'a détrompée…

— C'était quoi ?

— Je ne sais pas. Il s'est levé et il est parti sans se retourner.

— Il s'est arrêté quelques mètres plus loin, compléta Victor, et il a allumé un cigare.

— Sara… la scène s'est déroulée combien de temps avant…

Il n'eut pas besoin de compléter.

— Moins de deux semaines. (Soudain, une hypothèse ahurissante lui traversa l'esprit :) Vous pensez qu'il voulait se… avant de…

— Se présenter, en effet, acheva Guéguen, lugubre.

Sara se leva et il se fit à nouveau la réflexion qu'elle se tenait très droite, comme prête à résister à un assaut d'envergure. Il intercepta le regard de panique qu'elle lança en direction de Victor, absorbé dans la contemplation du contour du visage de Nathan Hunter. Elle ouvrit la bouche et il sentit qu'elle fournissait un gigantesque effort afin de conserver un calme apparent au seul profit de son fils.

— Chéri… il faudrait que je parle deux minutes avec M. Guéguen…

Victor se redressa et hocha la tête d'un air grave avant de rejoindre leur chambre en traversant la salle de bains.

Elle inspira avec lenteur et demanda :

— Vous croyez que nous sommes en danger ? Je veux dire, vous aviez raison, il nous connaît. Il sait qui est mon fils. Je veux la vérité.

— Je n'en ai pas la moindre idée. Je ne parviens pas à cerner ce type. Il faut que je redescende discuter avec Diane. Je vais lui demander d'envoyer le portraitiste. Vos souvenirs à tous deux vont nous permettre d'affiner son signalement, et de l'expédier un peu partout.

Sara acquiesça d'un signe de tête.

Environs de Boston, États-Unis, juillet 2008

Au volant de sa Chevrolet de location, Diane Silver abandonna l'Interstate 2 pour se diriger vers Athol et emprunta ensuite les petites routes, bordées de noisetiers et de pommiers, guidée par son GPS.

La propriété de Rupert Teelaney Jr. n'était indiquée nulle part, et il avait exigé qu'elle soit retirée des plans aériens consultables sur Internet.

Toutefois, maître Devernois-Klyne avait précisé qu'elle tomberait sur un interminable mur d'enceinte haut de deux mètres cinquante, surmonté d'une rébarbative dentelle de barbelés, et qu'elle n'aurait qu'à le suivre jusqu'à la grille d'entrée.

Elle parvint à destination avec cinq minutes d'avance, une fois n'était pas coutume. Elle avait le sentiment que les petites insolences dont elle était coutumière ne seraient pas de mise aujourd'hui. Elle avait pourtant freiné des quatre fers avant d'accepter cette invitation, en dépit de l'insistance autoritaire d'Edmond Casney Jr.

Trois jours auparavant, le standard de Quantico lui avait passé une communication. Diane s'était étonnée de la précipitation de la réceptionniste qui n'avait même pas demandé si Diane acceptait de répondre, ni décliné l'identité de l'appelant. La psychiatre avait vite compris la raison de cet empressement lorsqu'une voix grave, mâtinée d'une trace d'amusement, avait annoncé :

— Rupert Teelaney Jr. Désolé de vous déranger, docteur… Je crois que nous butons sur un obstacle. Je ne veux y voir qu'un malentendu né d'une explication… disons, maladroite de maître Charles Devernois-Klyne.

— Et s'il ne s'agissait pas d'un malentendu ? avait rétorqué Diane, sans s'embarrasser de formules de courtoisie.

— Que voulez-vous dire ? avait demandé la voix, moins assurée, moins légère.

— Et si j'avais parfaitement compris ce que souhaitait notre bon Charles, mais que vous me cassiez les pieds, vous et votre avocat de luxe ?

Un silence, puis :

— Ouh là, fort peu de gens se permettent ce genre de repartie avec moi.

— Sans blague ? Eh bien, savourez la nouveauté !

— Vous êtes d'une rare agressivité et…

— Monsieur Teelaney, j'ai dû supporter votre petit chien dressé durant des semaines et je vous avoue volontiers que la patience n'est pas une de mes vertus. Au demeurant, je possède fort peu de vertus. Tout ce temps, ledit petit chien a tenté de me rouler dans la farine. Et vous voudriez quoi ? Que je vous en sois éternellement reconnaissante ?

— D'accord ! Nous avons, en effet, un problème relationnel.

— Oh… j'adore les euphémismes ! avait-elle ironisé.

— Écoutez… tout d'abord, pardonnez-moi de vous avoir infligé une… collaboration avec Charles, dont, de toute évidence, vous ne vouliez pas…

Il avait marqué une courte pause. Diane avait attendu la suite avec méfiance, certaine qu'un Teelaney n'offrait ses excuses que fort rarement et qu'il cherchait ainsi à l'amadouer.

— Pourquoi ne pas nous rencontrer, déjeuner paisiblement, bref, faire connaissance ?

La voix calme, grave, avait aussitôt lâché :

— La réponse est non et elle n'est pas négociable. Adieu, monsieur Teelaney.

Elle avait raccroché sans lui laisser l'occasion de répondre.

La réaction du directeur du Bureau ne s'était pas fait attendre. La voix d'Edmond Casney Jr. tremblait de rage lorsqu'il l'avait appelée à peine une heure plus tard.

— Vous avez éconduit, avec une extrême grossièreté, M. Teelaney, docteur Silver !

Amusée sur le moment, Diane en avait déduit qu'il venait de se faire remonter les bretelles par son sénatorial beau-père. Son amusement avait été de courte durée.

— Non, c'est lui qui est grossier de se croire tout permis. Je ne suis pas à ses ordres.

La réponse avait cinglé :

— En revanche, vous êtes à ceux du Bureau, c'est-à-dire aux miens ! J'ai donc accepté pour vous l'invitation cordiale de M. Rupert Teelaney. Il souhaite le… privilège de votre présence au déjeuner. Vous aurez ensuite le temps de discuter ensemble d'une très généreuse dotation de formation qu'il se propose d'accorder à la Base.

Diane avait respiré profondément pour ne pas l'envoyer paître, pour le coup avec « une extrême grossièreté ». Sous l'effet de la rage, elle avait décidé de se faire porter pâle, de poser un lapin à Teelaney, ne serait-ce que pour marquer sa désapprobation. La colère s'était estompée, remplacée peu à peu par une vive curiosité. Teelaney était-il un de ces gosses de riches pour qui « non » n'est jamais une réponse acceptable, un capricieux trop gâté par la vie qui s'obstinait dès qu'il percevait la moindre résistance à son envie ? Au contraire, existait-il quelque chose de plus sérieux derrière son insistance ? Cette devinette avait fini par distraire Diane au point qu'elle avait pris la route, trois jours plus tard, avec une sorte d'impatience.

Elle enfonça la touche de l'interphone de la haute grille en fer forgé blanc. Aussitôt, l'œil de cyclope de la caméra de surveillance scellée en haut du pilier se braqua sur elle.

Une voix d'homme lui parvint :

— Vous êtes ?

— Dr Diane Silver. Je suis attendue par M. Teelaney. Rupert Teelaney.

La voix, plus affable, précisa :

— Vous pouvez remonter dans votre véhicule. On vient vous chercher.

Elle songea qu'elle était assez grande pour poursuivre son chemin jusqu'à la demeure, dont elle n'apercevait rien. Au fond, quelle importance ?

Elle rappela à son souvenir tout ce qu'elle avait pu glaner au sujet de l'homme qu'elle allait rencontrer. Peu de choses en vérité. Les réussites financières et industrielles des trois générations Teelaney remplissaient des pages d'Internet, leurs actions de bienfaisance également. En revanche, la vie privée du dernier rejeton de la prestigieuse lignée se résumait à quelques lignes. Un cursus universitaire un peu baroque dont il ressortait que le jeune Rupert avait été intéressé par la finance, bien sûr, mais également par la philosophie, la théologie et l'écologie. Aucune mention d'épouses, de maîtresses ou d'enfants. Aucun juteux scandale. Un anonymat somme toute assez classique chez les vraiment très puissants de ce monde. Aucune photo récente. D'ailleurs, elle n'en avait dégotté qu'une, datant de ses années de collège. Un blondinet à cheveux très frisés, portant des lunettes rondes, la mine timide. S'ajoutaient à cela les récentes et prudentes confidences de Devernois-Klyne lorsqu'il l'avait informée de son départ, l'air soulagé, avant d'avouer enfin le nom de son commanditaire. Rupert Teelaney, troisième du nom, était non buveur, non fumeur, écolo jusqu'à la moelle, végétarien et bouddhiste de surcroît.

Un petit véhicule électrique apparut bien vite. L'homme qui le conduisait sauta à terre et ouvrit la grille à l'aide d'une télécommande. Il s'avança vers elle, un sourire courtois aux lèvres, et annonça :

— Vous pouvez garer votre voiture juste là, indiqua-t-il en tendant le bras vers un parking ombragé de splendides bosquets de rhododendrons. M. Teelaney ne souhaite pas que des véhicules polluants sillonnent sa propriété.

Diane s'exécuta et le rejoignit en demandant avec grand sérieux :

— Je suppose que la cigarette est donc proscrite en sa présence ?

— Non. M. Teelaney est très tolérant vis-à-vis de ses visiteurs.

— Un homme selon mon cœur, ironisa Diane.

L'autre, qui avait dû épuiser ses réserves de conversation, ne répondit rien et la psychiatre s'absorba dans la contemplation du paysage. Une large allée boisée, qui semblait interminable, sinuait devant eux. Diane se fit la réflexion qu'ils traversaient une véritable forêt et tenta de reconnaître quelques-unes des essences, sans grand succès.

— C'est immense, non ?

— Pas loin de quatre cents hectares.

Une nature luxuriante que, pourtant, on sentait surveillée, entretenue. Des cris d'oiseaux fusaient de tous côtés. Sur la droite, Diane aperçut un couple de chevreuils qui les regarda passer sans manifester d'inquiétude.

— Assez enchanteur, quand on pense que Boston n'est qu'à une centaine de kilomètres à vol d'oiseau.

Son chauffeur sembla apprécier le compliment et se fit plus loquace.

— C'est presque un paradis terrestre, en effet. M. Teelaney a tenu à reproduire un écosystème vivant. Nous avons un tas d'animaux, ici. Attention, pas des fauves capturés, arrachés à leur milieu naturel et exhibés comme des bêtes de foire ! Non, des cerfs, des daims, des chevreuils, des sangliers, pas mal d'espèces d'oiseaux de proie.

— Ça manque de prédateurs. Il y a toujours des prédateurs pour réguler les écosystèmes.

— On a des renards.

— Pour les lapins ou les lièvres, je veux bien, mais je doute qu'ils s'attaquent à un cerf ou à un sanglier. Les cervidés doivent pulluler.

— Les gardes forestiers fournissent chaque année à l'automne la liste des animaux qu'ils ont repérés. M. Teelaney loue les services d'un chasseur professionnel. Lorsque c'est possible, les gars les capturent et vont les relâcher dans les forêts du Montana. Sans cela, ils abattent un nombre déterminé d'individus de chaque espèce. M. Teelaney ne chasse pas.

La nature revue et corrigée par l'Homme, songea Diane avant de compléter pour elle-même : ce qui vaut mieux que la nature exterminée par l'Homme.

Enfin, la maison apparut. Diane s'était attendue à tout autre chose, du moins avant sa conversation avec le chauffeur. Une gigantesque demeure ultramoderne d'un étage, toute de bois et de verre, se dressait devant eux. Elle repéra aussitôt les larges panneaux photovoltaïques intégrés au toit. En dépit de la tendresse qu'éprouvait la psychiatre pour les vieux bâtiments, elle devait admettre qu'il s'agissait d'une réussite architecturale. La maison lui évoquait une élégante nef spatiale.

Le chauffeur, flatté par l'intensité de son regard, expliqua :

— Nous sommes totalement autonomes en matière de production électrique. Énergies alternatives, uniquement, même si un petit générateur conventionnel est prévu en cas de problème. Nous n'en avons jamais eu besoin. Toute notre eau provient de la récupération des pluies. Et pourtant, ajouta-t-il en désignant la vaste forêt et le magnifique parc qui entouraient la demeure, il y a de quoi arroser pendant les grandes chaleurs ! Mais M. Teelaney a fait installer un système automatique d'arrosage goutte à goutte. Aucun gaspillage.

Elle perçut la sincère fierté de cet homme. Il avait l'impression de participer à une œuvre de sauvetage.

— On va manquer d'eau, vous savez ? Enfin, pas nous au nord, mais ceux du sud. Alors, ce serait scandaleux de continuer à faire n'importe quoi pendant que les autres crèvent de soif, pas vrai ?

Elle abonda dans son sens, par conviction, mais aussi parce qu'il lui en apprenait plus sur son patron que tout ce qu'elle avait pu glaner auparavant.

— Je suis d'accord avec vous. C'est bien, ce qu'il fait, ce M. Teelaney. On se dit que l'argent ne va pas toujours à des imbéciles qui le fichent par les fenêtres.

— Ça, c'est la vérité ! En plus, il traite bien ses employés, je peux vous le dire. Pourtant, on est un paquet ici, entre les permanents et les saisonniers ! C'est sûr qu'il est exigeant, mais ça fait plaisir de voir le résultat, parce que c'est jamais pour des conneries de gosse de riches. Là-bas, poursuivit-il en désignant un bosquet touffu, situé à une bonne centaine de mètres sur la gauche, il y a une piscine géniale. Une piscine naturelle. Trois bassins avec différentes couches de sables, de graviers et des plantes aquatiques qui recyclent l'eau en permanence. Pas besoin de coller des produits chimiques. La flotte est d'une pureté, je ne vous dis pas ! Si vous avez le temps et que M. Teelaney l'autorise, je vous la montrerai.

Le véhicule se gara devant l'entrée principale, une immense paroi de verre.

— Venez, je vais vous conduire.

Elle avait encore une multitude de questions à lui poser mais sentit que le moment était passé.

Elle allait rencontrer l'énigmatique Rupert Teelaney Jr., troisième du nom.

Au moment où le chauffeur poussait le lourd panneau de verre, il déboucha d'un couloir, vêtu d'une ample chemise et d'un pantalon, tous deux de lin blanc. Il avança vers elle, remercia son escorte d'un petit mouvement de tête et se fendit d'un large sourire dans lequel elle ne perçut nulle ironie, nul triomphe :

— Je suis honoré, docteur Silver. Je sais que vous êtes une femme d'une rare discrétion.

Elle le détailla. Il était grand, d'une belle minceur, et ressemblait toujours à son portrait d'école. Très frisé, le cheveu châtain plutôt clair, les yeux bleus, intenses et chaleureux derrière ses lunettes de vue.

— Pas du tout. Je suis une vieille sauvage, je n'ai aucun sens de la diplomatie, et encore moins de la politique. Comme vous avez pu en juger.

Teelaney éclata de rire :

— Nous faisons la paire, donc. Suivez-moi, je vous prie.

Elle lui emboîta le pas. Ils traversèrent un vestibule meublé de blanc. Une écrasante blancheur, partout. Un ameublement minimaliste. Aucun tableau accroché aux murs. Blancs. À nouveau, l'image d'une gigantesque nef spatiale s'imposa à l'esprit de Diane. Une nef ouverte de tous côtés sur la nature, sur le vert imposant de la vie.

Les endroits dans lesquels nous avons choisi de vivre nous ressemblent. Diane se souvint de l'un de ses profs, pour lequel elle avait aussitôt éprouvé une sorte d'antipathie instinctive, en dépit de ses manières paternelles et accueillantes. Le Dr Theodore Rankin s'était pourtant montré bon pédagogue et doté d'une capacité d'écoute pour ses étudiants que certains de ses confrères auraient pu lui envier. Cependant, quelque chose de très diffus gênait Diane, sans qu'elle parvienne à l'identifier. Rankin était un des rares professeurs de psychologie à n'avoir jamais exercé. Outre son excellente réputation professionnelle, il passait pour un être débonnaire, bien intentionné, et tous l'appréciaient. Sauf Diane. Elle avait commencé à s'en vouloir de ses réserves injustifiées. Il l'avait invitée un après-midi à venir boire le thé au prétexte que son épouse serait ravie de rencontrer une des étudiantes les plus brillantes de son mari. Lorsqu'elle était arrivée devant le portail de la villa moderne, elle avait aussitôt trouvé la justification à l'espèce de réticence qu'elle éprouvait vis-à-vis de cet homme. Un cube gris de deux étages, percé de rares et minuscules fenêtres protégées de barreaux, ce que ne justifiait certainement pas à l'époque le voisinage de cette banlieue résidentielle de New York. Le jardinet n'était qu'une étendue de gravier. Aucune plante, aucun arbre, pas le moindre carré de pelouse. Une sorte de malaise l'avait envahie lorsqu'elle avait été reçue avec effusion par Mme Rankin. Les lumières étaient allumées dans toutes les pièces en raison de la faible clarté diurne qui parvenait à s'infiltrer par les fenêtres, ou plutôt les meurtrières. L'ameublement du salon avait été un second sujet d'étonnement. Des meubles économes, d'une affligeante banalité. Pas la moindre « signature » des habitants. Ils paraissaient très heureux de la recevoir et elle s'était fait la réflexion qu'ils se ressemblaient comme frère et sœur. Le même sourire, les mêmes manières affables, la même voix douce. Elle savait par la rumeur qu'ils n'avaient jamais eu d'enfants, et s'était demandé s'il s'était agi d'un choix ou d'un infortuné hasard. Et puis soudain, alors qu'elle s'ennuyait depuis une bonne heure, attendant le moment décent pour prendre congé, la solution s'était imposée à elle. Les Rankin n'étaient pas bienveillants et chaleureux. Ils étaient indifférents à tout ce qui n'était pas eux, leur existence étriquée mais confortable, sans heurts, sans engagements, sans périls. Ils s'étaient enveloppés dans une carapace parfaitement lisse sur laquelle le reste du monde glissait, ce monde qu'ils tenaient à l'écart grâce à leurs meurtrières bardées de barreaux. Renfermés sur leur vie, dans leur tête, comme dans le bunker de leur maison.

Au contraire, tout ici respirait l'ouverture, l'invitation, l'absence de crainte. Avec, toutefois, une véhémence étrange. Et puis, l'ouverture sur quoi ? Sur un monde qui appartenait à Rupert Teelaney, dont il contrôlait le moindre aspect, dont il était le maître absolu derrière le haut mur, les barbelés et le système sophistiqué de sécurité ? Diane se morigéna. Elle était en train de construire un profil psychologique un peu prématurément.

Il la précéda dans une immense pièce, dont deux des murs n'étaient que verre.

Trois canapés en lin blanc à assise profonde entouraient une large table basse en béton brut qui soutenait un vase de lys. Rupert Teelaney l'invita à s'asseoir. De hautes bibliothèques en chêne lasuré de blanc couvraient un mur. Elle était trop loin pour déchiffrer les titres des ouvrages qui s'y massaient dans un ordre parfait. Aucun autre objet, si ce n'était un grand bronze déroutant, représentant une femme à genoux, nue, une main masquant ses yeux, l'autre protégeant son sexe. Son hôte suivit son regard et commenta :

— Le cadeau d'une… amie décédée. Elle avait servi de modèle au sculpteur. J'y tiens beaucoup. À l'accoutumée, je n'aime pas le mélange des genres… L'art reste avec l'art, les livres avec les livres, les fleurs avec les fleurs… ce salon est une tolérance personnelle, mon exception. J'y ai réuni la sculpture et les ouvrages qui me sont les plus chers. Le reste se trouve dans une bibliothèque et dans une salle où est exposée ma collection personnelle. Si cela vous intéressait, je pourrais vous présenter mes acquisitions.

— Volontiers. Quant au mélange des genres, nous avons donc deux points communs, plaisanta-t-elle.

— Pourquoi vous déplaît-il ? demanda-t-il en s'installant sur le canapé qui faisait face au sien.

— C'est sans doute une sorte de psychorigidité ou alors la sensation que l'ordre extérieur participe à l'ordre intérieur.

— Vous sentez-vous très ordonnée de l'intérieur ?

— Pas du tout. C'est même souvent le chaos. Peut-être est-ce la raison pour laquelle j'ai besoin d'ordre extérieur.

Il soupira, bouche entrouverte. Elle se fit la réflexion qu'elle ne l'aurait jamais jugé sensuel sans ce soupir.

Elle le fixait, attendant la suite. Il ne détourna pas le regard lorsqu'il murmura :

— Je tiens à ce que vous sachiez que je suis… au courant du… martyre de Leonor. Je préférais vous le révéler.

Pourquoi les larmes lui montaient-elles aux yeux face à cet étranger ? Pourquoi cette soudaine faiblesse face à cet homme dont elle ne connaissait presque rien et certainement pas les mobiles ? Elle s'en voulut, elle dont la cuirasse était si robuste.

— Je ne veux pas parler d'elle, poursuivit-il. Toutefois, je peux parler de vous. Il est clair que je suis incapable de ressentir ce que vous avez enduré. Cela étant, je sais. Je sais, intellectuellement, ce que fut son calvaire à elle, ce que vous avez subi, même si je suis incapable de l'imaginer avec… mes cellules.

Diane bagarra contre la crise de larmes, se détestant de cette réaction inattendue, incompréhensible. Hormis Yves Guéguen, qui lui avait préféré le silence, Teelaney était le premier à comprendre que l'extrême douleur se répand partout à la façon d'un fluide malfaisant. Elle inonde le cerveau, intoxique l'intelligence, envahit chaque rêve, chaque pensée. Elle martyrise chaque cellule d'un corps. On croirait une malédiction acharnée : lorsque chaque fibre pensante ou organique de votre être décide de vous crucifier.

Conscient de son émotion, du fait qu'elle la refusait en sa présence, il se leva et jeta, en se dirigeant vers le mur nu, blanc, qui faisait face à Diane :

— Pardonnez-moi.

Il appuya sur le bouton d'un interphone qu'elle n'avait pas remarqué et lança :

— José ? Le Dr Silver et moi-même souhaiterions boire un verre.

— Tout de suite, monsieur. Pour vous, comme d'habitude ?

— Oui.

— Et pour le docteur ?

Teelaney se tourna vers elle. Elle lui fut reconnaissante des quelques secondes qu'il lui avait offertes afin qu'elle se recompose.

— Un whisky, triple, sec.

— Vous avez entendu, José ?

— En effet, monsieur. Quel whisky ?

Suivit une liste. Diane s'accrocha à la marque qu'elle connaissait le mieux et trancha :

— Un Glenmorangie.

La voix agréable de José résonna dans la pièce :

— Des canapés, monsieur ?

— Parfait. À ma connaissance, le Dr Silver n'est pas végétarienne. Ah, s'il vous plaît, José, apportez un cendrier avec le plateau. Notre invitée fume.

Étrangement, alors qu'elle se foutait des opinions des autres à son sujet, elle lâcha, sans le vouloir :

— Il n'est que dix heures trente… C'est sans doute un peu tôt pour…

— Quelle importance ? l'interrompit-il en se réinstallant en face d'elle. Si autre chose ne vous tue pas avant, vos… mauvaises habitudes le feront et vous le savez. Vous l'avez accepté, peut-être même souhaité. Vous n'êtes pas du genre à geindre lorsque cela vous tombera dessus. Il s'agit donc d'un marché honorable. Vous accomplissez une tâche… une épreuve, plutôt, extraordinairement importante. S'il vous faut l'alcool, le tabac, les neuroleptiques pour y parvenir, pourquoi pas ? Vous pourriez vous taper une ligne de cocaïne devant moi que je n'y verrais rien à redire, parce que je sais par quoi vous acceptez de passer pour protéger de futures victimes inconnues. Vous y laisserez votre santé mentale, ce qu'il en reste, votre peau aussi. Il s'agit d'un choix que je trouve héroïque, dans une société qui ne sait plus épeler le mot. Quant à moi, l'ascèse me convient. J'y mets sans doute une certaine arrogance, je vous l'accorde. Dominer le corps et l'esprit. Il est vrai que je ne sens pas comme vous, même si je sais comme vous.

Elle le détailla quelques instants et posa la seule question qui lui importait :

— Où voulez-vous en venir au juste, monsieur Teelaney ?

— Rupert, je vous en prie.

— Je n'ai pas de goût pour la familiarité, sauf lorsqu'elle me sert, et vous n'avez pas répondu à ma question.

— Trop tôt, pouffa-t-il. Il est encore beaucoup trop tôt. Vous m'avez accordé votre journée. Entière. Enfin… vous y avez été contrainte et je vous en demande pardon… Cela étant, je n'avais plus d'autre option que la coercition pour vous rencontrer. J'en suis désolé, vraiment. Votre chambre est prête si vous acceptiez, pour ma plus grande satisfaction, de prolonger ce délai de grâce. Quoi qu'il en soit, vous ne me connaissez pas encore assez. Je vous permets de fouiller mon esprit pour savoir qui je suis.

— Pourquoi ?

— Parce que Devernois-Klyne a raté la mission que je lui avais confiée. Ce n'est pas sa faute. J'aurais dû m'en douter. J'aurais dû prévoir qu'il ne serait pas de taille. Avec beaucoup d'honnêteté, il a reconnu son échec. Quel imbécile j'ai fait. Comment ai-je pu penser une seconde que ce charmant bourgeois bostonien pouvait vous convaincre de collaborer !

— Il aurait d'abord fallu que je sache à quoi je devais collaborer.

— Quelque chose qui vous tient très à cœur et à moi aussi. Mais plus tard.

José entra, portant un lourd plateau chargé de verres, d'une assiette et d'un cendrier. Il n'avait pas oublié la bouteille de Glenmorangie au cas où Diane aurait envie de se resservir. Elle réprima un soupir en découvrant l'autre verre. Teelaney allait s'envoyer un jus de tomate.

— Merci, José.

Le jeune homme sortit sur un sourire.

Teelaney leva son verre et trinqua :

— À notre fructueuse journée, docteur Silver.

Diane n'avait pas vu passer l'heure qui s'était écoulée. Fidèle à sa promesse, Teelaney avait répondu à toutes ses questions. Il lui avait ouvert son esprit et elle était certaine qu'il ne lui avait menti à aucun moment. Elle avait appris pêle-mêle que sa mère, qu'il avait adorée, était morte noyée dans la piscine familiale, qu'il avait eu un fils d'une brève liaison, que l'enfant vivait avec sa mère, mais qu'il le voyait souvent. Il n'avait pas hésité à lui confier que ses relations avec son père avaient été difficiles, pour ne pas dire conflictuelles. Teelaney père était un despote ne tolérant aucune contradiction et le petit Rupert était avant tout à ses yeux le futur héritier d'un empire, pas un enfant. Il avait ensuite évoqué sa passion pour l'art japonais qu'il semblait connaître admirablement, de Hasegawa Tôhaku de l'époque Momoyama à Sakai Hoitsu de l'époque Edo, en passant par Sengai Gibon, dont les admirables stylisations en quelques traits rendaient la moindre grenouille d'une absolue perfection.

Après un long regard pour le bronze de femme, Diane s'enquit :

— Et cette amie décédée qui a servi de modèle ? Votre mère, peut-être ?

Il écarquilla les yeux de surprise.

— Je reste sans voix ! Comment…

— Je ne sais pas. Peut-être une capacité au mimétisme.

— Ou alors, une intuition ?

— L'intuition existe-t-elle ? Je me demande si ce n'est pas le terme choisi pour désigner un assemblage inconscient de données éparses. Le résultat s'impose brusquement. Comme on n'a pas perçu, suivi le raisonnement de façon consciente, on a le sentiment qu'il tombe du ciel. C'est elle qui a suggéré cette pose ?

— À genoux, une main sur les yeux, l'autre sur le sexe ? Oui.

Elle le considéra un instant en silence. Il ôta ses lunettes, son regard devenant aussitôt flou, un magnifique regard de myope. Le geste ne surprit pas Diane. Ne plus voir durant un instant. Une façon inconsciente de repousser les angles blessants. Elle se contenta d'un laconique :

— Évocateur.

Il affirma dans un sourire triste :

— En effet.

Il avait eu la compassion et l'élégance d'abandonner l'évocation de Leonor un peu plus tôt, aussi lui rendit-elle cette nécessaire courtoisie en changeant de sujet.

— Pourquoi ce… cet engagement en faveur de l'environnement ? demanda-t-elle en se servant un deuxième whisky. Vous croyez que l'on peut sauver la planète ?

— Pas vraiment. Il y a trop d'appétits d'argent, de confort, de pouvoir en jeu. Certains se demandent déjà comment ils vont pouvoir traire la vache à lait de l'écologie. Pour s'en mettre plein les poches. Peu de gens décideront de vivre moins facilement, moins aveuglément. Nous allons procéder ainsi que l'espèce humaine l'a toujours fait : fermer les yeux en attendant que la catastrophe nous tombe dessus. Surviendra une solution technologique – j'en doute – ou alors ce sera le chaos. Notre mince vernis de civilisation ne tiendra pas longtemps quand chacun cherchera à défendre sa peau.

— Une appétence pour les vains combats ?

— Non. Un certain goût pour le panache et puis, voyez-vous, je crois que la grande différence entre nous et l'animal, c'est notre capacité à l'espoir.

— Un leurre redoutable et un des pires poisons de l'esprit, contra Diane.

— Pas toujours. Toutefois, nous comprenons le plus souvent l'espoir de façon passive. Or l'espoir s'aide, se pousse.

— Je croyais que le bouddhisme ne pouvait se concevoir sans une suppression des désirs. L'espoir est aussi un désir.

— Qui vous dit que je désire ? Je ne désire pas, j'accomplis.

De tout autre, la phrase aurait été d'une rare prétention. De la part de Teelaney, elle ressemblait à un constat sans ostentation.

— Monsieur Teelaney, croyez bien que je trouve votre compagnie intéressante et que je n'oublie pas que je me suis engagée à passer la journée chez vous. Cela étant, si nous en venions au fait, à ce que vous attendez de moi ?

— Nous approchons. Le déjeuner sera servi dans une demi-heure. Mon cuisinier devrait vous surprendre. C'est un Français. Il a passé plusieurs années dans une lamaserie.

Elle songea avec regret qu'un T-bone saignant accompagné de frites dorées ne serait sans doute pas au menu.

Roxbury, banlieue de Boston, États-Unis, juillet 2008

Quinze minutes après qu'elle s'y fut engouffrée, il la vit ressortir de l'immeuble décrépit de brique rouge qui s'élevait dans Tremont Street, suivie par son client. Elle devait avoir entre trente et trente-cinq ans. Des racines sombres d'un bon centimètre trahissaient sa fausse blondeur. Une pouffiasse. Une sale pouffiasse. C'est sûr que, dans ce quartier de Roxbury, on ne pouvait guère s'attendre à tomber sur une Julia Roberts déguisée en pute, tout en ressemblant à une fragile pucelle. L'avantage, c'était que les filles étaient moins chères, moins regardantes, et qu'elles faisaient ce qu'on leur demandait. De toute façon, elles étaient toutes tellement défoncées qu'elles se rendaient rarement compte de ce qu'elles faisaient. Il palpa d'un geste machinal le sac en vinyle suspendu à son épaule et sentit au travers l'enroulement soigneux des bouts de corde bleue. Il caressa du doigt l'inscription en feutrine collée : *Viva el papa*. Un des innombrables objets manufacturés pour la visite de Jean-Paul II aux États-Unis en 1987. Il n'avait que sept ans à l'époque, mais il s'en souvenait avec une étonnante acuité. Il en prenait grand soin, de ce sac. C'était un peu son porte-bonheur.

Il attendit que le client s'éloigne sans un regard pour la pute. Elle sembla hésiter, plantée au bord du trottoir, puis se dirigea vers le nord. Un signe. Le motel qu'il avait choisi se trouvait dans cette direction.

Jamais il ne mettrait de préservatif ! Ils vous racontaient que c'était imperméable au virus, mais c'était pour faire vendre. Ils ne l'auraient pas avec leurs bobards. De toute façon, l'idée d'introduire sa queue, couverte ou non, dans les trous répugnants de ces déchets, remplis par tous les débiles qui payaient pour se les taper, lui levait le cœur. Des déchets malfaisants. Ces pouffiasses étaient responsables de l'épidémie de sida. Les pédés, eux, ils se le passaient entre eux. Comme ça, ils claquaient et ça faisait moins de cette engeance qui offusque le Seigneur.

Il accéléra un peu l'allure, obnubilé par l'ourlet de la jupe ultracourte qui couvrait à peine la raie des fesses de la fille. Un frisson d'anticipation l'électrisa. Ah ! ouais, elle allait être bonne, celle-là. Il le sentait. Il parvint dans son dos et la héla d'une voix douce et hésitante :

— Euh… mademoiselle… euh…

La fille se tourna d'un bloc, sans faire l'effort d'un sourire. On ne la payait pas pour cela, mais pour écarter les jambes.

— Ouais ?

— Euh… je ne sais pas si j'ai assez. Je ne suis pas exigeant, remarquez…

Elle détailla le petit gars frêle qui portait des lunettes, ses cheveux mi-longs plaqués derrière les oreilles, son sourire embarrassé. Elle déchiffra l'inscription que portait son sac et remarqua la petite croix d'argent épinglée au col de son polo.

— Vingt dollars. Vingt-cinq si tu veux une pipe.

— Vingt dollars, c'est parfait.

Elle tendit la main et exigea :

— Le fric, c'est avant.

Elle se rapprocha de deux pas pendant qu'il fourrageait dans la poche de son pantalon de toile.

Lorsqu'il leva les yeux en lui tendant le billet, il remarqua que son expression avait changé. D'indifférente, elle était devenue implacable. La fille siffla :

— Non. J'aime pas ton odeur. J'me fie toujours aux odeurs.

— Enfin… je ne sens pas mauvais… je suis propre.

— Lâche-moi, je te dis. J'aime pas ton odeur !

Il lutta contre la fureur soudaine qui lui donnait envie de la tabasser, de l'étrangler là, maintenant. Salope. Pouffiasse ! Il tenta de lui saisir le poignet. La fille lui balança son poing dans l'épaule.

— Barre-toi ! hurla-t-elle en se reculant d'un mouvement vif.

Un grand Noir s'arrêta sur le trottoir d'en face, observant la scène.

Il se demanda s'il s'agissait du souteneur ou d'un connard qui voulait jouer les preux chevaliers parce qu'il n'avait pas encore compris que ces filles étaient une des plaies de l'humanité.

Il tourna les talons, transpirant de haine et tremblant de frustration. Il la maudissait et, de toute façon, elle allait crever du sida ou d'une overdose.

Environs de Boston, États-Unis, juillet 2008

Assez étonnée, Diane le concédait : ce déjeuner végétarien avait été un délice. À la mousse d'œufs aux truffes accompagnée de galettes d'asperges avaient succédé des gnocchis nappés d'une crème légère à l'aneth. Un bouillon de coriandre et de fenugrec avait été servi en fin de repas, à la chinoise, juste avant le dessert. La faiblesse de Diane pour les sucres rapides et le cholestérol avait enfin été satisfaite : un mille-feuille aérien de fines lamelles de nougatine et de mousse de framboise, entouré de petits dés de glace à la rose et à la lavande, s'en était chargé. Au demeurant, les préjugés de la psychiatre contre le cuisinier quasi lama avaient volé en éclats au début du repas, lorsque José avait posé sur le chemin de table blanc une bouteille de montrachet et une autre de gevrey chambertin. De quoi rendre affable la plus acariâtre des profileuses. Elle s'était descendu la seconde, et la première était en voie d'extinction.

— N'importe quel individu normal roulerait sous la table, non ? plaisanta Teelaney.

— Je ne suis pas normale et j'ai pas mal d'entraînement en matière d'anormalité… et d'éthylisme, aussi. Vous ne buvez jamais ?

— Si. De façon très exceptionnelle. En célébration. J'ai, du reste, fait préparer une bouteille de romanée conti pour plus tard. Je l'espère étonnante.

— Car nous allons célébrer quelque chose ?

— Je l'espère, docteur Silver.

Elle ne demanda pas de détails, certaine que sa réponse serait identique aux précédentes : plus tard.

— Il fait un temps magnifique. Je meurs d'envie de vous présenter ma piscine.

— Ah, la fameuse piscine autorégénérante ?

— Un judicieux assemblage de sables, de graviers et de plantes aquatiques qui reproduit le recyclage naturel. Ne vous alarmez pas : le dernier bassin est dépourvu de végétaux, rien de suspect ne vous filera entre les jambes. Nous avons des maillots de bain de toutes sortes dans le pavillon de la piscine. Ça vous tente ?

Elle le considéra un instant et remarqua :

— Pourquoi ai-je l'impression que tout cela a été mûrement planifié ? Dans le moindre détail.

Il rit :

— Parce que vous êtes une femme très intelligente et perspicace.

— On dirait une chasse au trésor. Chaque fois que je découvre un indice, que je résous une charade, j'ai le droit de participer à l'étape suivante.

— C'est exactement l'image qui convient ! s'exclama-t-il. Alors, une baignade ?

— Je ne vais pas résister. Et si le trésor, c'était mon poids en whisky ? Ce serait dommage de passer à côté, ironisa-t-elle sans méchanceté.

Le plan de Rupert Teelaney était limpide. Il l'étonnait, la séduisait intellectuellement en se dévoilant, tout en restant assez mystérieux pour qu'elle veuille en apprendre davantage à son sujet. D'un beau classicisme. Efficace, toutefois.

Tout cela pour qu'elle accepte de collaborer à la dotation qu'il projetait pour la formation à Quantico ? Trop simple. Il pouvait la lui imposer, comme il l'avait fait de la présence de Devernois-Klyne et de son invitation.

De fait, Diane l'admettait : ce type l'intriguait. La chose était assez exceptionnelle pour qu'elle s'en étonne, voire s'en inquiète. Quelque chose allait se produire, elle en était certaine. De façon assez étrange, elle se sentait à l'aise en sa compagnie. Presque aussi bien qu'avec Yves, mais de manière différente. Yves était un complice, un frère, un jumeau, même. Pas Teelaney. Qui, au juste, était Teelaney ? Quelle fonction pouvait-il remplir ? Elle réprima un sourire en se levant pour le suivre. Elle aurait fourni la même réponse que lui : trop tôt !

Il lui expliqua le fonctionnement de la piscine, la menant par le coude d'un bac à l'autre, énumérant les plantes qui s'y développaient avec générosité. Il détailla toutes les réactions biologiques impliquées dans le processus. Diane était séduite par cette ingéniosité qui avait su apprivoiser les symbioses de la vie sans les dénaturer.

— Je vous attends ?

Il désigna un charmant petit pavillon, lui aussi tout de verre et de bois, situé à une cinquantaine de mètres de la piscine.

Elle fourragea dans une penderie, en extirpa deux grandes serviettes mousseuses, un bonnet de bain et un maillot blanc une pièce qui la ferait paraître moins maigre.

Il était vêtu d'un slip de bain noir et avait ôté ses lunettes lorsqu'elle revint. Teelaney ne l'attirait pas physiquement. Aucun homme ne l'attirait plus. Toutefois, force lui était de reconnaître que l'héritier était un magnifique spécimen du genre mâle de l'espèce. Elle ne l'aurait pas pensé aussi harmonieusement musclé sous son ample chemise de lin. En enlevant ses lunettes, il avait perdu un peu de son charme enfantin, gagnant en masculinité. Elle remarqua une sorte de tache sur l'arrondi de son épaule droite. Un tatouage peut-être, bien que la chose l'étonnât. Toutefois, à moins de s'approcher de lui à le frôler, la médiocrité de sa vue ne lui permettait pas de trancher.

— On plonge ? s'enquit-il d'un ton gamin. Il y a deux mètres cinquante de profondeur à cet endroit. Aucun risque.

— Oh non ! Je saute en fermant les yeux et en me bouchant les narines.

Un éclat de rire salua cette sortie. Elle le vit s'envoler telle une flèche et fendre l'eau translucide.

Elle sauta, sans grâce. Ils firent quelques longueurs puis rejoignirent ensemble le bord. Il escalada les marches et lui tendit la main afin de l'aider. Son sourire ne fut qu'à quinze centimètres d'elle. Il la fixait. Son regard bleu profond avait pris une étrange intensité. L'eau avait défrisé et aplati ses cheveux qui paraissaient ainsi beaucoup plus longs et formaient un carré effilé. Quant à la tache sur son épaule, il s'agissait d'un cobra redressé, crachant de colère.

Elle s'immobilisa, ferma les yeux. Le portrait-robot amélioré par les souvenirs de Sara et de Victor. Diane soupira :

— Nathan. Nathan Hunter.

Il se pencha, ramassa l'un des draps de bain et l'en enveloppa en murmurant d'une voix tendre :

— Le moment était venu.

Entre New York et Paris, juillet 2008

Installé sur le siège situé derrière eux, Yves Guéguen relisait – pour la septième fois, avait-il précisé – *Tristes Tropiques*.

L'esprit de Sara errait dans une demi-torpeur, bercé par le ronronnement régulier et anesthésiant des moteurs, le souffle des dormeurs qui l'entouraient. Elle cherchait depuis plusieurs minutes de quelle façon elle pourrait remercier cette femme rencontrée dans les souterrains d'un bâtiment. En deux phrases dénuées d'émotion, Diane Silver avait probablement sauvé la santé mentale de Sara. Maintenant, celle-ci se sentait assez forte et déterminée pour se sortir du reste.

Elle tourna la tête vers le petit garçon qui s'était effondré contre son flanc et dormait, bouche entrouverte. Victor : la justification d'une existence qui ne tenait plus que grâce à lui. Au fond, elle n'en souhaitait pas d'autre. Depuis le décès d'Éric, cinq ans plus tôt, elle n'avait eu que deux amants, rencontrés lors de congrès scientifiques à l'étranger. « Amant » était cependant un terme bien excessif pour désigner une amicale rencontre de peaux d'une nuit ou deux.

Éric : son unique amour. Victor : son unique passion.

Le sommeil la gagna. Elle accepta d'y sombrer.

Victor sentit le corps rassurant, précieux de sa mère s'amollir. Elle dormait, enfin. Il n'avait pas tout compris, mais il savait que la psychiatre rencontrée dans cette étonnante base militaire avait fait du bien à sa mère. Il aimait bien cette psy. Il aurait voulu la rencontrer. À elle, il aurait pu expliquer toute la vérité. Peut-être.

> Quel beau mail, cher sire. La mort est si vibrante. Quel soulagement, quel ravissement j'éprouverais à les tuer. Tous les deux. Je les hais de toutes mes fibres. Cette conne sentencieuse et son avorton de fils. Je pense que je commencerais par elle. Que je commencerai, plutôt. Bientôt. Je m'y prépare, grâce à votre précieux enseignement. Belle nuit, mon doux sire.

Victor avait mémorisé chacun des mots de sa sœur. Tout comme ceux de Cyril lorsqu'il décrivait l'égorgement de sa petite sœur dans une crudité obscène.

Le jeune garçon n'avait jamais cru aux prétendues ventes à la gomme de Louise. De toute façon, elle était tellement daube qu'il doutait qu'elle soit foutue de faire des enchères sur E-bay. Daube et chiante. Méga-chiante. Elle leur pourrissait la vie, à sa mère et à lui.

Lorsqu'elle n'était pas rentrée, cette nuit-là, il avait pensé « bon débarras », jusqu'à ce que sa mère ne parvienne plus à dissimuler son affolement. L'idée que Louise avait magouillé des trucs pas clairs avec son débile de sire Faustus avait traversé l'esprit de Victor. Lorsque Sara s'était rendue au commissariat, il avait foncé dans la chambre de sa sœur et allumé son ordinateur. Le vide de sa messagerie l'avait étonné. Aucun e-mail de son Nosferatu à la noix. Victor les avait vite retrouvés dans la poubelle Internet. Sa sœur était aussi nulle en informatique que pour le reste.

Il avait lu et relu les échanges, se demandant s'il s'agissait d'une plaisanterie vomitive, s'il comprenait bien. Le doute s'était estompé et la terreur s'était installée. Cette salope voulait les tuer, lui et sa mère ! Il avait désespérément cherché un moyen de la contrer, de protéger Sara. Il s'était maudit d'être encore trop petit pour filer une raclée dissuasive à Louise lorsqu'elle rentrerait. Il ne pouvait rien dire à sa mère. Elle ne devait jamais apprendre les plans tordus que mijotait sa propre fille pour l'exterminer. S'il allait voir les flics, même avec le disque dur, ils penseraient qu'il s'agissait d'un jeu macabre d'adolescent. De mauvais goût, mais sans réelle gravité.

Victor l'avait détestée. Il avait pleuré, suppliant pour qu'elle soit morte, qu'elle ne revienne jamais.

Lorsque sa mère, d'une voix tremblante, cherchant les mots les plus inoffensifs, lui avait expliqué que Louise avait été assassinée, Victor avait éclaté en sanglots. De soulagement.

Il expira de bien-être contre le ventre de sa mère. Tout allait bien maintenant. Ils étaient ensemble. Il écouta le souffle régulier de la dormeuse.

Une idée lui trottait dans la tête depuis un moment. Pas simple à rabouter, à formuler. Au fond, ce dont sa mère avait besoin, c'était d'un enfant. Elle devait être convaincue qu'elle protégeait, qu'elle maternait, qu'elle était absolument indispensable à la survie de son petit. En bref, qu'elle n'avait pas le droit de s'affaisser, de se laisser dissoudre. Il ne pouvait donc pas lui raconter le jour où il avait découvert ces e-mails, où la mort, la vraie, s'était dressée devant lui, où les portes de l'enfance s'étaient brutalement refermées, le laissant dehors. En attendant d'être grand, fort et de pouvoir défendre sa mère, il ne lui restait qu'une chose à faire : rester petit pour la réconforter. Rester l'enfant. C'était pour cette raison qu'il devait se taire.

Environs de Boston, États-Unis, juillet 2008

Lorsqu'il lui avait proposé de faire servir le thé dans le salon, elle avait préféré terminer l'excellente bouteille de montrachet.

— Vous n'aurez plus envie de déguster ensuite mon magnifique romanée conti, s'était-il inquiété.

— Envie ? Si ! Le cas échéant, je suis certaine que deux de vos charmants employés pourront me transporter ivre morte dans la chambre que vous aviez fait préparer. Inutile qu'ils me déshabillent. J'ai l'habitude de ne plus en être capable. (Elle fit tourner le précieux liquide dans le verre à haut pied et poursuivit :) Le moment est donc venu, avez-vous dit.

— Hum.

En séchant, ses cheveux avaient retrouvé leur frisure, mais il avait conservé ses lentilles.

Il dégusta à petites gorgées son thé fumant qui dégageait un subtil arôme de mauve.

— Hunter : l'allusion au chasseur, je comprends. Mais pourquoi « Nathan » ?

— C'est le prénom que ma mère avait choisi pour moi. Mon père et ma grand-mère s'y sont, bien sûr, opposés. Tous les premiers mâles Teelaney se nomment Rupert. Toutefois, ma mère était une rebelle, une vraie tare dans cette famille. Elle ne m'appelait que Nathan. Ça les mettait hors d'eux. (Il caressa le bord de sa tasse en raku du bout de l'index et continua d'une voix lointaine :) Il la violait, vous savez ? Lorsqu'elle ne voulait pas, il la cognait – jamais au visage à cause du personnel et des réceptions – et il la violait. Elle tentait bien de se défendre, mais il était fort comme un bœuf, cet enfoiré. Je me faufilais dans l'escalier et dans le couloir. J'écoutais à la porte de leur chambre. Je pleurais, me détestant d'être incapable de l'aider.

— Le bronze est très allusif, remarqua Diane.

— Je crois que c'est à cette époque que j'ai compris ce qu'était une victime. Cela étant, je ne m'en suis souvenu que beaucoup plus tard. (Il hésita, puis :) Ai-je véritablement besoin de vous expliquer le reste, docteur Silver ?

Diane dégusta la fin de son verre et se servit à nouveau, terminant la bouteille avec une moue de regret.

— Quoi ? L'impuissance des victimes ? Leur tragique candeur qui explique qu'elles ne comprennent qu'au dernier moment, trop tard, que le prédateur est sur elles ? Le catastrophique espoir qui leur fait croire que, si elles obéissent, elles seront épargnées ? Je vous l'ai dit : je hais l'espoir. Je m'y suis, moi aussi, accrochée lorsque Leonor…

— J'avais senti.

Elle reprit, comme si elle ne l'avait pas entendu :

— L'ahurissante névrose de ce monde qui entoure le tortionnaire de sa fascination, de sa compassion, même, reléguant son monstrueux « tableau de chasse » au rôle d'exemples, d'illustrations ? Pourquoi croyez-vous que je suis devenue profileuse, alcoolique et accro aux neuroleptiques ?

— Pas pour cette raison, rétorqua-t-il d'une voix douce. C'est la théorie, et elle vient plus tard. C'est là que nous allons découvrir si je me suis planté sur toute la ligne ! Je crois que la véritable raison est une petite fille et votre... pardon... incompétence, inutilité d'alors. Vous vous en voulez mortellement de ne pas l'avoir sauvée, de ne pas avoir été une chasseuse à l'époque, capable de remonter jusqu'à ce tordu pour l'abattre. À temps.

Elle le considéra, bouche entrouverte, le souffle court. Les insultes, la rage, le déni étaient dépassés. Il avait raison.

— Je peux avoir un autre verre, s'il vous plaît ?

— Pensez au romanée conti, conseilla-t-il d'un ton ami en se dirigeant vers l'interphone.

— Un whisky, en ce cas. Ne vous inquiétez pas. Je sais rester lucide jusqu'à ce que ce ne soit plus souhaitable.

— Je vous propose une collaboration. À la mémoire de Leonor et de toutes les autres victimes impuissantes, passées, présentes et à venir.

— Jusque-là, je n'ai pas eu le sentiment que vous aviez besoin de mon aide.

— Détrompez-vous.

Ils se turent pendant que José servait Diane.

Lorsque le jeune homme fut reparti, Rupert reprit :

— Stanley Armstrong a été assez aisé à localiser. Il s'agissait d'un pédophile violent. J'ai retrouvé chez lui des DVD que j'ai fait disparaître. Je n'étais pas encore prêt à vous aborder, car il s'agit d'un très vieux projet. Sur l'un d'eux, la petite fille était poignardée. Après le reste. J'adore les pédophiles parce qu'ils sont repérables lorsqu'on sait s'y prendre. Ils ont besoin de contacts pour se procurer leurs… amusements. C'est grâce au disque dur d'Armstrong que j'ai découvert l'existence du señor Valdez. *Exit*, le beau Constantino.

— Et les deux jeunes Français ?

— Internet, toujours. Je possède un système de veille avec des mots-clefs.

— Similaire à celui de la CIA ? Échelon ?

— Celui de la CIA. Avec de l'argent, on peut presque tout se procurer. Un criblage de mots-clefs. Il suffit de savoir les choisir. Je suis donc remonté jusqu'à ce Cyril Janet.

— Le fameux mentor canadien !

— Raté, ce n'est pas moi. Le mentor canadien existe. Après enquête, j'en suis arrivé à la certitude qu'il s'agit d'un pauvre mec, détraqué, qui se repaît de fantasmes. Du coup, je l'ai gommé de ma liste. Je dispose d'un système informatique ultrarapide, qui me permet de m'insérer sur une ligne d'échange et de copier un e-mail ou un dossier avant qu'il ne parvienne à son destinataire légitime, sans que celui-ci ne s'alerte d'un délai anormal. C'est l'affaire d'une fraction de seconde.

— Pourquoi l'écorchage ?

— Oh, ça ou autre chose…, répliqua-t-il d'un ton détaché. Le but était de vous encourager à croire à l'existence d'un tueur en série, de vous pousser à investiguer et de vous indiquer l'existence d'une… comment dire, gradation. Cyril, Valdez, Armstrong étaient passés à l'acte, dans le genre inacceptable. Leur punition était donc plus sévère que dans le cas de Louise.

— Ne me dites pas que tout cela n'était que des messages à mon intention ?

— Bien sûr que si ! s'étonna-t-il.

La stupéfaction cloua Diane au point de lui faire oublier son whisky.

— Votre réputation d'excellence est de notoriété publique, encore fallait-il que je la vérifie, se justifia-t-il. Il s'agit du projet le plus important de ma vie. Je mets toutes les chances de mon côté, vous ne pouvez pas m'en tenir rigueur.

— J'ignorais que le bouddhisme était compatible avec le meurtre, ironisa-t-elle.

— L'essence du bouddhisme est la suppression des douleurs. D'une certaine façon, je ne tue pas. Je supprime les effroyables douleurs de futures victimes.

— Habile pirouette, commenta-t-elle. Et si je me levais et que j'allais raconter vos confidences à mes petits camarades du FBI ?

Pas le moins du monde troublé, il contra :

— Vous ne le ferez pas. Vous avez besoin de moi et vous m'êtes indispensable.

— Besoin de vous ?

Elle repêcha son whisky et le vida d'un trait.

— Hum. Nous en venons donc à l'objet de notre collaboration. Je ne sais pas remonter jusqu'aux prédateurs. Je vous l'ai dit : les pédophiles sont aisés à traquer parce qu'ils sont, en général, dépendants de réseaux. En revanche, les tueurs en série, le plus souvent solitaires, qui n'ont besoin d'aucun contact pour s'amuser, me sont hors d'atteinte. Vous, vous savez comment procéder. En revanche, je possède une détermination – j'allais dire une passion – et des moyens financiers illimités. Nous sommes les deux composantes essentielles d'un même être qui doivent s'unir pour qu'il parvienne à sa pleine fonctionnalité.

Elle se laissa aller contre le dossier du canapé de lin et croisa les bras. Était-il fou ? Elle n'en était pas certaine. Du moins pas plus qu'elle. Et puis, n'était-elle pas convaincue que seuls des fous capables de s'oublier pouvaient faire changer le monde ? Elle aurait pu réfléchir, peser le pour et le contre durant des heures. Cependant, cela faisait maintenant douze ans qu'elle réfléchissait. Elle connaissait les chiffres qui indiquaient que la loi était insuffisante, débordée par un phénomène auquel elle n'avait pas été préparée, celui des tueurs en série. La loi est faite pour et par des gens qui acceptent, a priori, les règles de la civilisation. Les tueurs en série ne sont pas de ceux-là. La loi avait remis en liberté pas loin de trois cents meurtriers, presque toujours pour vice de procédure. Dont le beau Rick. Un chagrin diffus envahit Diane. Elle avait cru à la loi, parce qu'elle était une femme civilisée qui voulait vivre dans un monde civilisé. La loi avait volé en éclats. D'abord avec Leonor, puis avec tous ces cadavres ou morceaux de cadavres martyrisés dont elle s'était acharnée à retrouver les bourreaux. Et puis quoi ? Elle-même avait tué un prédateur. Sans aucun remords. D'un autre côté, il s'agissait à ses yeux de protéger, seulement de protéger. Il ne s'agissait pas d'envie de meurtre. Sa seule haine était pour cette rabatteuse qui avait conduit Leonor jusqu'à son tortionnaire. Qui était au juste Nathan/Rupert ? Elle l'admettait : il était parvenu jusqu'à elle, jusqu'à ses émotions, avec une facilité qui l'inquiétait.

— Pourquoi devrais-je vous faire confiance ?

— Parce que nous sommes de la même race et que nous poursuivons le même but. De façon certes différente. Nous sommes terriblement seuls, Diane. Il serait suicidaire que nous nous trahissions, ne croyez-vous pas ?

Elle posa une question qui, dans d'autres circonstances, aurait relevé de l'infantilisme :

— Vous aimez tuer ?

Il pouffa :

— Non, je ne suis pas un psychopathe qui se donne de bonnes raisons pour se livrer à son amusement : le meurtre. (Une vague de tendresse lui fit fermer les yeux.) J'éprouve une… comment dire… une tendresse extrême pour les victimes… les enfants et les femmes, surtout. Les animaux, aussi. Ils ne peuvent pas se défendre. Les hommes dignes de ce nom s'en prennent à des êtres de leur force. Les autres attaquent des individus plus faibles pour s'assurer de vaincre. Je veux leur montrer que c'est faux. Je crois à l'Évolution, docteur Silver. On a besoin de peu de mâles pour la reproduction, la pérennité de l'espèce, mais de beaucoup de femelles. Confucius le dit : une seule théière peut remplir dix tasses. À quoi serviraient dix théières s'il n'y avait qu'une seule tasse ? Alors pourquoi y a-t-il presque autant de mâles que de femelles ? Dans l'espèce humaine, je veux dire.

— Pour protéger.

— Voilà ! Pour protéger la femelle qui elle-même protège les petits. Nous sommes devenus une espèce dévoyée. Tordue. Les mâles s'attaquent aux femelles et aux petits. Aux faibles. Et ce n'est ni pour manger, ni pour défendre.

— Non. Nous sommes une espèce assez fabuleuse dont certains éléments sont tordus. Gravement tordus. Aucune autre espèce ne possède d'éléments aussi tordus que la nôtre. Aucune autre espèce ne possède d'éléments aussi géniaux, magiques que nous.

— Nous sommes d'accord. Je vous propose juste de retirer ces éléments gravement tordus du système. De les empêcher de nuire au reste de l'espèce. Vous savez, il existe des psychopathes chez certaines espèces de singes. Ils sont mis à mort par la communauté, par les grands mâles, ou alors exclus au point qu'ils ne peuvent plus approcher à moins de cent mètres du groupe, sous peine de mort.

— Je sais. Cela étant, ce sont souvent des individus dont la mère n'était pas apte. Pas assez vigilante, pas assez autoritaire, pas assez aimante et tendre. Parfois une mère trop jeune, trop immature.

— Ramené à notre espèce, quelle importance ? Les conséquences sont les conséquences et ce sont des innocents qui en font les frais. Doit-on tolérer que le beau Rick ait torturé quinze petites filles ou plus sous prétexte que sa mère n'était pas assez vigilante, pas assez autoritaire, pas assez aimante et tendre ?

— Non. De surcroît, dans notre espèce, ce n'est pas toujours vrai. Ça ne l'était pas dans le cas de Richard Ford. Sa mère est venue témoigner au procès. Un ancien prof d'anglais. Une charmante petite dame qui adorait son fils unique. Elle ne comprenait pas. Elle était dévastée.

Une grosse marguerite orange entre des doigts de fillette. La main d'une femme ornée d'une bague de fiançailles et d'une alliance.

Diane repêcha une clef USB dans la poche ventrale du sac à dos qu'elle avait abandonné au pied du canapé et s'enquit :

— Et ce fameux romanée conti ?

Il se leva et s'avança vers elle avec lenteur. Il saisit sa main et la baisa.

Les cinq photos de scènes de crime étaient projetées sur un immense écran qui couvrait un bon quart du mur de la pièce de travail de Rupert Teelaney. Des photos qui semblaient décalquées. Diane lui avait exposé tous les détails des rapports médico-légaux et de police.

— La dernière remonte à quelques jours, précisa-t-elle en désignant Bernice de l'index. Il va recommencer. La chasse est ouverte. Difficile, je l'admets. Certes, c'est la jungle de l'asphalte. Elle a ses lois. Tout le monde le sait. Les filles qui arpentent le macadam ne l'ignorent pas. Les tordus sont légion, les flics sont débordés, et pour certains au bout de leur résistance nerveuse.

— Que savez-vous de lui ?

— En croisant mes déductions et les rapports : sujet mâle, blanc, entre vingt-cinq et trente-cinq ans, sans doute de taille et de corpulence modestes, vraisemblablement solitaire, force physique médiocre, attitude rassurante, inoffensive, grande liberté de mouvements et d'horaires puisqu'il frappe n'importe quand – donc sans emploi, ou un boulot de livreur, quelque chose dans ce genre –, châtain foncé, cheveux ondulés mi-longs. Sans doute d'une intelligence plus que moyenne, bien qu'organisé, puisqu'il apporte le collant neuf, les cordages, et qu'il repère le motel avait d'aborder sa proie. Complexe d'infériorité, mal à l'aise en société, ce qui va de pair avec son état de solitaire. Impuissant dans des circonstances normales. Une haine évidente pour les prostituées. Ah… important, il n'a pas de casier. Il s'agit d'un profil dont je suis presque certaine, mais qui correspond à tant de gens qu'il n'est pas très discriminant.

— Vous savez autre chose, n'est-ce pas.

Il ne s'agissait pas d'une question.

Un sourire. Une voix paisible :

— Ce romanée conti est une merveille, déclara-t-elle en reposant son verre sur le grand bureau en wengé qui contrastait avec le blanc de la pièce. Que comptez-vous faire pour moi ?

Il la salua de son verre et dégusta une gorgée en fermant les yeux de satisfaction.

— Une belle célébration. Vous permettez que j'allume un cigare ?

— Je vous en prie.

Il alluma le havane sans hâte et exhala une longue bouffée de fumée odorante.

— Nous sommes partenaires. Ce que vous voulez qui ne déroge pas à ma morale.

— C'est comme cela que je l'entends. Je cherche une femme. Une autre aiguille dans une meule de foin. C'est elle qui a amené Leonor vers son tueur. New York, il y a quinze ans. Une très jolie main, longue, jeune, fine. Je crois qu'elle porte une bague de fiançailles et une alliance, mais je n'en suis pas certaine. Il s'agit de symboles que me propose mon esprit. Dans ce cas, le symbole signifie que la femme était rassurante pour une fillette. Un côté qui évoque la mère, la protection, la douceur, je ne sais pas au juste.

— Je peux le faire. Qu'est-ce qui se passe ensuite ?

— Vous m'appelez. Je m'en charge. *J'exige* de m'en charger. Elle est à moi, ne l'oubliez pas. En échange, je vous livre toutes les informations sur le tueur de Boston. Celui-là est à vous.

Il n'eut aucun doute qu'elle tuerait cette femme si elle mettait la main dessus. Une réaction d'humaine dominante, alpha. De mère. Une femelle sans pitié. Il adorait les femelles.

Sa mère était aussi une femelle alpha. Il se souvenait de son rire. Elle n'avait peur de rien. Du moins lorsque son fils unique était concerné. Lui. Elle hurlait, menaçait, frappait. Une folle peut-être. C'était ce qu'on lui avait dit. Mais une folle, folle d'amour pour son fils. Étrangement, elle se défendait à peine lorsque le gros porc la violait.

Elle était morte alors qu'il n'avait que huit ans. Noyée à la suite d'une overdose de cocaïne selon l'enquête. Rupert n'y avait pas cru. Sa mère ne l'aurait jamais laissé à ce monde de dingues. Elle ne l'aurait jamais abandonné à cette barbarie. Bien sûr qu'elle était folle. Le monde rend fou, non ? Et il y avait de quoi devenir dingue entre un mari despotique et violeur et une belle-mère qui haïssait toutes les femmes qui approchaient son fils. Un mal nécessaire pourtant, puisqu'il leur fallait l'héritier.

Sa mère ne l'aurait jamais laissé seul. De cela il était certain. Ils l'avaient tuée. Son père et sa grand-mère. Rupert ignorait comment, mais ils l'avaient tuée. Elle savait trop de choses au sujet de l'empire Teelaney pour que son père prenne le risque de divorcer. Le jeune Rupert avait alors compris qu'il devait faire profil bas parce qu'ils étaient capables de tout. Jouer l'héritier parfait, celui du père. Il s'y était employé.

Ils avaient tué sa mère. Dans la piscine. Rupert savait qu'elle ne se droguait pas ou plus. Elle aimait son bébé. Elle n'avait jamais aimé que lui. Ces deux ordures l'avaient plombée, la rendant responsable de tonnes de choses qui n'existaient pas. Ils l'avaient fait passer pour une idiote toxicomane et alcoolique, incapable de s'occuper de son fils. De l'unique héritier dont ils avaient fait vérifier, légitimer les gènes pour être certains qu'il s'agissait bien de ceux du père.

Ils l'avaient noyée dans la piscine.

Au matin, Rupert l'avait découverte, flottant sur le ventre, ses longs cheveux blonds formant comme un voile autour de sa tête.

— Vous allez la tuer ? demanda-t-il d'une voix suave.

— Quoi d'autre ? Une femme qui livre une fillette à un tueur pour qu'il la viole, la torture, la dépèce, la tue en trois heures et cinquante-six minutes n'a, à mes yeux, aucune circonstance atténuante. Il n'y aura pas de procès, j'y veillerai. Des avocats futés seraient encore capables de sortir une histoire où elle aurait vu son père se masturber, ce qui l'aurait traumatisée à vie, expliquant le reste ! Qu'on arrête de me gaver avec les psychoses. De toute façon, les psychotiques ne sont pas des malades mentaux, pas des irresponsables. Des innocents n'ont pas à mourir au prétexte qu'ils ont eu la malchance de les rencontrer. Elle a choisi ? JE choisis. Mon choix ? Elle meurt. Sans procès interminable, sans appel.

— Avez-vous envie de la torturer ? demanda-t-il comme s'il s'agissait d'une banalité.

Diane sourit, amusée de cette question parce qu'elle s'était posé la même durant des semaines. Elle s'était imaginée, utilisant un scalpel ou un chalumeau, comme le petit camarade de cette femme lorsqu'il avait martyrisé Leonor. Diane aurait pu le faire : elle était au-delà de la compassion en ce qui concernait la rabatteuse. Mais non. Elle n'y aurait trouvé qu'un gigantesque dégoût. Aucun soulagement, aucune rétribution. Elle voulait juste tuer cette femme pour mettre un terme à l'histoire de Leonor. Il lui semblait que son parfait petit ange ne pourrait pas reposer avant.

Ne t'inquiète pas, ma chérie. Maman va s'en occuper. Dors, chérie, dors. Maman est là.

— Non, mais j'y ai pensé.

Il renversa la tête vers l'arrière en souriant. Diane songea qu'il était très séduisant. Peut-être un psychopathe, lui aussi. Néanmoins, elle n'en avait rien à foutre tant qu'il pouvait l'aider. D'autant que la définition de la psychopathie, bien que floue, ne convenait pas plus à Rupert qu'à elle. Tous deux étaient capables d'aimer et de différer leurs satisfactions immédiates. Tous deux ne déviaient pas de valeurs morales, les leurs : protéger des innocents qui ignoraient encore qu'ils allaient devenir des victimes.

— Ah… Nous avons une mission à accomplir. Faire mal, de façon gratuite, serait la preuve de notre impulsivité, de notre impuissance. Or nous sommes des êtres puissants, n'est-ce pas ?

Elle se demanda un instant s'il cherchait à s'en convaincre. Quant à elle, elle en était certaine : elle était puissante. Au début, elle avait été impuissante et son bébé était mort. À la vérité, elle était coupable du calvaire de Leonor parce qu'elle avait été infoutue de la défendre. Juste après la disparition de sa fille, elle, la mère, avait obéi, aux flics, à son père, à ses amis. Elle avait attendu, en se rongeant les sangs. Pendant ce temps-là, un tordu avait supplicié son bébé. Elle aurait dû partir en chasse tout de suite. Elle aurait dû le traquer pour le tuer, sauver Leonor. Pas rester chez elle à sangloter devant son téléphone. Elle aurait dû être une femelle impitoyable au lieu d'une femme bien élevée. Tout cela était terminé. Le vernis civilisateur avait craqué. Diane en était très satisfaite.

Un vieux souvenir la bouleversa. Cette rate. Une fureur de vingt centimètres de long qui ne craignait plus d'attaquer une humaine d'un mètre soixante-dix. Diane, jeune fille, avait trouvé un nid dans le garage de ses parents. La rate avait arraché des bouts de ce qu'elle pouvait, isolant, vieux vêtements, parasol, journaux pour construire un havre confortable à ses petits. Lorsque Diane avait découvert les cinq ratons couinants, la mère était absente. Elle avait décidé de les euthanasier avec un peu d'éther, dans un sac en plastique. Ils faisaient tant de dégâts. Au moment où elle plongeait le dernier raton dans le sac bleu marine, saturé de vapeurs mortelles, la rate avait surgi. Diane avait compris que la femelle était prête au combat pour récupérer ses petits. L'humaine, inquiète, avait saisi une clef à molette sur l'établi de son père. La rate la fixait, tassée, son regard passant du sac où ses petits achevaient de s'asphyxier aux yeux de la femme. Elle n'avait pas peur. Pas peur de mourir. Elle était folle de haine. Elle cherchait juste le meilleur angle d'attaque. Sauter au visage de l'humaine, de la tueuse de ses bébés. Diane avait compris tout cela. Une immense admiration pour cette femelle l'avait envahie. Elle s'était reculée vers la porte du garage, sans quitter l'animal des yeux. Elle l'avait ouverte en lâchant :

— Sauve-toi. Sauve-toi parce que je vais être forcée de te tuer. Va faire tes bébés ailleurs. Je te jure que même si je les trouve, je ne les tuerai pas.

La rate avait hésité. Après un dernier regard pour le sac en plastique, elle avait filé.

Diane était devenue cette rate. En beaucoup plus grande, en beaucoup plus retorse, en beaucoup plus redoutable.

— Vous avez raison, monsieur Teelaney. Nous sommes puissants parce que nous n'avons plus peur. Vous savez ce qu'est la peur ? C'est l'idée de notre propre mort. Une fois que vous avez décidé que vous n'en aviez rien à foutre, mais que vous n'alliez pas en faire cadeau, il n'y a plus de peur.

— C'est tellement juste !

— Je veux que cette femme meure. Si je dois y laisser ma peau, ce n'est pas important, pourvu qu'elle meure et qu'elle sache pourquoi elle meurt : pour Leonor. Si… je n'étais pas à la hauteur de ma tâche… auriez-vous la bonté de la mener à bien pour moi ? Pas avant.

— Bien sûr. Qu'avez-vous au sujet de cette femme qui puisse faciliter mes… recherches ?

Elle se pencha vers le clavier et ouvrit un autre fichier.

— Peu de choses. Grave erreur de ma part. Je n'ai eu que très récemment… la certitude qu'elle existait. Tout ce que vous trouverez là-dedans ne concerne que lui, le tueur, Richard Ford, le beau Rick ! Des détails hors enquête que j'ai glanés à son sujet, après le meurtre de Leonor, après le non-lieu, juste avant l'immense service rendu par ce dealer qui l'a abattu. Les restaurants et les cafés qu'il fréquentait, ses magasins préférés, ce genre de choses.

— Donc, vous pressentiez déjà que… l'histoire n'était pas terminée ? Fascinant.

— Sans doute mon cerveau savait-il que la conclusion était incomplète.

— Une deuxième chasse commence donc. Un autre verre ?

— Volontiers. Je crois que je vais accepter votre offre d'hébergement pour la nuit.

— J'en suis ravi et flatté. Qu'avez-vous d'autre sur ce tueur de prostituées ?

— Une certitude et une conviction que je me suis gardée de partager avec les deux agents chargés de l'enquête.

— C'est un signe. Vous sentiez que vous alliez les offrir à votre partenaire, avant même de le rencontrer. Moi.

Plaisantait-il ?

Diane fit réapparaître la mosaïque des photos de scènes de crime.

— Regardez bien. Je vous aide : ne vous préoccupez pas des différences physiques entre les victimes. Concentrez-vous sur la mise en scène. Elle a l'air identique ? Erreur ! Je vous accorde que j'ai longtemps buté, moi aussi…

Rupert, le visage tendu, s'avança vers l'écran géant.

— Toutefois, avant la certitude, je vous expose ma conviction. J'ai imaginé le tueur portant une grande croix austère en bois. Encore une fois, il s'agit d'un symbole formé par mon esprit. Il doit avoir, porter, que sais-je, quelque chose qui renforce son image innocente, rassurante, inoffensive. Il recrute ses victimes parmi les prostituées bas de gamme des quartiers à risque. En d'autres termes, des filles plus que méfiantes et qui n'ont aucune illusion sur la bienveillance du monde. Pourtant, il parvient à les entraîner dans des motels qu'elles ne fréquentent pas.

Rupert Teelaney ne quittait pas l'écran des yeux. Il murmura :

— J'adore votre cerveau !

Cette déclaration la fit sourire. Agacé, il poursuivit :

— En revanche, le mien me déçoit ! Je ne vois rien de dissemblable, docteur Silver.

— Les nœuds.

— Pardon ?

— Détaillez les nœuds des cordes et du collant. Ceux des poignets et des jambes.

Dans le pesant silence qui suivit, elle sentit sa concentration.

— Mince… je donne ma langue au chat ! s'exclama-t-il, exaspéré, en se tournant vers elle.

— Il est ambidextre. Un véritable ambidextre, et ils ne sont pas si fréquents que cela. Il existe, en revanche, plus d'ambidextres latéralisés.

— Ce qui signifie ?

— C'est le lobe gauche du cerveau qui dirige la main droite, le droit qui contrôle la main gauche. Les ambidextres latéralisés sont des sujets qui effectuent de façon systématique un geste de la main droite et un autre de la main gauche. Par exemple un individu qui lève son verre de la main gauche, mais qui écrit de la main droite. Ce sont, le plus souvent, des gauchers qui, par la contrainte, ou pour se fondre dans le groupe, ont appris à se servir de la main droite pour certaines actions. Le cas du tueur est très différent. Il fait le même geste des deux mains, aussi bien. On prétend que ce n'est pas souhaitable d'un point de vue psychologique.

— Pourquoi ? Au moins, s'il se fracture un poignet, il peut se servir de l'autre main !

— C'est logique, énoncé comme cela. Toutefois, certains psychologues pensent que cette ambidextrie véritable n'aide pas le sujet à se déterminer plus tard dans ses actions. Cependant, des exemples célèbres rendent cette théorie sujette à caution. Je doute que le Dr Schweitzer, prix Nobel, ait éprouvé des difficultés à se déterminer !

Diane se rapprocha à son tour de l'écran et désigna les deux premières photos de l'index :

— Ici et là, tous les liens ont été noués par un droitier. Selon moi, c'est la raison pour laquelle les flics sont passés à côté. Si tant est qu'ils aient vérifié. Quoi qu'il en soit, le légiste de l'institut médico-légal a dû s'en préoccuper, du moins lors de la première autopsie. C'était un droitier, donc c'était un droitier. Inutile de chercher plus loin.

Fasciné, Rupert se rapprocha de l'écran à la frôler. Il mima le geste de lier deux extrémités d'une corde.

— Ah… là, sur la troisième, les nœuds du haut des cuisses et des poignets sont à l'envers !

— Pour un droitier, rectifia Diane. Sur la quatrième, toutes les entraves des jambes sont faites à gauche. Et sur la dernière, seul le nœud qui retient les genoux a été réalisé par un gaucher.

— La meule de foin vient de se réduire de façon substantielle, soupira-t-il, satisfait.

— D'autant qu'il existe des associations qui regroupent les ambidextres.

— Vous avez précisé qu'il s'agissait d'un solitaire. Il devrait au contraire fuir les groupes et les réunions, non ?

— Un solitaire, en effet. Toutefois, je le vois comme un être qui veut avoir raison, se justifier à ses propres yeux. C'est très fréquent chez les psychopathes. En d'autres termes, il ne fait rien d'anormal, il est « normal », dans la norme, comme les autres. Donc, il n'est pas vraiment coupable. Une association est idéale pour ces sujets. On y rencontre des gens qui partagent une particularité avec soi et qui sont « normaux », mais qu'on n'a pas à fréquenter en dehors des réunions.

— Brillant, mais chuuuttt ! l'interrompit-il avec gentillesse, un doigt barrant ses lèvres. Vous empiétez sur mon travail de chasseur. Je dois vous prouver que je suis à la hauteur.

— Ça marche ! (Elle leva son verre et avala une longue gorgée du vin précieux.) Bien… Je n'ai plus besoin de ma lucidité. Je vais donc me laisser glisser dans l'ébriété.

Environs de Boston, États-Unis, juillet 2008

Immobile, assis en tailleur au centre de l'arène de trois mètres de diamètre, Rupert/Nathan revint à la réalité. Son rythme respiratoire s'accéléra. Il se sentait régénéré, comme chaque jour, par ces séances de méditation durant lesquelles il plongeait au plus profond de lui, paisible, en harmonie avec l'univers.

Il se leva et épousseta d'un revers de main le sable qui collait à ses cuisses.

Il se rapprocha du mur tapissé de hauts vivariums et contempla ses partenaires de combat. Le *Crotalus adamanteus* digérait depuis deux jours. Le *Crotalus durissus terrificus* s'était enroulé autour d'une pierre décorative, parfaitement immobile, au point d'adopter sa minéralité. Il exhala d'admiration devant le serpent qui était devenu une sorte de fétiche : son cobra égyptien de quatre mètres de long. Le *Crotalus atrox*, le dernier combattant tombé au champ d'honneur, venait d'être remplacé. Son successeur était un peu moins long. Tout aussi vindicatif toutefois, puisqu'il se redressa, prêt à en découdre, lorsque Rupert tapa du plat de la main contre la vitre.

Rupert leur sourit et leur adressa un petit signe de la main avant de quitter la chaleur lourde de la salle aveugle, nichée au cœur de la demeure de verre et de bois.

Il n'avait pas besoin d'eux en ce moment. Un gibier beaucoup plus difficile, quoi que bien plus séduisant, l'attendait : un tueur.

Il rejoignit la salle de travail et son installation informatique qui aurait pu faire saliver de convoitise n'importe quelle force de police du pays.

Il heurta une touche. L'écran noir disparut et le fond d'écran s'afficha. Il devait avoir un an sur la photo. Elle le serrait contre elle, riant à gorge déployée. Sa mère. Il lui devait son regard, sa myopie aussi, ainsi que ses cheveux, à ceci près que ceux de sa mère étaient plus beaux et plus soyeux, une crinière frisée blond doré. Il envoya un baiser soufflé à la photo et pénétra dans un fichier baptisé : Boston.

Diane était repartie l'avant-veille, au matin, étonnamment sobre étant donné la quantité d'alcool qu'elle avait ingérée en sa compagnie. À sa grande surprise, elle lui manquait. S'il avait espéré cette collaboration, ou plutôt cette complicité, s'il œuvrait depuis longtemps pour qu'elle se concrétise, il n'aurait jamais pensé que des liens d'intimité, voire de dépendance, pourraient se créer si vite entre eux. Toutefois, jamais il ne s'était montré aussi sincère avec un être, et il ne doutait pas que la réciproque fût exacte. De façon déroutante, il éprouvait une confiance aveugle en elle, en moins de vingt-quatre heures. Il réfléchit. Pourquoi déroutante ? Ils se ressemblaient tant, jusque dans la volonté de payer pour leur involontaire culpabilité. Elle parce qu'elle n'avait pas su sauver sa fille, lui parce qu'il avait été incapable de défendre sa mère.

Il se concentra sur son travail de la veille. Du bon boulot. Du moins espérait-il que Silver le jugerait ainsi.

Règle n° 8 : Les fauves se rapprochent toujours de la viande. Les pédophiles se débrouillent pour travailler au contact des enfants. Un tueur haineux de putes vit au milieu d'elles, ne serait-ce que pour aviver en permanence sa détestation, la justifier selon ses critères.

Diane l'avait décrit comme peu intelligent mais organisé. On pouvait en déduire qu'il ne nichait pas à l'endroit où il chassait, de peur qu'on puisse le reconnaître. Un petit boulot ou pas d'emploi, ce qui impliquait, a priori, peu de moyens pécuniaires. Il convenait donc de centrer la recherche sur les quartiers défavorisés dans lesquels on pouvait se loger à peu de frais, où les habitants savaient depuis longtemps qu'il valait mieux ne pas se mêler des affaires des autres et où l'on trouvait des putes peu exigeantes, en excluant ceux où le tueur avait frappé.

Rupert contempla le plan de Boston et de ses environs sur lequel il avait entouré ses choix : South Dorchester et Jamaica Plain, bien que la réputation un peu sulfureuse du dernier se soit émoussée grâce à l'affluence d'étudiants attirés par des loyers abordables et à une mixité ethnique assez réussie.

Il passa sur Google. Aucune association d'ambidextres n'était répertoriée, ni à South Dorchester ni dans Jamaica Plain. De fait, il n'en existait que deux dans Boston élargi à ses banlieues proches, l'une à Brookline, l'autre à Cambridge. Seule la première possédait un site assez bien fait, expliquant les missions, les formations, les activités de l'association, sans oublier un petit historique recensant les ambidextres marquants, de Glenn Gould à Jimi Hendrix en passant par Léonard de Vinci et, en effet, le Dr Albert Schweitzer.

Rupert s'étira de bien-être. Il ne s'était pas senti aussi alerte et pourtant détendu depuis longtemps. Depuis Paris. Il enviait à Diane Silver ce processus quasi inconscient qui permettait à son esprit d'organiser les données pour produire une conclusion fiable. Quant à lui, il devait se concentrer à l'extrême, débusquer les moindres détails. Une tâche laborieuse. Toutefois, il était encore un débutant en matière de traque, et la difficulté était grisante.

Durant la demi-heure qui suivit, il élimina nombre d'hypothèses, et soudain l'évidence s'imposa à lui. Il tapa dans ses mains de bonheur. Si le tueur appartenait à une association, c'était celle de Cambridge. Brookline a toujours été une extension assez huppée de Boston, et cela bien avant que John F. Kennedy y soit né. Il y avait donc fort à parier que nombre des adhérents de l'association qui y était située proviennent des couches supérieures de la société, soient bien habillés, parlent avec aisance. Bref, un ensemble qui ne pouvait que renforcer le sentiment d'infériorité du tueur et qu'il éviterait. En revanche, Cambridge est avant tout un quartier étudiant. Le poids social est beaucoup moins perceptible au milieu de cette mosaïque de nationalités, de coutumes. D'autant que la ligne de métro qui file vers Cambridge dessert également South Dorchester.

Rupert saisit ses conclusions, y ajouta les pièces du mince dossier concernant la femme de New York, et envoya le tout à l'une des adresses e-mails de son répertoire.

L'appel qu'il espérait ne tarda pas.

— Monsieur Teelaney, heureux d'avoir de vos nouvelles. J'ai sous les yeux le fichier que vous venez de m'envoyer. Il s'agit donc de deux enquêtes distinctes ?

— Tout à fait, Thomas. Je souhaite que vous vous en chargiez personnellement. Je veux dire… qu'il serait ennuyeux que vous les confiiez à l'un de vos excellents collaborateurs.

— Je vois.

— Il s'agit d'affaires… très confidentielles.

— Oh ! Monsieur Teelaney…, reprocha la voix maintenant attristée. Je travaille pour vous et votre famille depuis plus de vingt ans. Vous ai-je donné une seule occasion de douter de mon extrême discrétion ou de mes compétences ?

— Pardon, Thomas. Vous avez mille fois raison.

— Vous me soulagez. Vous vous doutez que l'homme sera plus facile à localiser. Nous avons une description physique, un périmètre assez limité, une occupation probable… En revanche… la femme va poser un gros problème, et il serait malhonnête de ma part d'affirmer que je réussirai à coup certain.

— Je suis conscient qu'il s'agit d'une mission très difficile, mais je sais que vous vous surpasserez.

— Comme toujours, monsieur Teelaney.

Thomas Bard, un ancien flic devenu détective privé, très privé, était réputé pour sa pugnacité et son efficacité. Pour preuve, son carnet d'adresses de clients, qui pouvait se vanter de posséder un nombre impressionnant des plus grosses fortunes du pays. Thomas connaissait tant des secrets – plus ou moins honorables – des puissants qu'il aurait pu, à lui seul, provoquer un krach boursier planétaire. Cela étant, en homme avisé, il n'ignorait pas que sa bonne santé, sa longévité et ses énormes honoraires ne tenaient qu'à un fil : celui du silence.

— Je les localise et ensuite…

Thomas était bien trop malin pour se mouiller dans une exécution. Cependant, il connaissait des professionnels, dont, bien sûr, il n'avait jamais entendu parler.

— Rien d'autre. Vous me prévenez aussitôt, à n'importe quelle heure du jour ou de la nuit. Il s'agit, dans les deux cas, d'affaires qui me tiennent… très à cœur.

— Vous pouvez compter sur moi, monsieur Teelaney. C'est parti !

Rupert raccrocha. Sa satisfaction se mâtinait d'un gros regret. Il aurait tant aimé s'occuper lui-même de la traque. Le temps lui faisait défaut. Une autre fille allait mourir. Il n'avait pas le droit de prendre ce risque pour son simple plaisir. En revanche, il demanderait à Thomas de participer à l'enquête de New York. Thomas ne pouvait rien lui refuser, il le payait assez cher pour cela. Rupert savait que le détective mettrait un point d'honneur à retrouver la rabatteuse avant lui. Un beau challenge en perspective.

Il se leva. L'heure de l'entraînement était arrivée.

Règle nº 9 : Conserver une forme physique et mentale sans faille.

Paris, France, juillet 2008

À leur retour en France, Victor avait refusé tout net de partir dans ce camp de vacances dédié à l'équitation où il avait passé le mois de juillet précédent. Se méprenant sur la cause de son obstination, la mettant au compte du traumatisme occasionné par le meurtre de sa sœur, Sara Heurtel n'avait pas insisté plus qu'il n'était raisonnable, et fournissait chaque jour des efforts d'imagination pour distraire le petit garçon, pourtant peu exigeant. Victor se satisfaisait d'un rien : une balade, un film, un livre, si possible d'aventures échevelées bourrées de dragons, de licornes, de sorciers maléfiques, de puissants guerriers de quinze ans et de valeureuses princesses. Sara avait mis un point d'honneur à découvrir cette *heroic fantasy* qui captivait son fils. Toutefois, en dépit d'une ancienne passion pour la SF, le roman lui était tombé des mains au bout de cinquante pages.

Ce soir-là, alors qu'ils dînaient et que Victor lui narrait par le menu et avec enthousiasme les caractéristiques physiques, intellectuelles et hautement morales de la dragonne Saphira conquise par le jeune Eragon [1], le téléphone sonna. Le petit garçon s'interrompit et regarda sa mère qui ne bronchait pas.

— Tu réponds pas ?

— Non.

— Pourquoi ?

— Parce que je sais qui appelle.

— Qui ça ?

— Yves Guéguen.

— Tu ne veux pas lui parler ? s'étonna l'enfant.

— Non. Peut-être plus tard.

— Comment tu peux être sûre que c'est lui ?

— Parce que ta mère aussi a des super-pouvoirs, plaisanta-t-elle sans gaieté. En réalité, il a déjà laissé un message hier, pendant que nous étions au cinéma. Et puis, je ne sais pas si tu as remarqué, mais on ne peut pas dire que les appels se bousculent en ce moment. J'ai même décroché pour vérifier que la ligne fonctionnait.

— Ah, ouais…

Elle regretta aussitôt son commentaire peiné et rectifia :

— C'est les vacances.

La mort fait peur. Les mères veuves d'enfants encore plus. Que leur dire, que ne surtout pas leur dire ? Et pourtant ! Ils ne savaient pas, tous ces interlocuteurs fantômes qui redoutaient une crise de sanglots autant que leur propre malaise, que Sara avait déjà

1. Christopher Paolini, *Eragon*, traduction de Bertrand Ferrier, Bayard Jeunesse, 2006.

entrepris de gommer Louise de sa mémoire. Afin de ne pas la haïr.

— Maman, je…, murmura Victor d'une voix hésitante.

— Quoi, mon chéri ?

— Ben… surtout te fâche pas, mais… enfin, je me demandais… si on pourrait pas vider les affaires de Louise, redécorer sa chambre. Ça t'embête ?

À nouveau, elle se trompa. Les marques de la vie de Louise n'entretenaient pas le chagrin de son petit frère. Elles le révulsaient. Cette requête la soulageait, contribuant à l'effacement d'un être à qui elle avait donné le jour pour l'aimer plus que tout et qu'elle regrettait maintenant d'avoir conçu.

— Non. C'est une bonne idée. On s'y colle demain ? On jette tout, Victor, on ne garde rien, on ne donne rien.

Si elle l'avait pu, elle aurait tout fait brûler en exorcisme.

— Cool.

S'il l'avait pu, il aurait tout fait brûler, pour que plus rien ne reste de Louise.

Il allait falloir qu'elle se décide à rappeler Guéguen. Trouver le courage de faire ce qu'elle devait faire, même si elle jugeait sa démarche illogique. Éric aurait dit : « La loi est la loi. Sans la loi, c'est le chaos assuré. La loi nous emmerde, parfois à juste titre, mais elle est la seule garante de cette civilisation que nous avons mis des millénaires à bâtir. »

Ce tueur, ce Nathan Hunter, devait payer. Il devait être arrêté, même si, en l'occurrence, il les avait sauvés, elle et son fils.

South Dorchester, États-Unis, juillet 2008

Rupert Teelaney leva la tête vers le haut-parleur rond, beige de vapeurs grasses et de poussière, situé juste au-dessus de sa table. Une voix de femme aigrelette et nasillarde surnageait sur les accords approximatifs d'une cithare. On était très loin de Ravi Shankar.

À l'habitude, Thomas avait fait de l'excellent travail. Installé dans un affligeant restaurant indien de Mount Vernon Street – le *Taj Mahal Palace* – où il avait commandé un non moins affligeant curry de légumes, accompagné de nans au fromage surs, et d'une assiette de riz jaune et sec, Rupert consultait à nouveau le rapport remis par le détective, ainsi que les photos prises au téléobjectif. À l'issue d'un premier examen, il avait déjà sélectionné le candidat qui lui plaisait le plus.

Une appréhension assez plaisante le gagnait. Avait-il fait le bon choix ? Dans le cas contraire, il serait toujours temps de revenir en arrière. Diane avait parlé de mimétisme et il s'était, lui aussi, essayé à ce processus mental.

Il étala devant lui, sur la nappe en papier, les trois photos d'hommes, tous dans la même tranche d'âge, de mêmes stature et couleur de cheveux, tous trois ambidextres et adhérents aux deux associations qu'il avait repérées, même s'il n'était toujours pas certain que le tueur en soit membre.

Il s'absorba dans l'étude de la première photo, celle d'un livreur employé par une blanchisserie de Jamaica Plain.

Une voix le fit sursauter : celle du serveur rondouillet et jovial de ce redoutable « palace ». Le gars demanda dans un anglais coloré d'accent :

— Fini ?

— Non.

— Un dessert ?

— Je n'ai pas terminé, répéta Rupert d'une voix que l'irritation gagnait.

— Bon, bon.

— Tant que vous y êtes, vous pourriez baisser un peu la musique ?

— Bon, bon. C'est des frères ? demanda le serveur en se penchant carrément sur l'épaule de Teelaney et en appliquant un gros index sur l'une des photos.

Rupert jugea la question drôle et sa mauvaise humeur s'envola :

— Non, des candidats pour un casting.

— À la télé ?

— Oui. Pour un rôle de cadavre, répondit-il en levant ses lunettes rectangulaires vers le gars.

Admiratif, le serveur commenta :

— Cool !

Il s'en retourna vers les cuisines.

Se mettre dans la tête d'une femme, il le pouvait. Il éprouvait pour elles, victimes préférentielles, une tendresse mêlée de pitié. Au beau sens du terme. S'immiscer dans le cerveau d'une pute de quartier putride serait plus ardu. Savoir que n'importe quel client peut se révéler tordu, dangereux. Avoir appris qu'il n'existe plus aucune bienveillance, aucune générosité. Ne jamais abandonner un territoire connu, un peu rassurant, pour un lieu étranger, potentiellement menaçant. Être sur le qui-vive en permanence, chercher les signes avant-coureurs du danger. Ne jamais croire le mec qui vous lève.

Sur la photo prise de trois quarts face, le livreur, un certain Ted Simmons, discutait sur le trottoir avec un homme dont Rupert ne voyait qu'un bout de crâne dégarni. Il tira du dossier de Thomas l'agrandissement réalisé du visage. Simmons souriait, d'un sourire machinal qui se contentait d'étirer ses lèvres. Rupert détailla l'arête du nez, la ligne des mâchoires, les joues un peu creuses, les sourcils fournis, presque droits. S'il était une prostituée méfiante et que ce type lui propose trente dollars pour une passe, que ferait-il ? Il monterait où il avait l'habitude de monter. Et si ce type insistait pour le conduire dans un endroit inconnu ? Non. Pas avec ces mâchoires trop carrées, pas avec ces sourcils. Il l'enverrait sur les roses.

Rupert exhala de bonheur. Il y arrivait, il en était certain !

Il récupéra les photos prises des deux ambidextres de South Dorchester. Il passa très vite sur celles d'un dénommé Ken Hammond, sans emploi. Les yeux rapprochés, le nez pincé et les lèvres minces trahissaient – sans doute de façon infondée – une sorte de violence rentrée.

Son chouchou, maintenant : Stephen Grady. Il posa les sorties laser en éventail autour de son assiette de curry. Il jugula le début d'excitation qui montait en lui. Pas de précipitation. Il était hors de question qu'il se trompe. Mignon Stephen, avec ses joues enfantines, son sourire hésitant, ses cheveux sagement rabattus derrière les oreilles. Il tendait un billet à une jeune femme qui vendait des glaces dans la rue, coiffée d'une casquette blanche de base-ball. Rupert récupéra l'agrandissement du visage. On lui aurait donné dix-huit à vingt ans alors que, selon le rapport de Thomas, il en avait vingt-huit. Âgé d'environ dix-huit mois, Grady avait été trouvé, le matin de la Saint-Stephen, devant le portail d'un orphelinat catholique, dans la plus pure tradition. Assez chétif et souffrant d'asthme, il avait été trimbalé entre différents foyers d'accueil, revenant toujours à l'orphelinat. Il n'en était finalement jamais parti puisqu'il était aujourd'hui employé par la paroisse Saint-Andrew, à laquelle appartenait l'institution charitable qui l'avait élevé. Grady était chargé de petits boulots peu exigeants : des courses, un peu d'entretien, la surveillance des vases de fleurs et des cierges des autels.

Le regard de Rupert tomba sur la broche épinglée au col du polo de Stephen. Une petite croix en argent. Décidément, il l'aimait beaucoup, celui-là ! Attention, la chasse devait avoir lieu sans a priori, sans impatience, sans impulsivité. Sans erreur de proie, surtout.

Lui vint une pensée émue : Diane était encore plus exceptionnelle qu'il ne l'avait supputé.

Il mémorisa l'adresse communiquée par Thomas, fourra le dossier dans son sac à dos et héla le serveur, soudain désireux de partir au plus vite.

Rupert Teelaney gara la petite citadine gris pâle de location, choisie pour son allure passe-partout, juste en face de l'immeuble de brique dans Devon Street, non loin de l'intersection avec William Morrissey Boulevard. L'attente commençait. Elle peut être ennuyeuse pour un esprit mal préparé qui cherchera un dérivatif en sautant d'une pensée à l'autre. Pas pour lui. Il ouvrit le *Boston Globe* et l'étala sur son volant pour se donner une contenance, ne pas attirer l'attention, et plongea dans une sorte de méditation vigilante, détaillant tout ce qui l'environnait. Il s'agissait d'un immeuble de cinq étages, flanqué d'échelles d'incendie que reliaient de courtes passerelles de métal transformées en sèche-linge ou en minuscules jardinets par certains des occupants. Un petit garçon noir était assis sur les quelques marches qui menaient à l'entrée de l'immeuble, fasciné par les voitures qui arrivaient de la droite. Rupert comprit vite la raison de son intérêt lorsqu'il entendit la clochette du marchand de glaces. Le garçonnet se leva d'un bond pour foncer au bord du trottoir. La charmante jeune femme à casquette blanche de la photo s'arrêta à hauteur de l'enfant et lui tendit un cornet d'où émergeait une mousse rose. Rupert sourit. Cela faisait si longtemps qu'il n'avait aperçu l'une de ces pimpantes camionnettes qu'il les avait crues disparues à jamais, écrasées par la multiplication des supermarchés et des congélateurs domestiques. Mais l'attente, justement. L'attente est délicieuse. Surveiller, patienter jusqu'à percevoir l'écho d'une clochette.

Le petit garçon se réinstalla sur les marches, léchant sa glace avec bonheur, lentement afin de faire durer le plaisir. Rupert feignit de tourner une page de son journal. Une ombre obscurcit son pare-brise. Il leva les yeux. Un type à l'air pas mal défoncé le dévisageait, un sourire à la fois niais et menaçant aux lèvres. Rupert ôta ses lunettes de soleil et le fixa. L'autre ne tint pas son regard plus de cinq secondes, haussa les épaules et s'éloigna sur un :

— Euh… cool, mec !

Le petit garçon avait terminé sa glace et essuyait ses doigts poisseux sur le pantalon qui lui arrivait à mi-mollet.

Et Rupert le vit. Stephen Grady. Il apparut sur le pas de la porte de l'immeuble, se tenant les épaules voûtées, ce qui accentuait encore son allure frêle, une expression timide et incertaine sur le visage. Il portait un polo noir, un pantalon de toile beige et un sac de vinyle bleu passé en bandoulière. Il adressa quelques mots au gamin et s'éloigna dans Devon Street. Rupert lui emboîta le pas. Ils se dirigèrent vers la station de métro JFK/U Mass de la ligne rouge.

Ne pas anticiper. Rien ne disait que Grady partait en chasse. Il pouvait se rendre au travail, ou dans son association d'ambidextres à Cambridge. Il pouvait également ne pas s'agir de sa proie.

Stephen Grady descendit à la station suivante, Andrew. Ils marchèrent une petite dizaine de minutes et Rupert lutta contre une vague de désappointement lorsqu'il le vit grimper sans hâte les marches de l'église Saint-Andrew.

Dominer son impatience. Être puissant. Il attendit donc à l'extérieur, un peu inquiet : et si Grady ressortait par l'une des portes latérales de l'église ? N'y tenant plus, Teelaney pénétra à son tour dans l'église, de taille modeste. Le sol était mouillé et une odeur désagréable le saisit à la gorge. Celle du Crésyl. Une petite silhouette, de dos, s'activait dans le chœur, poussant son balai terminé d'une serpillière. Rupert ressortit, rassuré.

Stephen Grady reparut moins d'une heure plus tard. La promenade reprit. Le trajet en métro fut beaucoup plus long. En bout de wagon, Rupert le surveillait, protégé derrière ses lunettes. Il avait enfin pu déchiffrer l'inscription collée sur le sac en vinyle : *Viva el papa*. Judicieux. Grady semblait ailleurs, perdu dans ses pensées. Il croisait et décroisait sans cesse ses mains posées sur ses cuisses, se massant parfois les doigts dans un geste inconscient. Ses pieds battaient alternativement la mesure. L'excitation montait en lui. Le fantasme se déroulait dans son esprit. Il ne pensait plus qu'à cela. Rupert en était presque certain : il venait de trouver la bonne proie. Du calme.

Ils changèrent à Downtown Crossing pour redescendre vers le sud, jusqu'à Roxbury Crossing. Certains coins de Roxbury ont depuis longtemps la réputation d'être peu sûrs en dépit de tentatives pour leur redonner la tranquillité qu'ils ont connue au XVIIIe siècle. Rupert laissa sa cible prendre un peu d'avance. En dépit de la chaleur étouffante, il tira de son sac à dos un léger chandail qu'il passa sur son tee-shirt et enfonça une casquette de base-ball noire sur son crâne. Cependant, il doutait que l'autre ait remarqué la filature dont il était l'objet, tant la future mise à mort d'une autre pute le captivait.

Lorsqu'ils débouchèrent dans Alphonsus Street, Rupert se douta qu'ils se rapprochaient de Mission Hill, et traversa la rue pour suivre Grady depuis le trottoir d'en face. Stephen ralentit l'allure, adoptant une démarche de badaud. Pourtant, à la tension de son dos, Rupert savait qu'il était aux aguets. Choisissait-il une fille parce qu'elle lui évoquait quelque chose ou parce qu'elle lui semblait plus facile, plus manipulable qu'une autre ? Quelle importance ? De toute façon, il ne la levait que pour éjaculer entre ses cuisses en l'étranglant.

Le mignon Stephen jetait de furtifs regards aux porches des immeubles sous lesquels les filles attendaient. Il s'arrêta, semblant hésiter. Rupert tourna le dos et s'appuya contre le capot d'une voiture, bras croisés. Sa cible revint sur ses pas et adressa un petit geste enfantin à une ombre qui dévala aussitôt les marches jusqu'à lui. La fille brune, âgée de vingt-cinq ans au plus, l'écouta, secouant la tête en signe de dénégation. D'où il se trouvait, Rupert la voyait de dos et suivait les expressions qui se succédaient sur le visage de Grady : déception, tristesse, espoir de gentil garçon. La fille haussa les épaules d'agacement, de lassitude, et empocha l'argent qu'il lui tendait. Grave erreur. Pas fatale toutefois, puisque Rupert était là.

Qu'inventait-il pour les convaincre de le suivre jusqu'à un motel ? Qu'il redoutait qu'un souteneur indélicat ne le tabasse pour le dévaliser ? Le cas s'était produit quelque temps auparavant. Toutefois, fort peu des clients plumés avaient osé porter plainte. Le prétexte collait bien avec son allure de petit garçon malingre et renforçait son côté inoffensif et trouillard. La fille pensait alors qu'elle aurait le dessus en cas de dérapage. Elle se trompait.

Rupert les suivit sans hâte, certain que Grady avait repéré les lieux et que le motel était proche. En dépit de toute sa persuasion, le gentil Stephen n'aurait jamais convaincu une pute juchée sur des hauts talons instables de marcher plus de trois cents mètres.

Situé non loin d'une station-service, le *Clairview Motel* était un éclatant exemple de construction sinistre, radine et décrépite, jusque dans les lézardes qui fendillaient ses murs de béton et les stores à lamelles qui pendouillaient à l'intérieur de la plupart de ses fenêtres. On devait y vivre à la semaine ou au mois puisque des sous-vêtements séchaient au-dehors, pendus à des cintres accrochés aux barreaux qui protégeaient les ouvertures donnant sur une sorte de grand terrain vague. Bon choix. Il s'agissait du genre d'établissement où personne ne s'occupe de personne, sauf lorsqu'un voisin gueule vraiment trop et empêche les autres de dormir.

Le couple improbable contourna le motel, et la fille se dirigea vers le bureau de la réception.

Teelaney les vit pénétrer dans la chambre 11. Il consulta sa montre. La première partie de la mise en scène était rapide. Grady assommait la fille puis la ligotait et lui fourrait une boule de tissu dans la gorge. Ensuite, les choses ralentissaient. Il l'étranglait lentement, très lentement, pour parvenir à l'orgasme. Rupert disposait donc de cinq à six minutes pour trouver le moyen de pénétrer dans la chambre. L'adrénaline monta.

Adoptant une voix morne et vulgaire dont il espérait qu'elle ressemblait à celle d'un tenancier de motel cradingue, il cogna du poing sur la porte de la chambre. Pas de réponse ainsi qu'il s'y attendait. Il cogna à nouveau en beuglant :

— Hey ! Elle a oublié sa monnaie. Trois dollars quinze. Hey ?

Toujours pas de réponse. D'un ton dont il força la méfiance, il exigea :

— Hey… Y se passe quelque chose là, ou quoi ? C'est un malaise ? Hey, m'dame, ouvrez. J'me fous que vous soyez avec un client, mais j'veux pas d'emmerdes dans ma taule.

Toujours pas de réponse. En revanche, des bruits lui parvinrent de l'intérieur.

— Ouvrez, ou j'appelle les flics !

La porte s'entrouvrit enfin. Stephen Grady, l'air surpris et ennuyé, y passa la tête. Un coup de pied balancé contre le battant l'envoya balader dans la chambre. Rupert referma la porte derrière lui. Grady ouvrit la bouche, peut-être pour crier. Un violent coup de poing au plexus solaire le plia. Un autre, asséné sur la nuque du tranchant de la main, le fit s'écrouler.

Rupert poussa la mince porte de la salle de bains. La fille gisait au sol, inconsciente, ligotée. Stephen l'y avait traînée lorsque le prétendu réceptionniste avait frappé. Il souleva le mignon Stephen par les aisselles et l'installa sur la chaise en plastique rouge de la chambre.

Il avait peu de temps, dommage. Elle allait revenir à elle. Si les flics n'étaient pas encore prévenus, elle décamperait sans demander son reste, trop contente de ne pas y avoir laissé sa peau. Toutefois, même quelques minutes suffiraient à faire regretter ses actes au gentil Stephen. Il devrait l'achever ensuite. Un peu trop vite à son goût. Nécessité fait loi !

Le regard terrorisé fit sourire Rupert. Il murmura en avançant vers lui, son couteau de chasse à la main :

— Ça n'est pas bien de tuer des femmes. Pas bien du tout.

Un long gémissement étouffé monta de sous le bâillon de Scotch gris.

— Je baisse un peu le volume de la télé. Je ne voudrais pas qu'on nous dérange.

Il se pencha et enfonça d'un geste expert la large lame sous la peau de la cuisse de Stephen.

Un hurlement d'animal percuta la bande de Scotch gris pour ne produire qu'un curieux gargouillis.

Rupert se changea rapidement et trancha les liens de la fille qui geignait en reprenant peu à peu conscience. Mince : il n'avait plus le temps pour une célébration. De toute façon, une piaule aussi déprimante était de nature à gâcher le meilleur des havanes.

Base militaire de Quantico, États-Unis, juillet 2008

La sonnerie du téléphone à carte que Diane venait d'acheter et dont une seule personne connaissait le numéro se déclencha. Elle repêcha l'appareil à la hâte dans son sac à dos.

— Docteur Silver, nous pouvons classer le dossier « Boston », annonça une voix guillerette.

— Bien ! Vous avez fait vite, commenta la psychiatre d'un ton admiratif.

— Il le fallait. Une fille a eu très chaud ! Au fait, il était orphelin et…

— Je m'en fous ! le coupa la voix, maintenant sèche. Vous voulez une courte liste d'orphelins ? Jean-Sébastien Bach, Albert Camus, Tolstoï, Keats, Steven Paul Jobs d'Apple, Jean-Jacques Rousseau, et j'en passe ! Alors ne me faites pas le coup des circonstances atténuantes. La seule chose qui m'importe, c'est qu'il ne tue plus.

Un éclat de rire joyeux salua cette cinglante repartie :

— Je vous ai eue ! Quant à tuer, non, là… il ne peut vraiment plus. Je pars après-demain pour New York. Je vous tiens au courant.

— Bien. (La voix, tendue cette fois, acheva :) Rupert ? Merci.

— Nooon ! Merci à vous. À très vite, j'espère. Diane… Prenez soin de vous. Nous avons tant de travail à accomplir ensemble ! Combien de tueurs en série sont dans la nature, selon vous ?

— Les évaluations sont très variables, peu fiables. Aux États-Unis, je dirais entre deux cent cinquante et quatre cents.

— Multipliés par dix à cent victimes chacun…

— Les chiffres sont flous, approximatifs, très, précisa-t-elle.

— Mais leur manifestation est d'une effroyable clarté.

— En effet.

— Prenez soin de vous, répéta-t-il. (Puis, dans un rire de gorge :) Vous êtes la femme la plus importante de ma vie. L'être le plus important.

— Eh bien, je vais décider de prendre cela pour un compliment, plaisanta-t-elle.

— Et vous avez raison.

En fin d'après-midi, alors qu'elle revenait du distributeur en se demandant quelle perversité la poussait à avaler cet affreux breuvage baptisé de façon frauduleuse « café », Mike Bard vint à sa rencontre.

— Vous êtes au courant ? lança-t-il sans préambule.

— De quoi ?

— Le tueur de putes, à Boston… Dézingué, dans une chambre de motel, à Roxbury. Ses empreintes digitales l'ont confirmé et l'ADN est en cours. Il devait y avoir une fille avec lui. On a retrouvé des bouts de cordes tranchées et un collant dans la salle de bains. Le réceptionniste a précisé qu'une tapineuse avait loué la chambre pour deux heures. Au bout de trois heures, il est allé les virer. C'est là qu'il a découvert le gars. Dans un sale état. Le truc carrément bizarre, c'est qu'il a été écorché. Une partie du visage et une cuisse. Ça ne vous évoque rien ?

— Quoi ? s'exclama Diane sans que son ton ne se modifie.

— Ouais, vous m'avez entendu.

— Attendez, comment nos deux enquêtes pourraient-elles se croiser ? Si ça se trouve, nous avons affaire à un *copy cat*, un type qui a entendu parler du tueur de Valdez et d'Armstrong et à qui ça donne des idées.

— Je sais pas.

Il lui jeta un regard insistant avant de prendre congé sur un :

— Vous aimez le risque, je vois.

— Pardon ?

Il désigna le gobelet qu'elle tenait.

— Faut aimer le risque pour boire cette purge !

— On ne meurt qu'une fois, rétorqua-t-elle en poussant la porte de son bureau.

Elle demeura là, debout derrière la porte. La réflexion de Mike Bard l'avait troublée. Elle y avait senti davantage qu'une simple histoire de mauvais café. Devenait-elle paranoïaque ? Elle soupira d'agacement : rien à foutre de Bard et de ce qu'il pouvait penser d'elle !

En revanche, un problème lui tenait à cœur : Yves. Yves, le seul être qui soit parvenu à percer sa carapace alors qu'il n'avait pas grand-chose en commun avec elle, si ce n'était une idée de justice. C'est sans doute la définition du véritable amour. Aimer ce qui est autre. Au fond, l'attirance intellectuelle qu'elle se sentait avec Nathan/Rupert était plus simple, plus évidente : leur but fondamental était similaire, même si des raisons différentes les avaient conduits là : protéger les agneaux de leurs prédateurs. Ce qu'elle partageait avec Yves était beaucoup plus flou, beaucoup plus compliqué et plus précieux sans doute : une conception de l'Homme et de la civilisation.

Yves ne la reconnaîtrait plus maintenant qu'elle avait franchi le pas décisif, celui dont on ne peut pas revenir. En son âme et conscience, Diane était certaine d'avoir fait le choix inévitable. Toutefois, l'idée de perdre Yves était une souffrance à laquelle elle ne s'était pas attendue, elle qui pensait qu'aucune autre souffrance, hormis Leonor, ne pouvait plus lui advenir.

Et si Yves et cette Heurtel s'obstinaient à retrouver l'assassin de Louise et de Cyril, qu'allait-elle faire ?

Elle avait eu raison, raison !

Mais Yves ne serait pas d'accord. Or, seul le jugement du flic français comptait aux yeux de Diane.

Du même auteur :

Aux Éditions du Masque

LA FEMELLE DE L'ESPÈCE, 1996
(Masque de l'année 1996)
LA PARABOLE DU TUEUR, 1996
LE SACRIFICE DU PAPILLON, 1997
DANS L'ŒIL DE L'ANGE, 1998
LA RAISON DES FEMMES, 1999
LE SILENCE DES SURVIVANTS, 2000
DE L'AUTRE, LE CHASSEUR, 2001
UN VIOLENT DÉSIR DE PAIX, 2003

Aux Éditions Flammarion

ET LE DÉSERT..., 2000
LE VENTRE DES LUCIOLES, 2001
LE DENIER DE CHAIR, 2002
ENFIN UN LONG VOYAGE PAISIBLE, 2005
LES MYSTÈRES DE DRUON DE BRÉVAUX, 1, 2010

Aux Éditions Calmann-Lévy

SANG PREMIER, 2005

La Dame sans terre

t. I : LES CHEMINS DE LA BÊTE, 2006
t. II : LE SOUFFLE DE LA ROSE, 2006
t. III : LE SANG DE GRÂCE, 2006
t. IV : LE COMBAT DES OMBRES, 2007

MONESTARIUM, 2007
UN JOUR, JE VOUS AI CROISÉS, 2007
LA CROIX DE PERDITION, 2008
UNE OMBRE PLUS PÂLE, 2009
LA MORT SIMPLEMENT, 2010

Composition réalisée par FACOMPO (Lisieux)

Achevé d'imprimer en octobre 2010 en Espagne par
LITOGRAFIA ROSÉS
Gava (08850)
Dépôt légal 1re publication : novembre 2010
LIBRAIRIE GÉNÉRALE FRANÇAISE – 31, rue de Fleurus – 75278 Paris Cedex 06

31/2883/2